いとうせいこうレトロスペクティブ

解体屋外伝

いとうせいこう

Seiko Ito Retrospective

The Story of
a Deprogrammer

Seiko Ito

解　体　屋　外　伝

目　次

解　体　屋　外　伝

装画
KYOTARO

装丁
川名 潤
(Pri Graphics inc.)

環状七号線の脇で倒れていたその男は、救急病院で応急処置を受けた後も、脈絡のない言葉をしゃべるばかりだった。

その言葉には様々な抑揚《よくよう》があり、それぞれに意味があったのだが、すべてをつなげて理解することは不可能だった。

男は間欠泉《かんけつせん》が突発的に湯を噴《ふ》き上げるようにしゃべり、また黙り込んだ。

男自身にも自分が何をしゃべっているかが理解不能であるらしきことがわかると、彼は精神病院に送られた。

男の言葉に出典があるのではないか、と言い出したのは若い女の精神科医だった。

苦しげに一息で吐き出されるフレーズのいくつかが、彼女の知る小説や哲学書や神話の一節に該当するというのだ。

男はラカンの言葉を語った。フロイトの言葉を語った。ガーフィンケルを引用し、レーモン・ルーセルの難解な一節をそらんじ、聖書やコーランや観音経をぶつ切りにして唱え、その間に有名な広告のコピーをコラージュした。

すべては無意味な言語の羅列だった。おそろしく記憶力のいい男の、意味をなさないコミュニケーション。あの女性精神科医以外の医師たちはそれを笑い、楽しんだ。

特別治療棟にその身を移されてから、男は28号と呼ばれた。最初に名前を聞かれた時、鉄人28号の主題歌を、まるで現代詩を朗読するような調子で重々しく語ったからだった。

男はディスコミュニケーションそのものだった。少なくとも医師たちの側からは、そうとしか見えなかった。

男は解体屋、つまりデプログラマーだった。

だが彼は、自分の名前さえ思い出すことが出来なかった。いや、自分というものの認識さえおぼろげなままだったのだ。

彼の脳《システム》の中では、他者の言語が渦巻いていた。何かを指し示そうとする度、異類言語や他者のテクストが洪水のように言語中枢をうねり続けた。

洗脳外しのプロである解体屋と、洗脳の達人である洗濯屋《ウォッシャー》が戦えば、負けた方の脳《システム》はしばらく機能を停止する。互いに憎しみあっていれば、停止した脳《システム》の奥までハッキングされ、二度とサイコ・ビジネスが出来ないように破壊されるのがおちだ。

その解体屋は負けたのだ。まるでガンマンの決闘のような、洗脳の一騎討ちに。

第一章

盲目王の脱出

ブラインデッド・エクソダス

聖オーガスティン病院に28号が収容されてから、三ヵ月が経っていた。

春。日曜の午後。敷地内にある教会から賛美歌が聞こえる。

一ヵ月ほど前、特別治療棟に28号を移し、それ以来担当医として精神解析を続けていた真崎知香も、神父の前でイエスを讃え、細い喉を震わせていた。

その間、28号の世話を任されたのはソラチャイだった。十三になったばかりの少年だが、故国タイで英才教育を受け、二年前に日本にやって来た優秀な流入頭脳《フローティング・ブレイン》だ。

膨大な知識と素早く深い洞察力で、多くの日本人医師を驚かせたソラチャイだったが、まだ若過ぎるという理由で直接患者とアクセスすることを許されていなかった。

もちろん、ソラチャイは本当の理由が日本人の民族的閉鎖性にあると知っていた。そして、その事実を言い立てるのが不利であることをも、彼はよく理解していた。

だが、今日初めてソラチャイは、単独で患者とサイコ・セッションする機会を得た。しかも、相手は一時病院中の話題になった28号。

すべては知香のおかげだった。彼女はソラチャイにこう言って、教会のある東の森に向かった。

「二時間は帰らないから、食事の世話をしておいてくれる?」

そんな単純な作業に二時間もかかるはずがない。ソラチャイの類《たぐい》まれな才能を伸ばすには早く現場に慣れさせることだ、と知香はよく上司に提言していたのだった。

ソラチャイは幼い頃に聞いた子守歌をハミングしながら、28号の膝の上に乗ったトレイを下げ、運んできた新しいそれと取り替えた。

28号は表情もなく、トレイからパンをつまみ上げ、紙を食いちぎるようにして食事を始めた。さめたシチューを一気に飲み干し、口の中に残るジャガイモやたまねぎを噛《か》み砕くまで、五分とかからなかった。

食事がすむと、ソラチャイは落ち着いてトレイを下げた。子守歌はまだ、ソラチャイの胸のあたりから低く流れ出していた。なぜ、そんな懐かしい歌が口をついて出るのか、ソラチャイ自身にも不思議だった。

「これはタイの子守歌なんだよ」

そう言ってソラチャイは少しメロディをたどり、こちらに目を向けた28号に微笑みかけた。

「稲の眠りを風がおこす。坊や、わたしが楯《たて》になり、風から守ってあげましょう。だから、ゆっくりおやすみなさい。おきずに夢を見てなさい。そんな意味なんだ」

28号は何の反応もしない。誰もが目覚めさせようとして果たせない男。その男を目の前にして子守歌を歌っている自分がおかしくて、ソラチャイは笑った。

透明強化ビニールの窓は部屋の形にあわせて湾曲し、遮光性物質のせいで外の緑を黄色く変色させている。生まれ育った村の風景を思い出しながら、ソラチャイはまたハミングを始めた。記憶の底にある母の優しい声になるべく似るように、甘くゆっくりと。

すると、28号が差し込む太陽の光を仰《あお》ぎ見るように、やせこけた体をねじ曲げた。そして、しっかりとした口調でこう言ったのだ。

「彼《カ》の人の眠りは、徐《シズ》かに覚めて行った」

「ようやくしゃべったね。僕には何も言ってくれないのかと思ってた」

ソラチャイは浅黒い頰《ほお》を光らせて答えた。28号はソラチャイにかまわず言葉を吐き出す。

「師よ、誰なるか、墓の中に埋められても、痛ましい嘆きによって所在を示すこれらの亡者は？」

「なるほど。こりゃ、確かに意味がありそうに聞こえる。どうせ小説か何かのパラグラフなんだろうけど」

誰にともなくそう言ってソラチャイはうなずき、28号の言葉に添って答えてみた。

「誰もお墓になんか埋められてないよ。亡者なんかいない。僕がまた子守歌を歌ってあげるから安心してよ」

またハミングが始まった。今度はさっきよりも大きな響きで、ソラチャイは故国のメロディをなぞる。

28号の体がブルブルと震え出した。ソラチャイの声が脳《システム》の奥にジャック・インする度、何かをまさぐるからだった。

そして、それは同時に、暴走し続ける脳《システム》のスクロールにブレーキをかけようとする。機関車のいかつい車輪がレールの上で火花を散らす映像が、文字ばかりの脳内ディスプレイに割り込んだ。

28号に、いや解体屋との戦いに勝利した者には、決して信じられないことだったろう。彼は完璧に解体屋の脳《システム》を破壊したのだ。記憶の中から浮かび上がるのは他者のテクストだけ。かつて解体屋が覚えた通りの他者のテクストだけが乱流のように渦巻き、そのあまりの早さで自己の回復など不可能なはずだった。

しかし、今、解体屋は文字以外の情報を意味として理解した。火花、車輪、レール、油の重たい匂い……。

ソラチャイの声が、解体屋を呼ぶ。解体屋は答える。

「目覚めよ、と呼ぶ声がする」

激しい速度でスクロールする他者のテクストの一覧から、解体屋は一行の情報を拾い上げた。情報をあふれ出させるのではなく、自分からカット・アップしたのだ。

解体屋は、肺に残る息のすべてを使いきるようなやり方で、さらにこう言った。

「ベッドわきの情動オルガンから、自動目覚ましが送ってよこした小さな快い電流サージで、俺は目を覚ました」

「あ、それ知ってる。ディックだ。P・K・ディック。『アンドロイドは電気羊の夢を見るか』そうでしょ、僕、日本語で読んだんだ」

ソラチャイは飛び上がって喜んだ。28号の言葉が何から引用されているかを当てることが、医師たちの間で一つのゲームになっていたからだ。

「やったよ。僕も一点獲得だ。ねえ、もっとさ、ディックでしゃべってよ。そうすれば、僕、この病院できちんと認められるかも知れないからさ、ね?」

うう、ううと解体屋はうなった。なぜ自分が苦しいのかはわからなかった。何かをつかもうとしてあがくような感覚だけがあった。そして、その感覚が、ディスプレイからある言葉だけを選ばせようとする。スクロールの速度に耐えさせようとする。

「ねえ、何か言ってよ」

解体屋は大きく口を開けた。

「おい、サンチョどん、おぬしは眠っているのかい？　おぬしは眠っているのかい？　サンチョどん」

ソラチャイは爆笑した。

「何言ってるんだ、いったい。だけど、それはたぶんドン・キホーテだ。セルバンテスのドン・キホーテ。よーし二点目。さあ、もっと来い」

ソラチャイは28号とのクイズ合戦を楽しんでいるような気分になって、甘く垂れたまぶたを開き、黒々とした瞳をきらめかせた。

解体屋の額からは脂汗が流れ始めていた。これはゲームじゃない。俺は意味を伝えようとしているのだ。なぜお前はそれに気づかないのか。解体屋はそう言いたかったに違いない。しかし、それらは決して言葉にならず、ただあがくようなもどかしい感情が胸のあたりでふくれ上がるばかりだ。

〝俺〟を回復する闘い。

だが、暴走するスクロールは止まらない。

「言語……ウィルスが注入されている」

「難しいな、それ。もっと簡単なのにしてよ」

「わたしは……知らない……言語を聞き続けた」

ソラチャイは眉を寄せた。

解体屋は咳込む。他者のテクストが織り成すベールから、切れ切れの記憶が透けて見える。

「四十日におよび、その間悪魔の誘惑を受けられた。その上、それらの日のあいだ何も食べなかったので、それが終わった時、飢えを感じられた」

「聖書だ。それは聖書からの引用だ！」

ソラチャイは手を打って言った。

違う。これはゲームじゃない。解体屋は激しく首を振った。これは意味だ。意味そのものだ。

それは初めての内的言語の発生だった。解体屋の中で〝俺〟のシステムが作動し始めたのだ。

なおも首を振りながら、解体屋は言った。

「おい、サンチョどん、おぬしは眠っているのかい？　おぬしは眠っているのかい？　サンチョ……」

「ソラチャイだよ。僕はソラチャイ。タイはバンコックの北にある小さな村の生まれだ。サンチョどんじゃない」

そのソラチャイの抗議が、別のファイルからデータを引き出し、またスクロールを開始させる。だが、いまや解体屋はそこから適切なデータを選びだそうとすることが出来た。

「南国の健康な王子たちの、浅黒い肌。鋭く突き刺すような官能の刃をひらめかすその瞳」

「ありがとう」

成功だ。さらに、解体屋はそのデータのアイコンを認識した。三島由紀夫だった。

「今のなんか、全く正常なコミュニケーションに見えるんだけどなあ。これに意味がないなんて信じられないよ。ねえ、28号さん」

「わかっちゃいるけどやめられない」

解体屋は再びアイコンを確認した。植木等の顔が書いてある。おかしい。腹が波打った。ソラチャイは気づかず、聞き返した。

「え？　やめられないって」

「やめられない、止まらない」

アイコンには河童が書いてある。芥川龍之介だろうか。サブ・データを引き出し、その近似ラベルをよく見る。えびせんという文字が読めた。

「欲望はいつでも他者のものである」

「ジャック・ラカンだね。三点目。ああ、結局ゲームに逆戻りか」

「そこに言語ゲームが成立した時、語りははじめて意味を持ったということが出来るのである」

「……何だっ……て？」

伝わっている、と解体屋は思った。熱さの感覚が顔から腕の外側にまで走った。鳥肌が背中を襲う。俺は感動しているんだ。そう思うと、さらに大きな感動の波が解体屋を飲み込んだ。

「どうしたの？　泣いてるみたいだけど」

ソラチャイが顔をのぞき込んだ。

解体屋は大声で言った。

「おなつかしゅう！」

高橋和巳・邪宗門からのカット・アップだ。だが、と解体屋は思った。それが誰かの言葉の引用であってもかまわない。

もう一度、解体屋は絶叫するように言った。

「おなつかしゅう！」

見るとソラチャイが白い錠剤を手に持って、おそるおそる近づいて来ていた。突然の興奮に脅《おび》えたのだろう。ここで眠らされるわけにはいかない。

「飲んだら乗るな。乗るなら飲むな」

そう言って、解体屋は突き出されるソラチャイの腕を押し返した。

「わかるの？　ねえ、わかるの？」

ソラチャイが目を丸くして低い声で言った。解体屋は脳内ディスプレイから、向精神薬に関する文章を探し出す。

「塩酸クロカプラミン。適応症は精神分裂病。アポモルヒネ拮抗作用が強力で、クロルプロマジン、カルピプラミンの約四倍強力である。幻覚、妄想などの異常体験に対しても効果を発揮する」

「……そう、クロカプラミンだよ。その通り」

ソラチャイは解体屋の顔をじっと見つめた。

「あなたはいったい……」

「俺は……俺は……デプロ」

解体屋はためらった。言おうとしていることが、実は他者のテクストの引用に過ぎないかも知れないと思ったからだ。いや、そう思うこと自体が引用なのだとしたら……。

だが、それでもいい。解体屋はうなずいて声を上げた。

「俺はデプログラマーだ。俺は解体屋なんだ」

そう言った途端、何かがカチリと外れたような気がした。

解体屋はあたりを見回した。いったいここはどこだ。そう考えた時、他者の言語が再び強い力でスクロールを始めた。

〝おれは、このおれは、何処に居るのだ。……それから、ここは何処なのだ〟

誰かの言葉が自分の思考を吸引し、別の場所へ持っていこうとする。

〝其《ソレ》よりも第一、此《コノ》おれは誰なのだ。其《ソレ》をすっかり、おれは忘れた〟

違う。俺は忘れてなどいない。俺は解体屋だ。ただ俺は自分がどこにいるのか知りたいだけだ。そう自らに言い聞かせる。

だが、折口信夫・死者の書とラベリングされたテクストが、何度も解体屋の脳《システム》内部で点滅する。

〝……それから、ここは何処なのだ〟

そして、それは続くテクストを誘う。

〝其《ソレ》よりも第一、此《コノ》おれは誰なのだ。其《ソレ》をすっかり、おれは忘れた〟

「忘れてなんかいない！」

解体屋は叫んだ。

「どうしたんだ？　しっかりしてよ！」

「俺は解体屋なんだ。思い出したんだ」

「飲め！　これを飲め！」

ソラチャイが錠剤を口の中に押し込もうとした。

「やめろ！　大丈夫だ。俺は大丈夫だ」

解体屋は、柔軟可塑《かそ》金属の紐《ひも》でベッドにくくりつけられた体を揺すって抗議した。ソラチャイは一度身を引き、猫なで声を出した。

「恐がらなくていいんだよ。飲めば自分を傷つけなくなる。見てごらんよ。そのあざだらけの体。あなたは暴れ過ぎる」

そのソラチャイの声は子守歌に似ていた。不思議に落ち着く。

声紋の波状だ。解体屋はそう思った。この少年の声紋の波状が自分を取り戻させる。

〝耳を澄まして感じとれ。分析してはならない。感じるんだ〟

誰かの言葉が浮かんできた。アイコンを見る。錠前屋《プロテクター》という文字だけが書いてあるのを確認した瞬間、解体屋は思い出した。

切れかかったネオンが卑猥《ひわい》にまたたくホテルの一室。自分の目の前に一人の老人が立っていた。隠者のような白い髭《ひげ》。低く粘《ねば》つき、時折乾くその声。

声はこう言った。

「私の声紋の波をインプットせよ。お前の脳《システム》の片隅にインプットするんだ。いいね。インプットがすんだら、私がそこに錠前《プロテクト》をかける。どんなサイコ・ハッカーでも声紋のキーには気づかないはずだ。この錠前《プロテクト》は外せない。覚えておけ。同じ波に出会ったらプログラムは再始動する。だが、恐れるな。脳《システム》を壊されたら、このシステムが動き出すまで眠っていろ。出会わなければ終わりだがね。だが、恐れるな。お前はいつか目覚める。目覚めて私を思い出す。もちろん、それまでは今日のことを忘れていなけりゃならないがな。洗濯屋《ウオツシヤー》にヒントを与えるわけにゃいかんからね。大丈夫。記憶は全部錠前《プロテクト》をかけたボックスにしまってやる。安心しなさい。私は最強の錠前屋《プロテクター》。お前は最強の解体屋。そうだろう？」

そう、あの人は最強の錠前屋《プロテクター》。俺が最も信頼し、尊敬する最強の錠前屋《プロテクター》だ。

「おなつかしゅう」

解体屋はそうつぶやき、ソラチャイに向かって静かな調子で言った。

「もう暴れないから大丈夫だ。思い出したんだ。俺は解体屋。最強の解体屋なんだ。ただ……」

「ただ？」

「少し君の声を聞かせていてくれないか。落ち着くんだよ」

ソラチャイは驚いて黙り込んだ。28号がコミュニケーションらしきことを始めたからだ。

「なあ、しゃべってくれないか」

解体屋がそう言うのを聞いて、ソラチャイはドアの方に走り出そうとした。

「行くな！」

解体屋は叫んだ。

「報告なら後でいいだろう。今誰かに報告したら、君の手柄をそいつに渡すことになるぜ」

解体屋は一瞬にしてソラチャイの立場を理解し、彼をこの場にとどめるのに最もふさわしい言葉を選んだはずだった。

だが、ソラチャイは振り向いて言った。

「キャリアを積んでのし上がろうなんて、そんな考え方を僕はしない。ただ、自分の力が認められないのが悔しいだけだ。だから……」

「何だ？」

「僕が先生に報告に行かなかったとしても、僕をいやらしい人間だと考えないで欲しい」

解体屋は微笑んだ。

「お前は最高だ。声だけじゃない。人間として最高だ」

ソラチャイはまだ動かずにいた。解体屋に正対し、その目の奥を探るようにのぞき込んだままだ。だが、なぜだろう、解体屋の視線もまた、そのソラチャイの瞳の奥を目指して突き進んでいた。

見ている自分を見つめる者。それを見つめ返す者をさらに見ている者。合わせ鏡の永遠。向い合うまなざしは互いに果しなく食い込み、無限の距離を作り出していた。

おいおい、まるで恋だぞ。解体屋はそう思ったが、視線を外すことが出来なかった。それは、ソラチャイが唯一使えるサイコ・マジックだったのかも知れない。

目をそらすかわりに、解体屋は低くはっきりとした声で言った。

「悪かった。手柄のことでお前を引き留めた俺は誤解していた。謝るよ」

「わかってくれればいい」

自分の魔術に気づかないまま、ソラチャイはうつむき、ゆっくりと解体屋に近づくと、興味なさそうに口を開いた。

「でもさ、解体屋なんて大昔にマスコミが作ったものだと思ってたんだけど……本当にいるのかな、そんなものが」

こいつ、なかなか優秀だな。解体屋はそう思った。ソラチャイは、すかさず〝患者の妄想〟を外界に吐き出させようとしているのだ。

「お前はいないと思うのか」

解体屋は、解体《デプログラム》の基本操作に忠実にそう答えた。〝質問には質問を。相手の心理道路《サイ・ウエイ》には乗るな〟

「だって、人間の精神をね」

ソラチャイは逆に解体屋の質問に答えるはめになった。こちらの心理道路《サイ・ウエイ》に乗ってしまったのだ。

「ハッカーみたいに破壊するなんて、出来るものなのだろうか」

出来るものなのだろうか、だと？　大人びた口をききやがる。お前の脳みその中にある解像度の低いディスプレイに、どんな教科書の文章が映っているか、俺には全部わかるんだぞ。

「それより時間はいいのか？　優秀なサイコ・ドクターはセッションの時間制限に厳しいはずだ。それはかのフロイト以来の鉄則だろう」

「くわしいね」

ソラチャイは誉められてまんざらでもない。

「そりゃあ解体屋だからな」

「なるほど」

冷静さをあわてて装い直し、ソラチャイはそう言ったが、早くも〝患者の妄想〟の真実性に関する判断力を失い始めていた。

こいつはいいリハビリだ、と解体屋は思った。ソラチャイは俺の〝妄想〟を流出させ、真の欲望を露呈させようとしている。患者のリビドーを自分に投影させ、荒れ狂う言語を固定化させようとしているのだ。……転移。

だが、いずれ逆転移が起こる。その医者が患者に依存してしまう。高速逆転移《インスタント・リバース》。俺が得意とする精神操作《サイコ・コントロール》だ。出来るだろうか。今の俺に。

「俺の名前は高沢秀人」

解体屋は素早く切り出した。

「タカザワ……」

「秀人だ。本当の名前はわけがあって言えない。高沢ってのは解体屋の草分けみたいな男の名前だよ。彼はすでに死んでいる。洗濯屋《ウォッシャー》に殺されたんだ」

「……まさか」

ソラチャイは抗議を含んだ口調で言った。

「お前たち表のサイコ・ドクターにとっちゃ、洗濯屋《ウォッシャー》は心理マーケッター程度のものだろうから、信じられなくても無理はない。確かに今じゃ洗濯屋《ウォッシャー》はちょっとした広告代理店みたいなもんだ」

淀みなくしゃべりながら、解体屋は大きな川のイメージを思い浮かべていた。ソラチャイの中に流れる川を次第に飲み込むような巨大な川。まるでタイを横切るメコンのような。

イメージがクリアになればなるほど、有効な言葉が、声の様々な抑揚が、そして相手を縛りつけるような仕草が次々とほとばしり出る。素早い解体《デプログラム》をするには、意識を消した方がいいのだ。

「ところが、初代高沢秀人が生きてた頃は、会社人間を育成する……」

瞑想に近い状態で、テクニックを繰り出す。

「カイシャニンゲン?」

「つまり会社のために生きるような人間だ。日本特有の」

「ああ」

「透明人間みたいなものを想像しちゃったのか?」

「いや」

ソラチャイは笑った。

解体屋は相手が日本人ではないことに注意することにした。途中でひっかかる言葉があると、こちらに流れて来る川の水が止まってしまう。

「つまりエコノミック・アニマルを育てるシステムを扱って、そこら中に合宿所を作ってさ、儲《もう》けていたわけだ。それがいつの間にか、性格を変化させて人生にポジティヴな姿勢を生み出すとか何とか言い出した」

「そんなことぐらい知ってるよ」

OK。ソラチャイの意識の流れは、俺のメコン川に合流し始めている。解体屋は指先で力強くソラチャイの視線を操作しながら、声の音量を少しずつ上げて行った。

「マーケットを拡大した洗濯屋《ウオツシヤー》は、ぐんぐん勢力を広げた。二つ三つだった洗濯屋《ウオツシヤー》の団体は、分派してうじゃうじゃ増えた。最初の洗濯屋《ウオツシヤー》はポジティヴ・ミーンズ、リアル・ライフぐらいなもんだったが、日本企業のバックアップで高層精神クラブが出来、GBW、つまりゴーイング・ザ・ベスト・ウェイ社が現れ、というわけさ」

解体屋は洗濯屋《ウオツシヤー》集団の名前を特に大きく発音した。どれも英語でものを考えることの出来る人間には、ある程度の作用を持つからだ。これだけ日本語が達者なソラチャイだ。英語もネイティブに近いだろう。

「最初はまだよかった。システムが日本に上陸して十年くらいの間はな。妙な社会参加意識だの、押しつけがましいポジティヴ・シンキングだの……洗濯屋《ウオツシヤー》が集団誘導したレベルが浅かったからだ」

ソラチャイは少し眉をひそめた。解体屋はおかまいなしにしゃべり続ける。

「だが、途中からおかしなことが始まった。どの組織も裏で人材探しをやり出したんだ。深いレベルに対応出来るやつ、特殊な言語操作《マインド・コントロール》を叩き込めそうな、言ってみりゃ精神界のグリーン・ベレー要員を客からピックアップして、マン・ツー・マンで仕込んだんだよ。最高の洗濯職人の育成が開始されてたってわけだ。どうしてかわかるか?」

「資本主義の常だね」

ソラチャイはすかさず答えた。システムへの潔い諦め。さすがは仏教の民だ。関係ないか、それとこれとは。

「そう、つまりリアル・ライフに染まった脳を高層精神クラブのプログラムに書き換える人間。PM、ああポジティヴ・ミーンズのシステムをGBWに洗い直す人間が欲しかったのさ。これは単に洗濯屋《ウオッシャー》同士のマーケット争いだけが原因じゃない。日本企業の体質がそれを促したんだ。つまり……」

「企業はビジネスマンの能力を上げるために、カイシャニンゲンを洗脳させたばかりじゃない。エリートを自分の会社に囲っておくためにそうした」

「いい読みだ、ソラチャイ。そう、企業のトップは、社員の脳《システム》の奥に忠誠心を埋め込みたかったんだよ。だけど、企業はよその会社から、優秀な人間をヘッド・ハンティングしたい。ところが、対抗企業同士は、互いにそれを恐れてそれぞれ違う洗濯屋《ウオッシャー》に洗濯《ウオッシュ》を頼んでる。そこで必要なのが……」

解体屋は、わざと相手に答えを言わせるための間を取った。堤防を壊して、ソラチャイの川がこちらに合流するように。予想通りのタイミングで、ソラチャイの川はこちらに流れ込んで来た。

「デプログラマー！　ええっと、解体屋だったたってことだ！」

「そうだ。洗脳外しのプロフェッショナル、高速度で相手のプログラムを読み、破り、攻撃し、破壊するサイコ・ゲリラの登場だよ」

「ははーん」

ソラチャイのあいづちの音程は、通常よりもずっと高くなっていた。

解体屋の脳神経の網、電子スクリーンのようなそれに、ソラチャイのかわいい小川が見えた。こちらは水路を開いている。とどまることなく水は流れ入って来る。

いいぞ。解体《デプログラム》のリハビリは順調だ。分析した細かな情報を映像に置き換えて対応する能力が、解体屋の命なのだ。

解体屋は自分の脳《システム》の中に、さらに深くジャック・インしながら、言葉を継いだ。

「さて、じゃあ歴史の第二ステージだ。というより裏街道ってとこか。これを話せば、なぜ高沢秀人が殺されたのかがわかるはずだ。……もともと解体屋は洗濯屋《ウオツシヤー》の中から生まれた。だけど、洗濯屋《ウオツシヤー》はそれほど強い精神改造が出来る人間をおっかながり始めたんだ。そりゃそうだろ？　二重スパイみたいな解体屋がいれば、洗濯屋《ウオツシヤー》自体が解体《デプログラム》されかねない。……そこで、だ」

ソラチャイが唾を飲み込む音が、解体屋には合流した小川の最後の一滴のように聴こえた。

「洗濯屋《ウオツシヤー》は解体屋を養成する時に、とんでもない後催眠《スリープ・オン》をかけたんだ。絶対に自分たちを裏切らないように、俺たちの脳みその中にキー・チップを埋め込んだんだよ。つまり、解体屋こそが最も深く洗濯《ウオツシュ》された人間になったってことだ。皮肉なもんだろ？」

「キー・チップ？　どんな機械なの、それ？」

解体屋は軽く頭を振って答えた。

「……機械じゃない。言葉だ。キー・チップは言葉の地雷だよ。お前もサイコ・ドクターになるなら覚えておけ。言葉にはメカ・メディクス以上の力がある。機械なら頭を開けば、すぐに発見出来る。取り外せば、それでおしまいだ。キー・チップは違う。見つけようがない。実体のない爆弾なんだよ。異常に深い後催眠《スリープ・オン》をかけられて、俺たちはその爆弾みたいな暗号を組み込まれる。その暗号を聞いたら誰にも逆らえないように洗濯《ウオツシュ》されてたわけだ」

「奴隷だ。それじゃ解体屋は洗濯屋《ウォッシャー》の奴隷じゃないか！」

ソラチャイは叫ぶようにそう言った。彼がこの病院でどんな扱いを受けているのかが、解体屋にはよくわかった。やつは自分を俺に投影させているのだ。だが、その悲痛な響きを帯びた叫び声は、解体屋をもソラチャイに投影させた。

転移と転移か。普通なら友情と呼ぶのかも知れないな。解体屋はそう思った。仲良きことは美しき哉《かな》。データ・ラベルには、武者小路実篤と書いてあった。少し微笑んでから、解体屋は再び冷徹に、ソラチャイを味方につけるべく話し始めた。

「そう、奴隷だよ……俺たちは。しかも、解体屋はそのことを知らなかった。怪しいとも思わずに洗濯屋《ウォッシャー》の指令に従ってたんだ。だが、それに気づいたのが」

「高沢秀人。ええっと、初代の」

「そうだ。高沢は仲間の解体屋の精神の中からそれを見つけ出し、自分にも同じように埋め込まれていることを発見した」

「ノーベル賞ものだね」

「ああ、俺たちの間ではな。そして高沢は仲間と二人で組織を抜けて、お互いを解体《デプログラム》したんだよ。キー・チップを外すために」

「なーるほど。日本初のフリー・デプログラマー誕生だ。だって、組織に縛られない自由な解体屋ってことでしょ？　つまりモーゼだ。エクソダスだよね。それか……ええと……リンカーンかな、解体屋の世界の」

解体屋は笑いながら答えた。

「まあ、そうだな。そして、いずれは俺がお前にとってのリンカーンになるだろう。あるいは、お前が俺を解放するモーゼだ」

ソラチャイは顔をしかめて、理解出来ないことを示したが、解体屋の電子スクリーンにはソラチャイの水が熱く沸き立ち始めている様子が映っていた。例の友情というやつだ。

「それはともかくとして、だ。残念なことに、高沢もその仲間もキー・チップを見つけることが出来なかった。つまり、ノーベル賞を取りそこねたわけだ。そして、洗濯屋《ウオツシヤー》に見つかり」

「追われて殺された」

「つくづく察しがいいね。まさか洗濯屋《ウオツシヤー》から送り込まれた人間じゃないだろうな？」

「あはは、違うよ」

ソラチャイは冗談としか受け取らなかったが、解体屋は真剣にその表情と声に神経を集中させていた。声帯は緊張していない。視線も揺れなかった。大丈夫だ。

「僕ね、けっこうスパイものの小説とか好きだからさ」

「おいおい、これは本当の話なんだぜ」

「ねえねえ、もう一人はどうしたの？　高沢秀人の仲間の方は？　その人もやっぱり……」

「殺されてはいない」

解体屋は言い淀んだ。その人が洗濯屋《ウオツシヤー》から受けたダメージは、死よりも深く大きかった。その人は何十年もの間、毎晩のようにうなされて断末魔の叫びをあげ、自らの体をかきむしり、目覚めている時も激しい発作に襲われ続けた。その人こそ俺のマスター。最高の錠前屋《プロテクター》。脳《システム》に堅固な錠前《プロテクト》をかける伝説の老賢人。

「……殺されはしなかった……けれども」

そこまで言って息を吸った時だった。電気的に捻《ねじ》られた低い声が部屋に入り込んできた。それはまるで黒い大蛇が糊の湖を這い回るような、気味の悪い力強さを伝えた。

〝ソラチャイ・ソノ・カンジャハ・デプログラマー・ダ・チュウイセヨ・ソノ・カンジャハ・デプログラマー・ダ〟

声の大蛇は、芥子《けし》色の煙とともに丸い天井から這い降りてきていた。催眠ガス。大蛇は濁った空気を震わせながら、なおもうねる。

〝ソラチャイ・ソノ・カンジャハ・デプログラマー・ダ・Eノ・トビラ・カラ・センターニ・ニゲダセ・タダチニ・Eノ・トビラ・カラ・センターニ・ニゲダセ〟

この部屋は洗濯屋《ウォッシャー》に監視されていた。ソラチャイはやつらの手下だったのだ。解体屋は自分の軽率さを悔い、また洗濯屋《ウォッシャー》どもの偏執的なしつこさに吐き気を覚えた。

脱出どころかリハビリも不十分なうちに、俺はまた他者のテクスト群に意識を奪われ、長い眠りの沼に頭まで押し込まれるだろう。あるいは、あの人のように眠ることもままならない痛みを、脳神経の奥にセッティングされるのだろうか。

芥子色のガスは濃霧のように馴れ馴れしく、解体屋の体にまとわりつき、その視界を覆っていた。すさまじい刺激臭がする。ガスは皮膚からも体内に侵入し、威力を発揮するかに感じられた。だるい。何もしたくない。すべては終わった。今度こそ、すべては終わってしまった。

解体屋は鉛のように重いまぶたをゆっくりと閉じていった。

だが、どこかから再び目覚めよと呼ぶ声がした。ベルベットの手触りがする濃度百パーセントのガス。その厚い幕の向こうから、誰かが呼んでいる気がした。マスターだろうか。俺を呼んでいるのはあの老人だろうか。あるいは、すでにこの世を去った本当の高沢秀人が、この俺を地獄へと誘っているのだろうか。

体が大きく揺れた。誰かが俺を拘禁用ベッドから解放しようとしている。また洗濯屋《ウォッシャー》の奴隷《どれい》になろうとしている俺、毒の煙幕に逆らえず、その奴隷となって深い眠りにつこうとする俺。その俺を解放しようとする者がいる。

「こっちだ！　しっかりしろ！」

解体屋は、信じられぬ思いで目を見張った。自分の様子を探るために、この部屋で何も知らないふりをして、話を聞き続けていたはずの敵の手先がなぜ？

「早く！　早く！」

強い力で腕が引っ張られる。芥子色の海で溺《おぼ》れる少年のように、ソラチャイの顔が見え隠れしている。その姿は、霧のローブをはおった高貴な王子のようにも見えた。

「王子……なぜ？」

思わずそう言うと、王子はローブの裾を乱暴に払いのけ、大きな声を張り上げた。

「何言ってるんだ、馬鹿！　ソラチャイだよ、僕はソラチャイだ！　早く逃げよう！」

「いや、なぜ……お前が？」

「あんたの予言を信じたからだ。僕はあんたのリンカーンなんだろ？　そして、あんたはいつか僕のモーゼになる」

「いや、しかし」

よろよろと立ち上がりながらも、解体屋は事の成行きに対応出来ずにいた。ソラチャイの拳が、いきなりその解体屋の頬にめり込んだ。

「あんた、解体屋なんだろ！　しっかりしろよ！」

なるほど。頬を押えながら、そう思った。監視していた洗濯屋《ウォッシャー》どもが認めた以上、俺は今こそ確かに解体屋だ。他者に認められてこそ、自分は自分。その他者がたとえ敵でもかまわない。なにしろ、おかげでタイの王子が味方についたのだ。

「おお、我こそとらわれの王！」

解体屋はまだ体に巻き付いていた拘禁具をはね上げて叫んだ。

「これより復讐の旅に出る。勇敢なる我が息子とともに、剣と楯《たて》を持って」

「馬鹿！　そんなこと言ってる場合じゃないよ！」

きついパンチがもう一発、頬に入った。ひどい息子だ。解体屋はうなった。

「早く、こっち、こっち」

暴力息子に手を引かれ、無力な父は走り出した。ガスが目にしみて、盲目同然だった。しかも徒手空拳《としゅくうけん》だ。だが、俺にはどうやらまだ言葉がある。解体屋はそう思った。俺たち解体屋にとって、言葉は剣、言葉は楯だ。

言葉以外に武器を持たない盲目の王と、浅黒い顔をした乱暴者の王子は、手を握り合ったまま、どこかにあるはずの出口を目指して、ひたすらに走り続けた。

「必ず復讐してやる」

あちこちに体をぶつけながら、解体王はそう言ったつもりだったが、ソラチャイ王子にはただの下品な嘔吐《おうと》にしか聴こえなかった。

第　二　章

命令旋律

コマンド・メロディ

かれこれ九時間ばかりも眠ったろう、目を覚ましてみるとちょうど夜明けだったから。起きようと思ったが、身体が動かない。なるほど見ると、我輩仰向けに寝ていたのだが、手も足も左右に大地にしっかり縛りつけられ、長く房々としていた髪の毛も同様である。

そこまで考えて、解体屋は目ヤニだらけの右目をひきつらせた。

「我輩？」

薄闇に響く自分のかすれ声が、意識をさらにはっきりと眠りからひきはがす。

「今、俺、我輩……って」

そう言いかけてすぐ、解体屋の胸の奥で、危険を察知する装置が作動した。あわてて、遠のいていくセンテンスを追いかける。

「我輩仰向けに寝ていたのだが、手も足も左右に大地にしっかり縛り……」

見れば、確かに手足は縛られているが、それは大地にではなく、病院の簡易ベッドらしきものにだった。急激に冷汗が出るような感覚が、解体屋を呑込む。我輩？　大地？

「どういうことだ、そりゃ？」

とりあえず、混乱する自己を音声として切り離すと、そののた打ち回るトカゲのしっぽみたいな声が、かび臭い部屋の隅にこだまして返ってきた。

「どういうことだ、そりゃ？」

だが、自分のものとは似ても似つかない。しかも、そのこだまの後にカタカタとキーボードを打つ音がする。

「ガリヴァ旅行記と思われる、と」

それは自分の声ではないが、聴き覚えがあった。ボイス・チェンジャーでもかけられているのか、俺は？　そう思い、解体屋は体をひねって、こだまの方を見た。

高窓から差し込む不透明な朝の光に、半身をさらしている少年がいた。陰になった半身は、コンピュータ・ディスプレイの青っぽいあかりに染まっている。

ソラチャイだろうか？　解体屋は必死に目を開こうとするが、ニカワのような目ヤニがまつ毛を引っ張る。それでも、やめるわけにはいかなかった。あの脱出劇が成功したのかどうか、あるいはその記憶そのものがニセであるのかどうかを確認しなければならない。こんな目ヤニは、ガスでも浴びなければ出てこないはずではあったが。

解体屋はまぶたをくしゃくしゃと動かし続ける。しかし、いっこうに事態は改善されない。誰かが見たら勝新太郎の真似だと思うだろうな。解体屋はふとそう思い、真似の方をやってみたくなった。

こんな時に何を考えちまうんだろうな、俺ときたら。すぐに反省してはみたものの、客観的にとらえてみると、やっていることはやはり動きとして勝新にそっくりだ。

解体屋は心の中で、ダミ声を出してみた。……いやな都政でございますねえ。

メモリー・バンクの底から浮き上がってきたそのフレーズの一部に、重大なバグがあると気づいた解体屋は、急いで口に出して訂正した。

「渡世だよ、渡世」

ミスの理由は、おそらくいつか見たテレビ番組にある。解体屋はすぐにそう結論づけた。おぼろげながら、その洒落で笑っている子供時代の自分の後ろ姿を記憶していたのだ。

勝新をやめた解体屋は、ゆっくりと頭を振ってつぶやいた。

「あんな洒落で笑ってたとはね。恥ずかしい」

言い終わるか終わらぬかというタイミングで、額に電気的なショックが与えられた。

「何を一人でブツブツ言ってるんだよ？」

無理をして目を開けるまでもなかった。ソラチャイだ。やつが手の平でバチリとやったのだ。

暴力王子め。解体屋はため息をついた。

「デプログラマーの寝言集にはもうあきあきだよ。ねえ、ノビル？」

さっき見たのがそのおかしな名前の少年なんだろう、と解体屋は思った。となると、俺はタイ人の集まるアパートメントか何かに連れてこられたのかも知れない。

「まあ、ともかく、だ。なあ、ソラチャイ」

解体屋はそう言って、推測を断ち切った。

「この日ヤニをなんとかしてくれないか」

すると、すぐに温かくしめったタオルが解体屋の顔を覆った。

「ありがたい」

解体屋は熱い息を吐き出しながら、言った。

「用意がいいな、ソラチャイ」

ソラチャイは遠くで事務的に答えた。

「お礼ならノビルにどうぞ」

「ああ、そうか。お前がこんなことしてくれるわけがないよな。ええと、コップン・クラップ……でいいんだっけ、ありがとうは？」

答えはソラチャイのいない方角から聴こえた。

「うん。ありがとう、はね」

ノビルと呼ばれた少年だ。ノビルは、さっきのこだまとはうって変わったような高い声で続ける。

「でも、僕は日本人です」

「あ、ああ、そう」

その、とまどった解体屋の反応に呼応して、突然に大勢の少年たちの笑い声がした。十人はいる。いったい今までどうやって気配を消していたのだろう。解体屋は自分の耳を疑った。だが、長引く笑いは現実のものだった。

「おい、ソラチャイ」

不気味さに少しだけ声がうわずりそうな自分をすぐに押しとどめて、解体屋は言った。

「お前、子沢山なんだな」

少年たちはさらに笑った。だが、今度の笑いには共感めいたものがある。子供は特に第一印象が大切。なめられたら終わりだ。とりあえず、ゆったりとした態度で笑わせることが出来た自分を、解体屋は称えた。ソラチャイが笑い声をぬうようにして、意外そうに呼びかけてきた。

「知ってたの？　あんなにうなされて暴れたのに」

解体屋は答える。ソラチャイの尊敬を勝ち得るために、わざと落ち着いた風を装って。

「い・い・や」

「へえ、そりゃたいしたもんだな」

ソラチャイがそう言うと、少年たちも口々に解体屋を誉《は》め始めた。

「俺たち、脅かそうと思ってたのにね」

「こんな人、初めてかもね」

「いっきなり、生まれたのにねえ」

「ちゃんと死んでたもんな、俺たち」

「度胸があるのかな？　デグロ、ええと」

「デプログラマーだよ」

「そうそう、デプロ……」

「デプロブラジャー！」

子供たちはまた嬌声《きょうせい》をあげた。騒がしい声は解体屋を下から持ち上げるように響く。どうやら全員があぐらをかいているか寝ているかしているらしい。となると、瞑想《めいそう》のポーズでもしながら、存在を消していたのだろうか。修行僧みたいなガキの集団。いったい、こいつらは……？

「もう紐を解いてもいいね」

ノビルはそう言った。心を読まれている、と解体屋は直観した。嫌な緊張感が体の奥で生まれたが、解体屋は本能的にその感情をブロックした。

おそらく、このガキどもの首領はノビルだ。わらわらと群がり、自分を解放してくれている子供たちに向かって、無邪気な笑顔を作りながら、解体屋は思った。しかし、このガキはそれ以上の何者かに違いない。

このままでいてみよう。そうすれば、タオルを取るのはノビルだろう。それはやつの権限だからだ。その時を狙って、自然にやつの真偽腰椎《トラスト・ボーン》に指を当て、お前は俺を殺したいかと聞いてみる。嘘をつかないまでも、無意識的に俺を憎悪していれば、かすかな電流が流れるはずだ。

すべての紐を解かれ、自由の身になりかけた解体屋は、仰向けになったままノビルの行動を待った。

ふっと眉間がむずがゆくなった。来る、と解体屋は思った。すでに冷たくなり始めたタオルがつまみあげられる。ノビルか、と目を開いたまではいいが、目ヤニでよくわからなかった。蒸しタオルの熱で溶けた目ヤニが、まぶたをふさいでしまっていたのだ。誤算だ。それでも、解体屋は素早く相手の細い腰に手を回した。真偽腰椎《トラスト・ボーン》のありかはすぐにわかった。中指をピタリと当てたままで、解体屋は機械的な声を出した。

「お前は俺を殺したいか?」

指先に全神経を集中させる。だが、反応は全くなかった。ということは、と判断しかけると返答があった。

「うん」

だが、それはソラチャイの声だった。タオルを取ったのはソラチャイだ。

「馬鹿が!」

解体屋はそう叫んで、すだれ状の目ヤニの向こうに見えるタオルを奪い返し、顔にこすりつけた。なんとか視界が開けた。乱暴にタオルを返そうとした解体屋は、息を吞んだ。唾が気管に入ってむせた。ソラチャイだと思っていたのはノビルらしき少年だったのだ。

再び瞑想少年たちの笑い声が巻き起こった。咳込みながらも、馬鹿にするな! と叫ぼうと思った。だが、その罵倒すべき少年たちの方を見て、解体屋は卒倒しそうになった。それは少年たちなどではなく、バラバラな年齢層の人間たちだったからだ。

ある者はダブついた背広を着た老人、ある者はボディビルダーのような腕をTシャツからむき出した若者、またある者はひなびた商店街で雑貨屋でもやっていそうな中年女性。あるいは、ウォール街から現れたとしか思えない若い白人男性や、やせこけてヒッピー然としたヨーロッパ人らしき女。実際に小学生らしき者もいることが、かえって気味の悪さを与える。彼らの共通点と言えば、みな一様にパックリと口を開け、子供の笑い声を吐き出していることだけだ。

うめきをあげる解体屋に向かって、ノビルらしき少年が言った。

「驚いた？」

解体屋は素直にうなずいた。が、すぐにノビルを見上げ、ろれつの回らない口調で言った。

「その声は、ソラチャイの声は、それは？」

するとノビルは、解体屋の上に覆いかぶさるようにして、静かに微笑んだ。といっても、本当に笑っているのかどうかは、まるでわからない。無表情が与える恐怖の感覚が、解体屋の体の芯に響く。特に、仏像の顔にはめ込まれたガラス玉のような目が、背筋に冷たい水を流し込んだ。こいつ、死んでるのか……と考えかけた時、ソラチャイが横から顔を出し、おどけた口元で話しかけてきた。

「面白いでしょ、オウムみたいで」

解体屋にはその無邪気さが信じられなかった。ソラチャイは自分の声を盗まれているのだ。なぜ、その気味の悪さに気がつかないのだろう。だいたい、あの死人の目はなんだ？

だが、そう思ってノビルを見ると、やつはさっきとはうって変わったいたずらな表情で、こちらをのぞき込んでいる。挑まれている、と解体屋は思った。ノビルはわざと俺に一瞬だけ本当の姿を見せたのだ。

やばい。こいつはやばいヤツだ。解体屋は暴走しかけた脳《システム》の電源を無理やりに切った。そうやって強制的なブロックをしなければならないほど、ノビルの投影力は強かった。

やつが感じさせる恐怖の肉感は、レベルの高いコンピュータ・ウィルスに似ている、と解体屋は思った。侵入のスピードそのものが、脳《システム》にずしりと響く強度《インテンシティ》を持っているのだ。

そうか、オウムかと答える自分の声が遠くで聴こえた。その間に解体屋は、ルーティン・プログラムのスイッチを入れた。しばらくは普通の会話が出来るはずだった。もちろん、その会話に隠れて作動している解体《デプログラム》用のプログラムには気づかれずに。

狂気か、未知のプログラムか。声紋のコントロールが人間に可能か。機械化された肉体のしるしはノビルにあったか。解体屋は解体《デプログラム》言語の系統樹の中に飛び込み、複数の入口から同時にいくつもの結節点を通過していく。

だが、いつまでたっても目的地にたどり着いた感覚がなかった。〝仮説の高原〟といわれるデプログラムの感覚土台が見つからないのだ。せめて、その〝仮説の高原〟の近くにでもいい、どこかにたどり着きさえすれば、そこから相手に対する打ち込み《クリック》が始められるのだが。

こんなことは初めてだ。いったん、錯綜した系統樹から抜け出て、解体屋は途方にくれた。とりあえず、身体ディスプレイが対応している方の世界をのぞいてみる。いわゆる、現実というやつだ。

「じゃあさ、この皆さんの子供声はなんなのよ？　腹話術クラブとかじゃないわけでしょう？」

「あはははは」

「あははって笑われても、こっちはわけわからないぜ。他にレパートリーやってみてよ」

「へへ」

「レパートリーだってさ」

「あははははは」

身体ディスプレイの方もなんとか解析を続けているらしい。解体屋はそちらの、つまり現実の方にジャック・インすることにした。

「君たちは忍者の子孫かね？」

ベッドに腰をかけ、まだ眠りから覚めきらないようなふりをして、解体屋は続けた。〝仮説の高原〟を探す手がかりのために。

すると、一番前で解体屋を見上げていた中年の女が答えた。

「あたしたちは」

それは肥えた首に幾重ものしわを寄せた風体にふさわしい声だった。

「ノビルの子孫よ。忍者のじゃなくて」

いい加減にしてくれよ。解体屋は心の中で毒づいた。聞けば聞くほど混乱するじゃねえか、まったく……まったく、いやな渡世だ。都政だっけ？　いや、渡世でいいんだよ！

それでも、解体屋はあきらめない。その女の言葉から、事態を把握する糸口を探し出そうとした。

「お姉さん、そーんなに若いようには見えないんだけどなあ、そのノビルの子孫って……」

言い終わらないうちに、〝ノビルの子孫たち〟全員がふっと気配を消した。それはやはり忍者としか言いようのないやり方だった。

「あの……」

解体屋の言葉が行き着く先はどこにもない。言葉は〝ノビルの子孫たち〟の体を通過し、その向こう側へと突き抜けていってしまう。

これが〝死ぬ〟ってやつか。俺が眠っている間、やつらはこうしてじっと気配を消していたに違いない。解体屋はそう思い、まさに死んだ者となりおおせている〝子孫たち〟の目をのぞき込んだ。深い催眠をかけられていることがわかる。しかし、彼らをその催眠状態へと導くきっかけは何だったのか。解体屋はそれを洗い出さなければならなかった。

言語鍵《ワード・キー》だろうか。だが、目の前にいる例の中年女が、自分からその鍵を音声化したはずがない。言語鍵《ワード・キー》を被催眠者が口に出せるわけがないのだ。むしろ、絶対にその言葉が外に出ないように、脳《システム》にプロテクトがかかっていなければおかしい。でなければ、被催眠者が勝手に催眠状態に陥ってしまうからだ。

となると……と思いかけた時、〝ノビルの子孫たち〟が一斉に回れ右をした。そのまま素早く歩き出し、先頭の者が開けたドアから外へ出ていく。

すごい調教だ。解体屋は思わずため息をついた。集団にこれだけ見事な後催眠《スリープ・オン》をかけた例を、他に見たことがない。

その間、ノビルは突っ立ったままだった。おかしな仕草はしていなかった。となると、だ。解体屋は中断した解析の続きを始めた。おそらく〝人笛〟だろう。ノビルは、可聴領域を越えた音で〝子孫たち〟を自由に操っているのだ。

解体屋はあぜんとした表情で〝子孫たち〟の背中を見つめているふりをしながら、ノビルの口元に注意を集めた。かすかに開いた口からは、命令旋律《コマンド・メロディ》が聴こえない。筋ばった喉に負担がかかっているようにも思えなかった。だが、なにしろやつはソラチャイそっくりな声を出せる人間だ。不可聴領域で幾つもの歌を歌うことなど朝飯前なのかも知れない。

〝子孫たち〟が完全に消えてしまうと、部屋は異常なほどの静けさに支配された。解体屋の手の平は汗でじっとりとしていた。

俺もすでに催眠をかけられているのだろうか。あり得ないことじゃない。そう思った解体屋は、乱暴な動きでベッドにあお向けになり、すぐに口笛を吹いた。妨害音を出していなければ恐くていられなかったのだ。

「まあ、気持ちはわかるけどなあ」

ノビルのその声は部屋中に響いた、そこまで読まれているのか。解体屋は泣きそうになりながらも、なお頬をふくらませ、自分の耳に向かってデタラメなメロディを吹きちらした。そのヒューヒューいう悲壮な、しかし同時に間の抜けた口笛の中に、解体屋は必死の思いでたてこもったのだ。

「それが〝上を向いて歩こう〟なら、かなり音痴ですね」

解体屋の口笛は止まった。そんな曲を吹いている気はなかったのだが、考えてみれば確かに〝上を向いて歩こう〟を演奏していた。それも、恥ずかしいほど調子っぱずれで。

「あ、ごめんなさい。でもね、〝上を向いて歩こう〟だったらこうですよ」

そう言うと、ノビルの唇が軽く丸まった。続いて、美しい音色が聴こえてくる。解体屋は思わず聴きほれそうになり、あわてて大声を出した。それが自分に向けた命令旋律《コマンド・メロディ》のように思えたからだ。解体屋は耳をふさぎ、目を閉じて、意味のない言葉をわめき散らしながら、ベッドの上をころげ回った。

腹を殴られた。目を開けると、猛然と怒りをあらわして仁王立ちになっているソラチャイが見えた。何か言っている。両耳を覆った手を少しだけ開けてみた。

「自分が音痴だからって、ノビルの口笛を聴かないなんてさあ、それは子供だよ。まったく、このくそガキ大人！」

いつものソラチャイのパンチがみぞおちにくい込んだ。とっさに殴り返してやろうと思うが、同時にそのサラサラした黒髪に包まれた頭をなでてやりたいとも感じた。おかげで恐怖感が薄れ、腹が据ったような気にさせてくれたからだ。

どうにでもなれ。俺は一度は死んだ身だ。解体屋はそうつぶやいて、あっけにとられているノビルの顔をまじまじと見た。パニックを起こしかけた脳《システム》の中で巨大にふくれ上がっていた幻想が、すうっと消えていく。

目の前のノビルは、ソラチャイと解体屋との暴力的なコミュニケーションに驚いて、少し肩をすくめ、長い手をだらりと下げたまま立ちすくんでいた。

こいつ自体が催眠にかかっているのかも知れない。解体屋はそう思った。確かに自我の統合が未完成な少年のようにも見えるからだ。そうであってくれると、かなり気分が楽なんだがな。

「僕の口笛、嫌いですか？」

おずおずとノビルが聞いてきた。

「ほらあ、大馬鹿！」

ソラチャイの平手打ちが、解体屋の頬を狙ってきた。素早くその手首をつかんだ。

「ソラチャイ、いい加減にしろよ、お前」

言いながら、もう一方の手を握って軽く腹を打ってやる。それ以上、ソラチャイのパンチング・ボールになる気はなかった。

「だってさあ……」

ソラチャイは急に子供らしさを取り戻して、つかまれた手首を自由にしようともがいた。

「お前がノビルを傷つけるからいけないんだよ」

だだをこねるみたいにしてソラチャイは訴えた。まったくなんてやつだ。解体屋は顔をしかめた。少しでもかなわないとわかると、突然〝子供〟を武器にしやがる。

「ソラ、僕は傷ついてないよ」

ノビルはソラチャイを責めるように言った。

「ただ、口笛が嫌いだったら悪いと思ったから……」

それは繊細な少年を思わせる意外な言葉だった。ソラチャイの手首を離して、解体屋は頭をかき、素直にこう反応してみた。

「いや、嫌いじゃないよ。すごくきれいな口笛だった。だからやばいと思ったんだ、俺は」

ノビルは首をかしげる。解体屋は続けた。

「暗示をかける合図に聴こえたんでね」

「暗示……の合図?」

ノビルはそう繰り返してから、ソラチャイの方を見た。その説明を求める仕草には無理がなく、本当に何も知らないように思える。

「だから、さっきの連中をコントロールしたのと同じようにさ、音で俺を支配しようとしてるって気がしちゃったんだよ」

案ずるより産むがやすし。こうなりゃ、考えたことを全部さらけ出して、相手の反応を見た方が早い。そう決めていた解体屋はすぐに続けた。

「ソラチャイと同じ声を出せるくらいだから、何があってもおかしくないだろ？」

するとノビルは答えた。

「ああ、これ？」

ソラチャイの声だ。しかし、冷静になった解体屋には、それが巧妙な物真似に過ぎないことがわかる。

「ノビルはすごいからね。一度聴くとすぐにおんなじ声が出せる」

ソラチャイは顎を突き出すようにして、他人の能力を自慢した。そして、こう言った。

「だけど、暗示の合図じゃないよ、あれは」

「じゃあ、なんなんだよ？　さっきの忍者軍団はどうして急にいなくなった？　誰がどこで命令を出したんだよ？」

ソラチャイはノビルと顔を見合わせ、高い声で笑った。そのまま首を振り、遠ざかっていってしまう。

「おい、何がおかしい？」

解体屋は言った。ソラチャイは振り向いて答えた。

「あれはあの人たちが勝手にやってるんだよ。僕らも困ってるんだから」

「お前らも困ってる？」

「そうです」

答えたのはノビルだった。

「僕らのこの基地に来て、じっと黙ったり、急にいなくなったりするんです。なんかお芝居の稽《けい》古《こ》をしてるっていうんだけど」

ソラチャイがあくびをしながら言葉を引き取る。

「ノビルの声がすごいって言ってね。先月から来るようになった。変な人たちなんだ。ノビルのこと、歌う神だとか言って」

「宗教か？」

そう言うと、ノビルが答えた。

「違うと思います。あの人たちの声を聴いてる限りは」

「声を？」

「うん、声でわかるから。あの人たちの声はもっと、なんて言うのかな、科学的に作られた感じだし」

ソラチャイはまた顎を出して、ノビルの自慢を始めた。

「ノビルの耳はすごいんだよ。解体屋のテクニックなんかより、絶対もっとすごい。だって、声で相手の気持ちがわかっちゃうんだもん。で、今度はその人の気持ちを声で変えちゃうんだから」

「なんだ、それ？」

「だからね、ヴォイス療法だってチカが言ってたぐらいで……」

「チカって誰だ？」

「真崎知香先生だよ。お前を治そうとしてた先生の名前」

「お前って言うのはよせ。俺は大人だぞ」

思わず声を荒らげると、ノビルの眉が少しだけ動いた。表情自体は変わらないが、確かに音に敏感なのはわかる。

「じゃあ、解体屋」

「ああ、それでいい」

解体屋は催眠をほどこす時に使う低い声を出して続けた。ノビルの反応が見たかったのだ。

「そのチカって女が俺の面倒を見てたのか？」

「そうだよ。チカがいなかったら、解体屋は一人部屋なんかで特別看護を受けてなかったんだから。それに今だって、解体屋の寝言集を作れって言って」

「ここに逃げたのを教えちまったのか？」

「だって、あの人には連絡しておきたかったんだよ。だから昨日の夜……電話して……」

ソラチャイは悪そうに下を向いて答えた。思わずトゲが突き出てしまった声を、解体屋は元に戻した。

「そしたら、寝言をコンピュータに打ち込めって言ったのか？」

「うん」

「俺が解体屋だってことも話したのか？」

「ううん」

ソラチャイは急いで首を振った。

「じゃあ俺という人間に興味があるってことだな。俺にほれてるのかな？　そのチカさんは」

ノビルはうっとりした顔で首をかしげている。この手の声が好きらしい。やはり、誰かの催眠コントロールを受けているのかも知れない。そいつは敵だろうか。

なんにせよ、一度ノビルを外《デプログラム》す必要があるな。もちろん、チカという女にも注意だ。そう思いながら、解体屋は部屋を見回した。もしもの時のために、逃げ道を確認しておく必要があった。すでに敵であってもおかしくない者が三グループいるのだ。ノビル、チカ、そしてあの集団。

ソラチャイはその解体屋の緊張を見破ることもなく、のんびりとした調子で続けた。

「あんたみたいなむさくるしい男を好きになるわけない。チカは天使みたいな人なんだから」

解体屋の緊張は別なレベルにスライドした。

「美人なのか？　その、チカさんは？」

ノビルが笑いながら答えた。

「すごい美人です。頭もいいし、なによりも……」

そこでノビルはいったん言葉を切り、顔を赤らめて続けた。

「なによりも、声がきれいだから」

解体屋は吹き出した。声にしか興味がないノビルがおかしかったのだ。

「何を笑ってるんだよ！　ほんとにきれいな声なんだからね」

見るとソラチャイまで赤面している。

「へえ、聴きたいもんだね。その男殺しのヴォイスをさ」

「変な言い方するな！　チカを馬鹿にするやつはこのソラチャイが許さないからな」

「悪い、悪い」

適当に謝っただけでは、ソラチャイの怒りはおさまらなかった。だが、おかげでチカに関する情報が増えていく。

「チカはあの病院で一番優秀な精神分析医だよ。いや、この国の宝だって言った方がいい。バンコックにいた時だって、あの人の論文はみんなで引っ張り合って読んだんだから」

ソラチャイは手を振り回して続ける。

「チカがあんたみたいなやつに優しくしたのが信じられないよ。ＰＷの連中にはすごく冷たいのにさ。なんでこんなやつにだけ……」

「おい、ソラチャイ、今なんて言った？」

解体屋は身を乗り出して言った。チカの情報どころではなくなったのだ。

「だから、あんたみたいにむさくるしくって、いやらしくて、意地悪な」

「いや、ＰＷって言わなかったか？」

「言ったよ」

「それがやつらの名前か？　あの忍者たちの……」

「ああ」

「サイキック・ワーク……か？」

「知らないよ。ただＰＷって名乗ったんだ。最初にここへ来た時に。劇団みたいなことしてるって言って……ええと何だっけな」

ノビルが口をはさんだ。

「ワークショップのグループだって言ったんです、正確には。それでチカが興味を持って、その人たちが来たら必ずあたしに連絡してくれって」

解体屋は天を仰いでつぶやいた。

「あいつら、どっかに赤い月のマークは付けてなかったか？」

「ああ、右肩に入墨してるやつはいた。ふざけてシャツをめくってね、見ちゃったんだけど。怒ってたな、その時。だけど……なんで知ってるの？」

間違いない。南アフリカに本拠地のある洗濯屋集団《ウオッシャーズ》、サイキック・ワークだ。秘教的な訓練の噂《うわさ》だけが有名で、その内容は誰も知らない洗脳のネットワーク。それがすでに日本に上陸していたのか。

やつらは俺の正体を知っているはずだ。だが、何のために接近して来たのだろうか。しかも、ノビルをあがめながら。ノビルが……歌う神？　ノビルの子孫？　そしてチカ……。

解体屋は自分の手の平で頰を二、三発叩いて、沸騰《ふっとう》し始めた頭を冷やし、小さくつぶやいた。

確実に……いやな渡世はこれからだ。

第　三　章

人格溶融

パーソナリティ・メルトダウン

その夜、解体屋は外出を申し出た。だが、ソラチャイもノビルも、まるでこちらを無視するようなやり方で、その申請を却下した。

外に出たところで行くあてもなかった。仕方なく、解体屋はベッドに寝転がり、忙しげに部屋を出入りする二人に、あれこれと質問をすることにした。

解体屋がかくまわれている部屋は、古い工場の中の一室だということだった。今は使う者のいない、自動車解体工場の事務所。

「あんたにピッタリだろ？」

ソラチャイはそう言い、工場全体の造りを教え始めた。ノビルはベッドの足側にある小さなくぐり戸を抜け、奥の部屋に入っていく。解体屋は黙ってソラチャイの説明を聞いた。

今ノビルのいる部屋は、この工場で最も安全な場所らしかった。階下に通じる隠し階段があるから、〝襲撃〟を受けた時に便利なのだという。そして、PWのメンバーたちが出て行ったドアの向こうは、下の作業所を見おろす形になった踊り場で、すぐ右にらせん階段があるが、〝襲撃〟があった時には迷わず左に行くこと。人ひとりがかろうじてくぐれる穴があって、その中の鉄骨をつたって工場の裏手に出られるから。その忠告をソラチャイは二度繰り返した。

「襲撃、襲撃って俺たちは戦争をやってるわけじゃないんだぜ」

解体屋が首をポキポキ鳴らしてそう言うと、ソラチャイは対抗するように指を鳴らしながら答えた。

「あんたは、ね」

「なんだ、あんたはって？」

「僕らはここでずっと戦争をしてきたんだよ」

「戦争を……してきた？」

解体屋は首を鳴らすのをやめ、口をポカンと開けたままでソラチャイを見つめた。自分が病院にいる間に、日本が内戦状態にでも入ったというのか。目の前にいるのがタイ人だけに、その想像には妙なリアリティがあった。

涼しい顔でソラチャイは続けた。

「このあたりはスクワッターのたまり場だからさ、お互いの領地を攻撃するなんて日常チャハンジなんだ」

「ちなみに、それは日常サハンジって読むんだけど……それはともかくとしてスクワッターってのは」

間違いを指摘されてソラチャイは、大あわてで話を先に進めた。

「不法侵入者だよ。東京もヨーロッパみたいになってきたわけさ。つまり……」

「いや、スクワッター自体は知ってる。空き家を占拠しちまうってやつだろ。だけど、それは日本でも当り前のものになっちまってるのか、それともちょっとした流行程度のもんなのか、どっちなんだ？」

「少なくとも、東京じゃ流行を過ぎたね。もう定着してるって言ってもいい」

解体屋はため息をついた。入院していたのはたかが三ヵ月だ。その間にスクワッターが当り前の存在になってしまっている。全く東京ってところはとんでもない。

「警察はなんにもしないのか？」

「見回りには来るよ。だけど、こっちの情報網のスピードには勝てない。誰が来ても、門から入ればすぐわかる。あそこの」

ソラチャイは天井の隅を指した。

「電球が緑色に光ったら、すぐ逃げればいい」

解体屋は複雑な気分でうなずいた。

「ということは、ここはノビルがスクワットした領地ってことだな」

「うん」

「仲間は何人いる？」

「僕だけだ」

そう聞くと、ソラチャイは誇らしげに顎をあげて答えた。

解体屋は片方の眉をあげて、疑いをあらわした。ソラチャイはその動作を真似てみせ、ゆっくりと話を続けた。

「まわりの連中も十人はいると思ってるだろうね。襲撃の度にさんざんな目に遭ってるから。ところが、そこがノビルのすごいとこなんだな。ある日、ここをスクワットして、その週のうちに方々に機械を仕掛けたんだ。階段には高圧電流が流れるし、夜の襲撃に備えて光めがけて石が飛んでくるマシンもセットしてあるし、いざとなれば床があちこち落ちるようになってる」

解体屋は笑い出した。その子供じみた仕掛けの数々が、想像していたスクワッターの暴力的な姿とかけ離れていたからだ。

「なんだよ、馬鹿にするなよ」

ソラチャイがこちらをにらみつけたので、解体屋は真面目な顔に戻った。

「馬鹿になんかしてないよ。そういう場所なら、しばらく安心して隠れていられると思ってさ。ほっとして笑ったんだ」

ソラチャイはうれしそうに微笑んだ。皮肉を言ったつもりの解体屋だったが、無邪気なソラチャイの笑顔につられて思わず微笑んでしまう。

「まあ、ここの仕掛けについては後でもう一度説明してもらうとして……お前はずっとここに住んでるのか？　つまり、その、ここから病院に通ってたのかってことなんだが」

「ああ、それなら心配いらない。僕がここにいることはチカしか知らないから。借りてるアパートはずっと遠くにあるんだ。埼玉の奥の方で、僕みたいな留学生が集まってる町。結局、僕たち外人は隔離されてるんだよ、特にアジア系はね。この国には沈黙の階級がある。沈黙の差別がある」

ソラチャイは丸く大きな黒目を動かして、おどけたようにそう言った。解体屋は黙ってうなずいた。

隣の部屋からメロディが聴こえてきた。女の高い声が、力強く響く。たぶんオペラだ。そういえば、さっきから音楽は聴こえていたように思われた。ノビルがその音量を上げたのに違いなかった。灰色の壁が震動しているように思われるほど、その歌声は大きかった。ソラチャイは聴きほれるように目を閉じた。

「ソラチャイ」

解体屋はささやき声で呼びかけた。

「うん？」

ソラチャイは夢から覚めたように、うっすらとまぶたを上げた。

「で、あいつはどうなんだ？」

「どうなんだって？」

「ノビルの実家だよ。おぼっちゃまは、どこからあのオーディオ・ルームに通ってくるんだ？　成城か田園調布か……」

ソラチャイはそっけなく答えた。

「ここがノビルの実家だよ」

「いや、やつにとっちゃそうかも知れないけどさ、両親の家はどこなんだ？」

「両親なんていない。少なくともノビルは知らない」

「……家出少年なのか」

「違う、みなしごなんだ」

普通のことのようにソラチャイが言うので、解体屋はどう会話を続ければいいかわからなかった。ソラチャイは少しこちらに近づき、噛《か》んで含めるような口調でこう言った。

「ノビルは何も覚えていない。三年以上前のことは。気がついたら聖オーガスティン病院にいたんだって。チカは色々調べたし、新聞に記事も載せたって言ってた。だけど、誰もノビルのことを知らなかったんだ。チカは自分の家でノビルを引き取ろうとしてたらしいけど、ノビルは飛び出した。一年前のことだ。で、ここをスクワットして僕を呼んでくれた」

「なるほど、俺に似た経歴の持ち主だな」

「ああ、そうだね。残念ながらノビルは解体屋じゃないけど。でも、ノビルはもっと凄い力を持ってる」

その凄い力の内容が問題だった。それを聞き出さなきゃならない。解体屋はベッドから降りて、病院ではかされていた白い靴を脱ぎ、裸足のまま窓の方に移動した。足の裏を細かい砂が刺激した。

「ほう、解体屋より凄い力なんてあるのかね」

再び首をポキポキと鳴らしながら、無関心なふりで挑発すると、ソラチャイは後ろで声を荒らげた。

「この声を聴いててわからないようじゃ、解体屋なんてたいしたもんじゃないね」

解体屋は意味がわからず、ソラチャイの方を振り向いた。ソラチャイはオペラに合わせて首をゆるやかに振っている。

「これが？」

壁が震えるほどの音量で、あの細身の少年が歌っているのか。

「そうだよ。これはノビルの歌だよ。この奥の部屋はオーディオ・ルームなんかじゃない。ノビルが歌うための部屋なんだ」

信じられなかった。

「それでさあ、解体屋さん」

ソラチャイは解体屋を馬鹿にするように、なおも首をゆっくりと振り、低い声で言った。

「なんでさっきから首を振ってるの？」

「……振ってるのはお前の方」

言いかけてすぐに、解体屋は言葉をのんだ。確かに自分も首を振っていたからだ。しかも、ずいぶんと前から、何度となくその動きを繰り返している。

命令旋律《コマンド・メロディ》。その単語が急激な速さで脳《システム》を駆けめぐった。やっぱり、あいつは命令旋律《コマンド・メロディ》を奏でることが出来るのだ。俺はすでにあいつの術中にはまってしまっている。

解体屋はノビルの声を振り切ろうと首を振り、それが命令旋律《コマンド・メロディ》に忠実な動作であることに気づいた。冷静さを取り戻そうとするが、それがまた首を振る動きを誘う。動悸《どうき》が激しくなるのがわかった。パニックだ。途端に自分ではない者が、自分の声でしゃべり出す。

「もうどうにも止まらない。ああ、蝶になる。ああ、花になる」

ようやく取り戻した〝俺〟が、また他者の言語の乱流に巻き込まれて消えていきそうだった。

「ああ、蝶になる、ああ、花になる、もうどうにも止まらなどうにも止まらない」

ゲラゲラとソラチャイが笑った。その声が、命令旋律《コマンド・メロディ》に不協和音を投げ込んだ。錠前屋のプログラムした声紋が笑いという断続音となり、強い力で自分を支配しようとする旋律をぶったぎっている、と解体屋は思った。しかし、他者の言語はスクロールの速度を緩めない。

「噂《うわさ》を信じちゃいけないよ、あたしの心はウブなのさ、いつでも楽しい夢を見て、生きているのが好きなのさ」

そんなもの好きじゃない、と叫びたいが出来ない。ソラチャイはなおも笑う。その破裂音だけが自分を救ってくれるはずだ。もっと笑ってくれ、ソラチャイ、もっと、もっと。解体屋は残る理性でそう祈り、山本リンダを真似て必死に腰をグラインドさせた。蝶のように手を振り、しなを作って花を表現し、唇を突き出して腰を揺さぶる。

「ああ、蝶になる、ああ、花になる、もうどうにも止まらなどうにも止まらない」

その馬鹿げたグラインドが唯一自分を取り戻す方法だという事実は、解体屋のプライドを痛めつけるのに十分だったが、幸いその屈辱を深く嚙みしめる暇もなかった。解体屋は口をついて出る文句に合わせて、ひたすらに腕を伸ばし、指をくねらせ、腰を回し続けた。

気がつくと、目の前にノビルがいた。ソラチャイと一緒になって床につっぷし、腹を抱えて笑っている。解体屋は最後の腰の回転の遠心力に負け、尻もちをついた。

二人の少年のキーキーいう笑い声は、なぜだろう、精神的極限状況にあったはずの解体屋にも伝染した。解体屋も笑った。すると、二人の少年がさらに笑った。それにつられて、解体屋も息が出来ないほど笑った。

命令旋律《コマンド・メロディ》を奏でていたはずのノビルも、錠前屋《プロテクター》の声紋鍵《ボイス・キー》と同じ波を持つソラチャイも、その二人の声に天国と地獄を見た解体屋も、とにかく笑いに笑った。三人はよだれをたらし、床を転げ回り、尻の穴から音を立て、涙を流しながら、いつまでも笑い続けた。

笑いがおさまってしばらくしても、誰もしゃべり出すことがなかった。ただ時折、誰かが小さくキーと鳴き、それを合図にしてまた笑いが渦巻くだけだった。三人はそうやって、長い時間を車座になったままで過ごした。

ゆうに三十分は経っていただろう。ようやく言葉を生み出したのはソラチャイだった。

「あのね、解体屋はさあ、ノビルの声がなにか悪い暗示の合図だって言ったでしょ。だけどね、違うんだよ。首を振ったのはさ、ノビルが固くなった筋肉をゆるめる歌を歌ったからなんだよ」

「筋肉をゆるめる歌?」

思わずまた笑いそうになるのを我慢して、解体屋はそう言った。ソラチャイは続ける。

「ノビルはそうやって、声で人間を解放することが出来るんだよ。それが凄い力なんだよ」

そんなことがあるもんか。解体屋はそう思い、今度は恐怖心なく首を振った。

「本当なんだって」

「まあ……」

と一呼吸おいてから、解体屋は答えた。

「それが本当だったとしても、だ。いや、本当だからこそ命令旋律《コマンド・メロディ》を歌えるかも知れないってことだろう？」

ノビルがけげんそうな顔をするので、解体屋は簡単に命令旋律《コマンド・メロディ》のことを説明してやった。たとえ、ノビルがわざと知らないふりをしているのだとしてもかまわなかった。もし、自分の脳《システム》に旋律を書き込んでしまっているなら、もうなにをしても遅いのだ。

「ああ」

説明を聞き終えると、ノビルは納得がいくといった表情でうなずいて、こう言った。

「それはありうるなあ、きっと。でも、声を悪いことに使ってる」

ノビルはそのまま膝を抱えて下を向いた。

「けれども、だ。君がそれをやってないという証拠はない」

解体屋はそう言った。案の定、ソラチャイがいきりたった。

「ノビルが嘘つきだって言うのか！」

それをいさめたのはノビルだった。

「ソラ、この人は本当にそんなことをする人間と戦ってきた人だろうからね。なんだって疑ってかからなきゃいけなかった人だからさ。ねえ、僕が知らないうちにその歌を歌ってる可能性だってあるわけでしょう？」

ノビルの最後の言葉は、解体屋に向かっていた。解体屋は静かにうなずいた。すると、ノビルはふうと息を吐き出し、肩を落とす。

勘のいいやつだ。解体屋は舌を巻いた。こいつは俺がやりたいことをもう知ってる。しかも、それをやらせようと考えているのだ。

こちらもお前の考えていることを知っている、と教えるために解体屋は言葉を省いた。

「どこでやろうか？」

ノビルはその質問に答えるかわりに、優しい目でソラチャイを示した。解体屋は了解した。ソラチャイだけは何が起こっているかわからず、キョロキョロと二人を見交わしている。解体屋は言った。

「ソラチャイ、悪いんだが……」

すぐにノビルがさえぎった。

「ソラ、話は変わるんだけど、例のセンサーを取りに行ってきてくれる？　警察無線がもう聴き取れないんだよ。大井町のあのおじさんが新しいのを入れたって連絡くれたんだ」

ソラチャイは疑い深い視線で解体屋をうかがっていたが、やがて黙って立ち上がった。ノビルが席を外して欲しがっていることだけはわかったのだ。

ブカブカのチノパンをわざと強くはたいてから、ソラチャイは近くのドラム缶の上にあった千円札を何枚かつかみ、それをポケットにねじ込んでドアの方へ歩き出した。そして、ノブに手をかけると、振り向きもせずに言った。

「今日、襲撃があっても知らないからね、そんな年寄りなんか足手まといになるに決ってるから、ノビルはかまわないで逃げなよね」

ドアは閉まった。ソラチャイは鉄の階段をわざと乱暴に降りていく。その乾いた音に混じって、スニーカーがペタペタいうのが聴こえた。解体屋には、それが湿った嫉妬を表現しているように思われた。

ソラチャイが工場からすっかり遠ざかるのを、ノビルは耳で確認し、それから立ち上がって奥の部屋へと解体屋を招き入れた。

六畳ほどの広さで、家具ひとつなかった。直径十五センチくらいの錆びたパイプが、部屋のどまん中を垂直に突っ切っている。そのパイプが天井と床に当たる部分は、直径五十センチ程度の穴になっていた。ソラチャイが隠し階段と言ったのはこれのことだろうが、ちっとも隠れてなどいない。

「絵ぐらい飾ってあると思ったけどな」

解体屋はそう言ったが、ノビルは黙ったまま右側の壁に背を当て、滑り落ちるようにして座り込むと、膝を抱えた。一度、そのノビルの頭上高くにある小窓を見やってから、解体屋も腰をおろした。そのままノビルの正面まで這っていく。

天井の四隅からぶら下げられた裸電球が、二人の体を薄オレンジ色に染めていた。寂しい夕焼けの中にいるみたいだ、と解体屋は思った。想像していたのはもっと生活感のある空間だっただけに、その暗い違和感が強調される。

解体屋はノビルの顔をまじまじと見つめた。張り出した額にかかった、細く短い髪の毛のほとんどが、汗で光っているように思えた。小さいがよく尖《とが》った鼻も、緊張のために乱れた呼吸でひくついている様子だ。だが、柔らかな皮膚を切り裂いたように開いた目からは、全く動揺が感じられない。

茶色のカーペンターパンツの右膝は擦《す》り切れていた。ノビルはこちらから目を離さないままで、その薄くなった生地をなでている。念入りに切り込まれた爪には、泥ひとつついていなかった。こんな廃屋に住んでいる少年とは、やはり思えない。生地の隙間から白い膝小僧が見えかくれした。丘のようになだらかな曲線だ。ほつれて解けた短い糸が、その丘から立ち昇る煙に見えた。

「さて」

解体屋は大きく息をついた。

「別におかしな真似はしないから安心してくれよ」

ノビルはかすかに肩をすくめ、眉を上げた。どうとでもしてくれといわんばかりだ。こりゃ、てこずるかも知れないな。解体屋はそう思った。無抵抗の相手を解体《デプログラム》する方が面倒なのだ。冷静さを保たれていると、言葉をねじ込むべき亀裂が見えにくいからだった。しかも、こちらは自己のプログラムさえ完全には取り戻していない状態だ。

しかし、ともかくやるしかなかった。解体屋は上目づかいにノビルの顔を見つめ、一度ゆっくりと息を吐くと、解体網膜《デプログラミング・スクリーン》の中にジャック・インした。

外界では自分の手がノビルの膝に伸びていた。さっき見たノビルの仕草から、過去におかまの誘惑があっただろうと解体屋は判断していた。その記憶を再現させるところから、まず始めようと思ったのだ。おかしな真似はしないと言った直後だから、動揺は大きいはずだった。

ノビルは抵抗をしなかった。外界と対応するルーティーン・システムが、その理由を聞き出そうとしていた。オマエハ・オカマナノカ？

解体網膜《デプログラミング・スクリーン》の方には、白い丘が見えていた。重要なのはこちらの映像だ。解体屋はむしろこの仮想世界《フリーダム》に身を置き、相手の精神世界《ドグマ》を突っ走らなければならなかった。ルーティーン・システムが繰り出す言葉は、その映像をより鮮明にする手段に過ぎない。

言ってみれば、解体屋は自己を三つに割るのだ。ひとつを外界にあてて相手の精神《ドグマ》を揺さぶる言語／身振り操作をし、もうひとつの自己をマザーコンピュータにして反応の分析を行い、そして最後のひとつを意識下の戦闘者《ハッカー》にする。

だが、今白い丘を見ている戦闘者《ハッカー》は身動きが出来なかった。外界を司る操作者《マニピユレータ》も、分析をするコンピュータも、情報を得ることが不可能だったからだ。解体屋は分裂自己《スプリツト・セルフ》の重心を操作者《マニピユレータ》に変え、外界を盗み見た。ノビルは操作者《マニピユレータ》が垂れ流す淫らな質問にも表情を変えず、太股にまで近づく指にも恐怖を示していなかった。だからといって、ゲイとしてそれを受け入れる様子もない。ただただ、静かに答え続けるだけなのだ。

再び解体屋は白い丘に戻った。その世界に呑込まれるほど深く、そのスクリーンにジャック・インしなければ、ノビルを解体《デプログラム》することは出来ないと思ったのだ。外界の操作者《マニピユレータ》はいずれ、亀裂を作り出すだろう。いや、どんな言語操作《マインド・コントロール》をしたって、まるで反応がないことなどあり得ない。この白い丘を歩いて行けば、必ずひび割れなり迷い道なりが見つかるはずだ。あるいは地震の跡、何人もの傷ついた少年の死体、膿の湧き出る毒の泉が。

脳を、記憶を、または精神をあくまでもマテリアルなプログラムとして扱う解体屋が、そんなイマジナリーな仮想世界《フリーダム》を利用するのはおかしな矛盾だった。だが、それが最も素早く人間の精神《サイ》コ・部品《バーツ》の解体《デプログラム》をする方法であることに、間違いはなかった。

解体屋は白い丘をすぐに登りきった。だが、その向こうには全く同じ形の白い丘があるばかりだった。落ち着いて周囲を見回す。どの方角にも、同一の丘が続いていた。どれもがなだらかな斜面を、こちらに見せている。

あり得ない光景だった。その眺めは何もないことを示しているのだ。

記憶なし。マザーコンピュータは戦闘者《ハツカー》の脳《システム》に直接そう告げた。だが、逆行性健忘症だろうが何だろうが、その個人風景に何もないことなど絶対にあり得ない。記憶がなければ、その覆い隠された時間がなんらかの精神映像《サイ・ビデオ》になっているはずだった。

リハビリが足りないのかね？　戦闘者《ハツカー》はマザーコンピュータに向かってそう思った。答えはない。そりゃそうだ。足りないのならコンピュータにだって、その判断をする能力が欠けているのだ。

答えるかわりにマザーコンピュータは、耳に小さなモニタリング・デバイスを付けてくれた。操作者《マニピユレータ》の音声を逐一拾い上げて、こちらに伝えるつもりだ。事実はどうか知らない。ただ戦闘者《ハツカー》は自分の耳にそれを感じた。

ここで完全に仮想世界《フリーダム》が確立し、解体屋の自我の三権分立が成功した。戦闘者《ハツカー》は操作者《マニピユレータ》の言葉を聞きながら、滑らかな陶器のように表面を光らせる丘を下った。

ソノヒザノユビヲ・トメロヨ、ナンデ・ウゴカシテルンダ！　ソンナニコワイノカ、オレガ。

ダレカミタイニ？

ノビルがオウム返しに答えているのが聴こえる。〝ダレカミタイニ？〟

マザーコンピュータはその答えのテンポとリズムを計測し、また抑揚、強さ、そして意味以外の音、つまり息や雑音を解析する。あるいは、そのメッセージを発信した時のノビルの動作から、有徴項《ハック・ポイント》を発見しようとする。

戦闘者《ハツカー》は同時に、白い丘に何か変化がなかったかに注意をこらした。時には闇に包まれた恐ろしい物体が襲いかかることもあるし、世界そのものが戦闘者《ハツカー》を締め出そうとして地割れを起こすことだってある。だが、丘には何の動きもなかった。

戦闘者《ハツカー》はいらだった。何もないなんてことはない。それは心がないということだ。機械じゃあるまいし、そんな馬鹿なことがあるもんか！　地面を踏みならすようにして、戦闘者《ハツカー》は丘と丘の間にあるくぼみに向かった。

突然、体中に電流が走った。マザーコンピュータから、第一次級の警戒警報が発せられたのだ。その電流の感覚で警報の種類はわかった。『仮説／対象はすでに洗濯《ウオツシユ》されている可能性あり』だ。だが、それはジャック・インの最初から、戦闘者《ハツカー》が注意していたことだった。対象が洗濯屋《ウオツシヤー》そのものである可能性さえ、彼は考慮に入れて丘を歩いていた。そのどちらにせよ、やはり何もないことなどあり得なかった。何か理解出来ない物体なり、景色なりがあって初めて、戦いが始まるのだから。

それでも、マザーコンピュータは再び戦闘者《ハツカー》の皮膚をしびれさせた。だが、戦闘者《ハツカー》はそれを無視して、くぼみに足を踏み入れた。

その瞬間、視界がすべて白くなった。もやに包まれたようだった。あわてて、引き返そうとするが、もはや距離感も何もなかった。動かした足がもつれ、転びそうになった。しっかりと立とうとした途端、足の裏に感覚がないのに気づいた。上下の判断が出来なくなった。頭の中がグラグラと揺れた。

帰れ！　とマザーコンピュータは告げていた。エスケープせよ！　と。第四次級の警報だ。しかし、どこに向かって走ればよいのかがわからなかった。必死に足を動かした。だが、蹴る物がないのでは、前に進むことが出来ない。

自分の体まで白い霧に覆われていた。世界どころか自分さえもかき消えてしまったような気がした。そんな仮想世界《フリーダム》は経験したことがなかった。なんだ、これは？　手も足も出ない。いったい、ノビルは俺をどうしようというんだ!?

戦闘者《ハッカー》の叫びが、大きな声の中に吸い込まれた。声はこう言っていた。〝何もないよ、ここには何もないよ〟と。

ないわけがない！　と戦闘者《ハッカー》は再び叫んだが、世界を包む霧がその音声を完全に殺した。戦闘者《ハッカー》は自分が今、何を言ったのかを忘れてしまいそうな気がした。〝何もないよ、ここには何もないよ〟という言葉だけがあった。『これは言葉ではない』とマザーコンピュータが伝えてくるのが、かろうじてわかった。

『これは言語伝達ではない。聴くな。これは言語伝達ではない。注意せよ』

じゃあ、テレパシーかよ？　戦闘者《ハッカー》は無重力状態の中で唾を吐いた。お前はコンピュータだろ、そんなオカルトはユング派どもに任せて、科学《クール》をやろうぜ、科学《クール》を！　言語伝達じゃなければ何だって言うんだ？　俺の耳にははっきり聴こえるんだぜ。〝何もないよ、ここには何もないよ〟って言ってる声が……声……？

戦闘者《ハッカー》が気づいた時、マザーコンピュータも解析を終えた。同時に操作者《マニピュレータ》の体に震えが走った。

歌だった。ノビルの喉の奥からメロディが流れ出していた。そして、その旋律が、音色が、律動がひとつのことを解体屋に伝えている。〝何もないよ、ここには何もないよ〟と。

三つに分離していた自我が統合し、解体屋は通常の意識状態に戻った。いや、戻らされたといった方がよかったかも知れなかった。解体作業を行う三つの自我は、それぞれ磁力に引きつけられるようにして統合したのだ。その磁力はノビルの歌声の中に潜んでいる、と解体屋は思った。ノビルは祈るように目を閉じ、不協和音とも協和音ともつかない複数の声を出していた。それぞれの旋律をたどろうとするが、それは不可聴領域の中に高く消え低く潜って、途中から追いきれなくなる。解体屋はその不思議な歌に包まれて、恐怖も敵意もなくしていた。

確かに何もない。こいつの脳の奥には何もない。心理的外傷《トラウマ》も苦痛も葛藤も愛情《セックス》も、いっさい何もない。こいつの脳は脳《システム》じゃないんだ。俺はだまされているのだろうか。この歌声は何もないように思い込ませるための防御旋律《ディフエンス・メロディ》なのだろうか。

裸電球に照らされたノビルの顔は上気しているようにも見えた。歌うことへの喜びだけが、この少年を突き動かしているとしか思えなかった。喉に固着した欲動《リビドー》？　まさか。そんなものじゃない。こいつの中には何もないのだ。歌以外には何も。

聖域という言葉が、ふいに解体屋の意識の上に昇ってきた。この俺がそんなロマンチックなことを考えるなんて。解体屋は体が前後に揺れるのを感じた。笑っているのだった。

自嘲的な笑いに思われたその横隔膜の振動は、やがて全身に広がり、解体屋は自分が白いもやの中にいるように感じた。

自己の輪郭が失われ、世界とともに溶けていく感覚。それは最高のクスリをやりながらオルガスムスを迎えた時の感じに似ていた。解体屋はうっとりと顔を仰向け、ノビルのメロディにすべてを預けてつぶやいた。

「気持ちいいなあ……」

解体屋は忘れていた。その驚異的な快感にそっくりなものが、もうひとつあったことを。

それは激しい心理戦争《コントロール・ウオー》の極限で相手に負け、人格溶融《パーソナリティ・メルトダウン》を起こした時のエクスタシーだった。

数ヵ月前にも、解体屋はそれを心ゆくまで味わったはずだというのに。

「キ・モ・チ・イ・イ・ナ・ア……」

自己と世界の境界が完全に崩れ去ろうとする瞬間に、解体屋はもう一度そうつぶやいた。天国が扉を開けて待っている、と思った。

だが突然、世界は冷たく解体屋を突き放した。

「なーに？　このスケベおやじ？」

そう言う声が聴こえたのだ。かろうじて振り向くと、一人の女があきれ顔で自分を見おろしていた。横には怒りと恥ずかしさを満面にあらわしたソラチャイが立っている。

殴られる、と解体屋は思った。その瞬間にソラチャイはすさまじい勢いで宙を飛んでいた。

解体屋が人格溶融《パーソナリティ・メルトダウン》を起こしたのは、結局そのタイ人の重たいジャンプ・キックによってだった。

第　四　章

重工業的反撃

ノスタルジック・キル

腫《は》れた右の顎《あご》だけが、他人のように感じられた。動かすと吐きそうに痛むのだが、その確かなはずの感覚さえも、どこか遠い。顎と同時に、感覚まで腫れてしまっている気がした。すべてはソラチャイのせいだ。

くっそお……とつぶやいたつもりだったが、舌が頰《ほお》の内側にひっかかる。右耳もまだ少しマヒしていて、自分の言葉を確かめにくい。

それでも、解体屋の目は、鋭く知香の足をとらえていた。小柄な知香は細い窓枠の上に腰をおろし、見事なバランスで足を組んだまま、ソラチャイの話に耳を傾けている。

焦《こ》げ茶色のスエードのパンプス。そこから見える素足の甲は、くっきりと浮き出た筋と青緑色の血管に彩られて、ひどく美しかった。肌の薄さと白さが、明瞭に見てとれる。

意識を取り戻してすぐ、床にあぐらをかいたのは正解だったな。解体屋は満足気に眉を寄せた。このまましばらくじっとしていれば、知香はじきに足を組みかえるだろう。この位置からなら、一瞬内腿がおがめるはずだ。その時を逃したら、俺は蹴られ損ってことになるぞ、畜生。

「聞いてるのか、解体屋?」

ソラチャイにいきなり突っ込まれて、解体屋はピクリとした。何も言えない。

「さっきから、ふてくされてるけどさ。僕がキックしなかったら、あんたはまた脱出前みたいになってたかも知れないんだからね」

とりあえず、うなずいてごまかす。

「まったく、もう」

ソラチャイはため息をついた。

「なにが、まったくもうだよ！　人の顎を外しといて、そういう言い方はないだろう？」

発音がしにくかった。唇のどこかから空気がもれて、スースーいう。

「顎が外れたっていうのは大げさだけど、ソラがやり過ぎたことに関しては、あなたが眠ってる間によく注意しておきました」

知香が言った。なるほど、魅力的な声だった。ノビルの言う通りだ。女にしてはよく響く低音を持っていて、その中に澄んだ高音が混じってくる。

「ただ、本当にあのままだったら、あなたはパニックを起こしていたはずです。瞳孔《どうこう》が開きかけていたし、それより何より軽いケイレンが始まっていたから」

思慮深く最低限度の音量でしゃべるのだが、はっきりと言葉が伝わるように、舌が滑らかに動くのがわかった。時折、それがネチッと音を立てる。海外に長くいたインテリの発音だ。それも、英語圏。パニックと言った時の残存異音から判断すれば、たぶんアメリカだろう。

「聖オーガスティンにいた時から、あなたのあのケイレンには悩まされてました」

解体屋はチラチラと知香の膝を見やりながら、さらに分析を続けた。なるほど、そうなると、このちょっと威圧的な足の組み方は、東部のリベラルなインテリ風ってところだ。

「状態としてはね、あれにすごく近かった。……今、ノビルがあなたに何をしたのかを聞いて、それからソラにも色々質問したのね。とにかく、ノビルの声に敏感に反応したいっていう、あなたの心理的な傾向は」

「反応したいっていうのは違うな。反応するんだよ、実際に」

解体屋は知香の言葉をさえぎった。スースーいうのを無視して、そのまま一気にしゃべる。

「あんたは大学かなんかの研究室で、安全な範囲の臨床例をリスト・アップしてさ、それで何かわかったつもりなんだろうけどね。例えば、患者に巻き込まれたことはないだろう？　それじゃ治療にならないからってさあ。だけど、俺たちはそんな甘いこと言ってられないんだよ。巻き込まれて、巻き込むんだ。思いっきり投影させるんだよ。そういうことしないあんたらには、脳がただのシステムだっていうダークサイドは一生わからないだろうな」

知香がいら立つのがわかった。解体屋はさらにその支離滅裂な攻撃を続けようとした。このまいら立たせれば、一分以内に足を組みかえるはずだった。視線に気づかれないように、右手でこめかみをもむふりをする。

「つまり、あんたは……」

「どんな色の下着をはいているのか」

今度は知香がさえぎった。

「えっ？」

「どんな色の下着をはいているのか。解体屋さん、あなたの言いたいことよ」

知香は全く同じ調子で再び言う。

解体屋はゆっくりと右手を下げ、あきらめたように頭を振った。それから、知香の目を見上げ、こう言い返した。

「そして、知香さん。あんたが言いたいのは、あたしは勘の鈍い大学の先生とは違うのよってことだろ」

知香は解体屋から目を離さないままで素早く立ち、口の端を片方持ち上げて笑った。

「言葉がすべて、ドロドロした自己主張をするための、つまりしょせんダークサイドの道具であるならね。とにかく、そこまでしゃべれるくらい回復したんなら、隣で話しましょうよ。ここは狭いし、あたしもこれ以上ノゾキに協力してられないから」


ノビルの部屋から三人で出て行くと、肝心のノビルがいなかった。

「またかあ」

ソラチャイが首をすくめた。

「うーん、またですね」

知香がつぶやいた。

「またって何だ？」

解体屋だけがわからなかった。

「家出」

とソラチャイが答えた。

「お前が悪いんだぞ。ノビルの声で変なケイレン起こすから」

解体屋は何も言わずに、ソラチャイの尻を蹴った。素早く振り向いたソラチャイは、身を低くして反撃を狙う。タイ式キックボクシングのポーズになって、解体屋は応戦した。二人は互いの尻を狙い合い、工場の事務室の中をはね回り始めた。

「解体屋さん。あなたはノビルを傷つけておいて、よく平気で遊んでられるわね」

「傷つけた？　俺が？」

「チェストー！」

隙をついて、ソラチャイの蹴りが放たれた。

「汚ねえぞ、ソラチャイ！」

解体屋は尻を抱えて逃げ回りながら、再び知香に聞いた。

「ノビルは傷ついて家出したっていうのか？　見ろよ、俺のこの顎をさ。それから、今このボクサーが蹴り上げた尻を。傷ついてるのは俺の方じゃありませんかね？」

「あなたも解体屋とかいうものを名乗ってるんなら、そんなごつい顎より、ああいう子供の精神的な傷の方が大きいってこと、わかるでしょ？」

ソラチャイをつかまえて、その形のよい頭を押え込むと、解体屋は答えた。

「子供、子供って言いますがね、この小憎らしいガキを見てもわかるでしょう？　十分に大人なんだよ。俺を失神させる力を持ってるんだぜ。あんたみたいな、偽善的に子供を擁護するやつは、はっきり言って嫌いだね」

「偽善的に言ってるわけじゃないの！　あの子はどうしようもないものを抱えてるのよ！　それはあなたもわかってるはずでしょう！」

知香が大声を出したのに驚いて、肉弾戦を繰り広げていた二人は思わずブレイクした。

少しの間、沈黙が続いた。ソラチャイは知香の怒りをかってしまったことに反省を示していただけだが、解体屋は知香の言う〝どうしようもないもの〟について、考えていたのだ。

あの精神内の白い平原。そして、〝何もないよ、ここには何もないよ〟と伝えるだけの歌。その秘密を知香は知っているのだろうか。

「……ごめんなさい」

知香は縮こまるようにして、そっと頭を下げた。無造作に後ろで結わえただけの髪が、知香の右肩にパラパラと落ちた。泣いているように見えた。解体屋は息をのんだ。

悪いことをした。そう思うと同時に、スケベ根性が頭をもたげた。こういう時は、何か気のきいたセリフのひとつも言わなくちゃ。

だが、さらにその一方で、解体屋は知香の髪に見とれてもいた。きれいな髪の毛してやがるなあ。こういうサラサラの髪、どっかで見たことある気がするんだけど。

解体屋の脳は三つに分かれた思考のために混乱した。こういうことに関しては、解体《デプログラム》のあの三権分立は使えない。

〝いやいや、悪いことしたんだ、俺は。どうやって謝ろうか？〟

〝なんて言えば、知香の気をひけるんだ？〟

〝どっかで見た髪の毛だよ、どこだっけ？〟

最後の疑問に対する答えが浮かび上がった途端、解体屋の唇が開いた。静まり返った部屋の中に、場違いなメロディが流れた。

「ふりむーかないでー、はーかーたのひーとー、だ」

解体屋の顔はみるみるうちに赤くなった。ソラチャイがけげんそうに、こちらを覗き込んでくる。解体屋は叫び出しそうになった。

だが、叫びより先に、知香の揺れる肩のあたりから、クックッという鳩《はと》の鳴き声みたいな音が漏《も》れ始めた。それは次第に大きくなり、最後には爆発した。

知香は垂れていた頭を上げ、口を必死に押えながら笑った。断続的に息を吸う度、解体屋をちらりと見て、また声を上げる。

とまどっていた解体屋も、うれしくなって微笑んだ。三つの疑問は、一気に解決していた。〝エメロンのコマーシャル〟で昔見たような美しい髪を持つ女が、解体屋を〝許し〟、すっかり〝打ち解けた〟様子だったからだ。

ノビルとの出会いでは山本リンダ、そして知香とはＣＭソング。一度解体《デプログラム》された後の俺の人生には、どうやら歌がつきものらしい。

「いやあ、音痴だったよね、俺」

にやつきながらそう言うと、知香が答えた。

「音痴とかなんとかいう問題じゃないでしょ。いきなり変な歌始めるんだもん。びっくりしちゃったわよ、あたし。でもね、病室にいた時も、あなた、ずっとそんな風だったのよ。ねえ、ソラチャイ？」

「……うん。でも、今のはわかんなかったなあ。なんの歌なの、チカ？」

知香はそれには首を振って答えず、解体屋に向かって少し真面目な顔をした。

「ノビルはね、あの能力を恐がってるの。自分でも恐いのよ」

「そうは見えなかったけどな」

「あらら、解体屋ともあろう人が気づかなかったんですか？」

ふざけた調子でそう言って、知香は近くのパイプ椅子に腰をおろした。蛍光灯の弱い光の中で、知香の肌はなお一層白く見えた。

「ここに住みついてから、家出は五回目なの。いつも、あの声で他人の情動に影響を与えた後でね。どうやら、自分を責めちゃうみたいなんだけど」

解体屋はバリバリと頭をかいて、言った。

「知香……と、まあ、呼び捨てでいいかな？」

「どうぞ」

「ありがとう。その、知香……先生は」

「呼び捨てでいいって言ったばかりだけど」

「ああ、だから、その、君……はソラチャイから俺の仕事のことを聞いてるだろ？」

知香は軽く目を閉じてうなずいた。

「とりあえず、そういう仕事があることを信じてもらって話を進めるんだが、だ」

冷静な声で、知香は口をはさんだ。

「プロの解体屋がいることぐらい知ってる。あたしだってプロの精神科医ですから。ただ、あなたがそうかどうかは別ですけど」

「解体屋なんているのって、チカは僕にそう言ってたじゃないか。ひどいよ。嘘ついてたんだね。ねえ、嘘ついてたんでしょ？」

ソラチャイが声を荒らげた。

知香にかわって、解体屋が答えた。

「仕方なかったんだろうよ。事情をくわしく聞くためには」

ソラチャイは唇をとがらせて、解体屋の方にくってかかってきた。

「だったら、正直がいいじゃないか？　チカは僕に言った。電話で。で、28号はなんて言ってる？　なに、その解体屋って？　これ、みんな、知らないふりでしょ？」

乱れたことのないソラチャイの日本語が、途切れ途切れになっていた。

「解体屋、いる。チカは知っていて、知らないふりしてたね。僕は一生懸命説明した。解体屋、お前のため、説明した。僕、解体屋の言うこと信じたからね。僕はお前のリンカーン、なる。お前、僕のモーゼ。言ったでしょう？　信じた。僕、解体屋、好きだから、助けたくて説明したよ」

ソラチャイは解体屋に抗議し続ける。

「でも、チカは知ってた。嘘でしょ？　正直がいいでしょ？　チカは僕に嘘をつかない人なのに、嘘を言ったよ。好きなのに。解体屋は怒らなきゃだめ。チカを怒って。二人で僕をだましたらよくないでしょ？　モーゼは偉大な父だから、チカを怒るでしょ？　ねえ……ねえ、ねえ」

解体屋はソラチャイの額を見降ろしたまま、黙っていた。目を合わせたくなかった。

「ソラチャイ」

だが、解体屋は冷たく呼びかけた。

「俺とお前はどこから逃げ出してきたんだ？」

ソラチャイは唇を強く結んで、答える。

「聖オーガスティン病院から」

「じゃあ、俺たちがあそこでガスを吸ったのはなぜだと思う？」

ソラチャイは気の強い少年に戻って、チノパンに両手をこすりつけながら、ふてくされた顔でうつむき、何度もうなずいた。

「わかったろう？　そういうことさ。あそこは洗濯屋《ウォッシャー》どものエリアだったんだ。たぶん、知香はそのことを知っていた。俺が解体屋だってことも、あいつらがその俺を監禁してるってこともだ。だから、知香はお前の話を注意深く、あらいざらい聞き出す必要があった」

再び、ソラチャイが顔を上げた。

「じゃあ、解体屋はチカが洗濯屋《ウオツシヤー》だと思ってるのか？」

解体屋はすぐに首を振った。

「その疑いはさっきの会話でほとんど吹き飛んだ、と言っておこう。知香は解体屋のことを知らないふりでいた。そうだよな？」

「うん、そうだよ。嘘をついたん……」

「嘘は仕方ないって言ったろ、このボケ！」

「ボケとはなんだよ！」

ソラチャイは素早く右の拳を握った。解体屋はそのソラチャイをにらみつけて、言った。

「話を聞けよ。いいか？　もし、知香が洗濯屋《ウオツシヤー》の一派なら、知らないふりはしないだろう。俺がどこにいるのかを聞けばいいだけだ。ただ、もちろん、疑いが全くないとは思ってないけどね。なにしろ」

そこまで言うと、解体屋はにやりと笑って知香を見た。

「嘘つきらしいから」

知香は笑わない。うつむいたままでいる。解体屋は腫れた顎で、ソラチャイにそれを示した。今度はソラチャイがうつむいてしまう。

「知香先生。話を戻しますが、よろしいでしょうか？」

そう言うと、知香はぼんやりと解体屋を見た。少し垂れた目尻のあたりに、こちらをうかがうようなうるんだ瞳が揺れている。その表情はうちひしがれたようにも、疲労をあらわしているようにも見えた。

解体屋は続くはずの言葉を忘れてしまった。思わず、ごくりと唾を飲みそうになる。苦悩する女って、どうしてこうセクシーなのかね、苦悩した途端に、なんていうか、化粧のノリがよくなるんだよ。

そうやって、まるで状況と関係のないテーマの中に、解体屋は没頭し始めた。ちょうどいい具合に汗が出るのかも知れないんだよなあ。で、なんだかセックスの後みたいな艶《つや》が出てくる。複雑な心理状態で、つい視線が外れちゃってさ、それが恥ずかしそうにしてる感じに見えたりして。そうそう、それなんだ。

「話って?」

知香にそう聞き返されて、解体屋は焦った。

「ああ、だから化粧のね……いや、あの、ノビルに自分を投影し過ぎてるんじゃないか、と思ってさ」

「なに?　どういうこと?」

か細い声で、知香はそう言った。また、舌がネチッと音を立てた。解体屋は性的幻想《セクシャル・ファンタジー》に溺《おぼ》れそうな自分を抑えた。

「つまり、自分を責める傾向が強いのは、君とソラチャイの方じゃないですかってことだ。俺は疑り深いからね、ノビルが自分を責めて旅に出るなんて考えは、ちょっと甘いと思う」

「お前、まだノビルを悪く思ってるのか?　もう一発、顎にお見舞いしてやるぞ、おい」

ソラチャイの復活は早かった。それが女との違いだ。ガキの時間はデジタルに進む。

「あいつは、あの声で相手を操作するたんびにさ、どっかにいなくなるんだろ?」

確かめるように、解体屋は言った。ソラチャイも知香も、返事をしなかった。怒られているような気がしてくる。

「ひょっとしたら、そのどっかに誰かがいるかも知れないだろう。つまり、成果を報告に行ってる可能性だってあるんだよ。い、いや、俺が見た範囲では、裏に誰かがいるって感じはなかったよ。……なかったけどね、いや、ないとしてもさ、何かをしに出かけてるかも知れないじゃないか。ええと、そのお」

沈黙したままの二人ににらみつけられて、解体屋はしどろもどろになった。

「だから、例えば、つまりさあ、なんか……ええと、買物とか……食事に出かけたりね」

「馬鹿！」

そうソラチャイに言い放たれて、解体屋は口をつぐんだ。ソラチャイは完全復帰といった調子で続ける。

「買物だの食事だのの裏に誰がいるって言うんだよ、えっ？　大体、そんなもんがいてどうするんだ？　おい、解体屋くん、答えたまえ。食事の黒幕って誰だよ、それ？」

「いや、買物とか食事とかと黒幕は別だよ。俺は何かをしに出かけているっていう可能性を示唆したまででさ」

「その何かが買物や食事だったらなんだって言うんだよ？　誰だってすることじゃないか？　あんたは何を言いたいんだ、一体？　可能性ってなんだよ？」

ソラチャイは解体屋を責めたてた。解体屋は顔をしかめ、黙り込む。かわって知香が苦しげに答えた。

「確かにその可能性は考えなきゃいけないのよ、ソラ。ノビルを疑うっていうんじゃなくてね、あの子を……理解するために必要なことだから」

「ほーら見ろ。知香先生もそう言ってるじゃないか。ねえ、知香先生、そうですよね？」

「あなた、ほんとに調子のいい人ね」

解体屋は舌を出しておどけた。知香は教師のように、厳しく指を振って続けた。

「あたしが言ってるのは、大事なことなのよ。ノビルがなぜあんな能力を身につけたのか。なぜ三年以上前のことを覚えていないのか。そういう疑問を解くために、あたしだってあらゆる可能性を考えたってことなの。ともかく、お願いだからこれ以上ノビルに近づかないで。あのおかしな連中だって、結局ノビルを利用……」

「あの連中ってのは、サイキック・ワークのことか？」

解体屋はすかさずそう言ったが、知香は答えなかった。

「おい、やっぱりあいつらはＰＷなんだな？」

「それは……」

知香の声はそこで途切れた。外からガラガラと響く音が聞こえたからだった。

解体屋は反射的にドアのそばに駆け寄って、そこに左耳を当て、押し殺した声で言った。

「質問の答えが襲ってきたわけだ」

「ランプがついてない！　畜生、バリアをくぐったんだ！」

ソラチャイは天井の隅を見て、そう叫び、ドアまで走り込んで、解体屋の着ていたネルシャツのすそをつかんだ。

「ノビルの仕掛けたバリアを破るなんて、相当手ごわいよ！」

「いいから、早く奥の部屋から逃げろ」

解体屋は二人にそう言って、ドアの鍵を閉めた。知香は目を見開いたまま、立ちつくしている。

事態がのみ込めていないらしい。

「早くしろ！　ソラチャイ、つれていけ！」

「いや、ここのことは、僕がよく知ってる。解体屋がつれていけ」

ソラチャイは冷静にそう言い、テーブルの上のコンピュータの電源を入れた。

「まずは階段を落とす」

スイッチを押すと、すぐにドアの向こうで重たい機械が動き出す音がした。

「コンピュータ使うわりに、やることが原始的だな。重工業的反撃《ノスタルジック・キル》ですか」

解体屋はそう言って、知香の腕を取り、奥の部屋に導く。

「わかってるだろう？　合図をしたら、あのパイプをつたって穴から降りるんだ。あんたのきれいな手に傷をつけたくないけど、顔につくよりましだ。さあ、あそこで待機しててくれ」

解体屋は知香の背を押し、すぐにソラチャイのそばに戻った。

「どうだ、調子は？」

「さあね。階段と一緒に何人落ちるかってとこ」

ドアを蹴る音がした。ソラチャイが管制官のようにクールな調子で報告する。

「少なくとも、一人は生き残った」

解体屋は腫れた顎をさすりながら、ドアに近づいた。

「じゃあ、そいつは俺が解体《デプログラム》しよう。ただし、暴力で」

ドアに手をかけたが、ソラチャイが止める。

「駄目だ！」

「なんで？　俺がそんなに弱いと思ってるのか？　お前にさんざんやられてるからかよ？」

「違う」

そう言って、ソラチャイはディスプレイ・ボードをこちらに向けた。工場の様子が監視カメラで映し出されているらしい。

「そこには三人いる」

解体屋は口をとがらせて驚きを示し、そのままきびすを返した。映像をのぞき込む。

「なんだ、全員スキー帽か。近頃の洗濯者《ウォッシャー》は冬山仕様になってるのかな。雪男でも洗濯《ウォッシュ》する気かね」

「こいつらはスクワッターだよ」

「なんだ、洗濯屋《ウォッシャー》じゃないの？」

「サイゴン・トラストっていうグループのユニフォームだもん」

「なんだよ、そりゃ。サイゴン・トラストなら三角のわら帽子でもかぶってろってんだ」

ソラチャイは映像を消し、カチャカチャとキーボードを押した。ドアを蹴りつける音は激しさを増す。

「今、あいつの真上から石が落ちるよ」

ソラチャイはまたクールな声に戻って言った。どうやら、コンピュータに触ると機械と同化してしまうらしい。あまりの冷たさに、思わず解体屋は言った。

「ベトコンを殺すなよ、ソラチャイ」

「あれ？」

ソラチャイは小さくつぶやいて、再びキー操作を始めた。

「ぶっ壊れたのか？」

「いや、そんなはずはないんだけど」

「ノビルがなんか買ってこいって言ってたじゃないか。調子が悪いとかなんとか」

「あれはこの装置の部品じゃない」

ソラチャイは驚くほどの早さで、コンピュータに指示を打ち込む。時折、カメラの映像がモニターを横切った。

「まさか、そんな……」

ソラチャイは震える声で言った。解体屋はのんびりと問いかける。

「どうしたんだよ」

その時、ドーンという音とともに、ドアがひしゃげた。ハンマーか何かを使ったらしい。勢い込んだスキー帽たちは、続け様にドアを蹴る。解体屋は眉を上げて、軽く笑った。

「向うはハンマー、こっちは石か。近頃のガキはサイバーを通りこして、石器時代に先祖返りしてるのかね」

すると、ソラチャイはコンピュータの電源を落として、素早く立ち上がった。顔が歪んでいる。

「どうした、ソラチャイ?」

「あれはスクワッターじゃない。システムが全部ハッキングされてる。それにハンマーなんか使うやつは、スクワッターにはいないよ。誰だか知らないけど、僕たち殺される」

言い終わらないうちに、ソラチャイは奥の部屋に向かって走った。ふうと息を吐いて、解体屋も後を追う。

「チカ!」

一足先に部屋に入ったソラチャイが、大きな声を出した。解体屋は反射的に身構えながら、飛び込む。知香の後ろに黒いスキー帽の男が見えた。殴りかかろうとするが、その瞬間、知香がはがいじめにされていることに気づいた。手が出せない。

「チカ！」

ソラチャイが右に飛んだ。スキー帽は知香の体ごと、そちらを向く。隙が出来た。一歩踏み込んで腹を蹴ろうと、解体屋は前に出た。が、それより早くスキー帽は後ろに下がり、壁を背にした。手に細い金属製の縄を持っているのが見えた。それはがっちりと知香の首に食い込んでいる。

「ソラチャイ、やめろ！」

解体屋はそう叫んで、知香の正面に移動した。他に武器がないかを知っておく必要があった。右、左と素早く首を振って、スキー帽の下半身を確認する。

「死ぬよ」

スキー帽は、そのひとことだけを口にした。感情がそげ落ちている。洗濯屋《ウォッシャー》ではないな、と解体屋は思った。こいつは洗濯《ウォッシュ》されている。

背後からは、さらに激しくドアを打つ音がする。ハンマーが何度も振り降ろされていた。ドアが壊れるのは、時間の問題だった。

ソラチャイはさらに右に動き、壁にそってジリジリと間合いをつめる。解体屋はふっと力を抜き、少し上を向いて、長い息を吐いた。

ソラチャイが叱るように言う。

「あきらめるのか、解体屋」

解体屋は答えることをしなかった。スキー帽から見える目に、あらゆる意識をすべて集中させていたからだった。

「よく来たね。遠い地方から」

解体屋は言った。スキー帽は反応しなかった。それでも、解体屋はやめなかった。

「僕は君が東京の人間じゃないことを知ってるよ。君のことは全部知ってる」

もちろん、あてずっぽうだったが、スキー帽の目がかすかに動いた。解体屋はその目の中に意識を飛び込ませるようにして、続けた。

「ところで、君はなぜ、左足ばかり動かすんだ？　そこにいるタイの少年が恐いからじゃないだろう。なにか秘密があるね。なぜ、今肩をゆすった？　落ち着けよ、落ち着くんだ。ゆっくり息を吸って落ち着け。そうしないと隙が出来るよ。目を動かすな！　どうして左足が動く？　落ち着いてないからだよ。ほら、また動いた。隙だらけじゃないか！　いいから、左足から意識を抜け！　目に集中するんだ。そうして、一度大きく息を吸え」

知香はこわばっていた体から力をそっと抜き、スキー帽を落ち着かせる解体屋の催眠に協力した。ソラチャイも動くことをやめ、この場にいない者のようになった。

「そうだ。君にも聞こえるだろ？　向うの部屋でガーンガーンと金属音がしてる。そのたんびに、脳の中にメッセージが入り込む。左足が悪いのは君のせいじゃない。気にして力を入れ過ぎるのがいけないんだ。聞こえるだろう？　ガーンガーンと、脳の中にメッセージが入り込む。そうだ、足がリラックスした。そうだろう？」

解体屋は声を急激に落とし、もはや聞き取れないほどに言葉を溶かした。呪文のように。スキー帽の呼吸は少しずつ長くなり始める。その呼吸と全く同じテンポで、解体屋は静かに言った。

「ソラ、隙が出来たよ」

ソラチャイが宙を飛んで、スキー帽の脇腹に蹴りを入れた。うめきが聞こえるより早く、解体屋は知香の首にかかった縄に指をかける。それを見て、ソラチャイがスキー帽の鎖骨めがけ、手刀を当てた。縄がゆるむ。解体屋は裸足のかかとで、スキー帽の右の甲を思いきり踏み、縄もろとも知香を引き寄せた。

ハンマーが完全にドアを壊したのは、その時だった。ばらばらと足音が近づく。知香にパイプを握らせた解体屋は、顎でそのまま降りるように示し、ソラチャイを後に続かせた。

部屋に侵入してきた三人のスキー帽男は、無言のまま解体屋の前に立ちはだかった。解体屋は泣きそうな顔で微笑んだ。

「ようこそ、雪山へ。俺はもう凍えてるよ」

第　五　章

多層化暗示格子

マルチプル・サイ・マトリックス

目の前の三人からは、何の反応も得られなかった。全員、スキー帽をまぶたぎりぎりまで下げ、顎《あご》を上げ気味にしたまま、こちらをじっと見すえて一様に舌先で唇をなめている。超Lサイズのパラシュート・パンツ。その上に垂らした厚手のシャツ。足には先のふくらんだ安全靴。帽子の色以外は全く同じ格好だ。

「ははあ、三原色になってるわけね」

解体屋は三人の頭を指さして、ファッションにまるで知識のない中小企業の社長みたいなことを言った。誰も答えない。仕方なく続ける。

「あ、だからさ。ほら、右から赤、青、黄色になってるじゃない？　信号みたいにさ。うまく役割分担とかしてるわけでしょ、きっと。俺としてはまん中の君とお話ししたいなあ。だって、青の係だろうからさ。通してくれるんじゃないかなあ、と」

ところが、青はゆっくりと右手を上げ、持っていたハンマーを振って、こちらを威嚇《いかく》した。手首とハンマーは幅の広い革で結ばれている。どうやら武器の扱いには、十分慣れていそうだ。

「あ、通してくれないのね。じゃあ、裏かいて赤の人にお願いしてみようかなあ。大体さあ、小さなつづらが当りだったりするもんでしょ。よし、赤を選ぼう。赤！」

解体屋はほとんど自暴自棄になって、その民話だかクイズ番組だかわからないような状況設定を維持した。少なくとも、いきなり暴れたところで勝ち目はなかったからだ。

危機に陥った時には、まず共通の場面意味《シナリオ》を外せ。それは解体屋が受けた訓練のひとつだった。物語にはまったら破滅する。だから、集団成員が一瞬にして作り出す物語から、必死に逃亡しなければならないのだ。

だが、今回の逃亡の方向は、どう考えても破滅の方に自らを導くもののように思われた。

「いつまで、ふざけてられると思う？」

黄色が鉄の棒を床にこすりつけながら、静かな声でそう言った。顎はこちらに突き出されたまま動かない。しかし、彼がいらだっていることは、不自然なほどの早さで唇をなめ始めた舌が教えてくれた。

解体屋の体は本当に芯から凍りついた。ついさっきまで、ハンマーやら鉄棒やらで扉を打ち壊していた連中が、侵入から今の今まで一貫して冷静だったことに気づいたからだった。

こいつら、若いが本物の壊し屋だ。人間一人殺しても、ゲロひとつ吐かないかもしれない。恐ろしいやつを怒らせちまった。やばいぞ、マジにやばい。後頭部の血液がすうっと下がっていくのを、解体屋は感じた。

だが、その真実もまた物語だと告げる者がいた。少なくとも、解体屋の脳《システム》は意識を越えてその声を感じるように出来ていた。強烈な心理訓練《サイコロジカル・ヘル》の中で与えられた暗示のマトリックスが、知覚の全体像を何層にも多様化させるのだ。〝人はこの暗示格子《サイ・マトリックス》をユーモアと呼んできた〟というのが、訓練者である錠前屋《プロテクター》の口癖だった。あるいは彼はこう言ったものだ。たった一つの真実という漢字に、馬鹿らしいほどたくさんのルビを振り続けよ！

「いつまでふざけてられるか、という御質問ですが」

解体屋はあえて相手の物語に寄り添ってみせながら、そのまま場面意味《シナリオ》の軌道外に飛び出した。

「その答えは、俺の後ろのこの黒い帽子の青年が知ってるはずだよ」

まん中の青が解体屋の軌道につられて、思わず声を出す。

「どういう意味だ？」

解体屋はその言葉を聞いてさえいなかった。部屋にあふれた共通認識の壁を破るには、言葉のブラウン運動を速めるしかないからだった。振り向いて、黒帽子の肩に両手を置く。

「自分から正直に言ったらどうだ？」

何分か前に低レベルの催眠をかけられた黒帽子は、不意を突かれて解体屋の目を覗いた。その震える瞳孔の奥へと、解体屋は邪眼《メスメル・アイズ》の光を差し入れる。

「さっき、俺に話したことを、この信号キャップの三人に言っちまえよ」

解体屋の背後で、信号たちは動揺した。

「おい、バン。何を話したんだ？」

赤の方向から、そう呼びかける声がした。黒帽子が何も話してなどいないことがわかる前に、解体屋は素早くまた物語を外す。

「バン。今から俺がすることを見ていろ」

すかさず黒帽子の名前を使い、解体屋は強い調子で命令した。そのまま、再び三人の方へと体を振る。わざと床を踏んで大きな音を立てながら、解体屋は自らの左足を前方に出した。三人はそのわけのわからない物語に呑まれ、初めて顎を下げて解体屋の足を見た。

「その棒で打て！」

解体屋は絶叫した。敵どもの呼吸が止まるのを、解体屋の耳は感知した。彼らが息を吐く間もなく、解体屋は赤の持つ鉄の棒をさして、再び叫ぶ。

「いいから！　その棒で！　俺を打てえっ！」

まるで頭の悪い劇団の、ＩＱの低い役者のような勢いだった。泣かんばかりになって、解体屋は絶叫を続ける。

「打つんだあ！　この左足を打つんだよお！」

三人はおろおろと目を見合わせ始めた。それはそうだろう。何が起こったのか、全く見当もつかないのだ。破壊された意味の体系を、どこにどう再構築すればいいのか、誰一人予想さえ出来ない。

解体屋の方は、笑い出しそうになる自分を抑えるので精いっぱいだった。あっけにとられる帽子軍団の様子がおかしくて仕方なかった。なにしろ、自分のやり出したことには、ほとんど意味がなかったからだ。

しかも、心の中には『勧進帳』のビジュアル・イメージがあった。主君を関所から逃亡させるため、あえて金剛杖を振りあげる弁慶。そして、歌舞伎座の客席で弁当広げて泣いている観客たち。スキー帽の男たちとは何の関係もないイメージだ。全くもって、文脈もくそもあったものではない。

だが、黒帽子だけは、その無意味な言葉の散乱から、たったひとつの意味をくみ取っていた。彼は突如としてしゃくり上げ始めた。

「あ……し。足は……足のことは大丈夫だか……ら」

かすかな予感のあった解体屋以外には、その状況の劇的な変化を把握出来る者はいなかった。

混乱はさらに大きくなるように思われた。解体屋は素早く、事態の収束をはかった。

これ以上意味が無方向に散ると、無方向な行動が起きる可能性があった。つまり、誰かが本当に解体屋の左足を砕《くだ》いて、そこに確定的な意味の痕跡を作ろうとしてしまう。

「バン……泣くな」

解体屋は優しげな声音で言った。黒帽子は途端に爆発して泣く。解体屋はクルリと後ろを向き、黒帽子の顔を上げさせてささやいた。

「もう足のことは大丈夫なんだな？　俺が身がわりになっても何のたしにもならないこと、わかったんだな？　お前はお前だけの足を持ってる。それを引き受けて生きるんだ。その足をひきずってでも生きるんだ。もう誰も意地の悪い目で見やしない。大丈夫なんだ」

解体屋は決して自分だけのために、その言葉を選んだわけではなかった。黒帽子が自分を同《バーチャ》一化《ル・アイデンティファイ》のターゲットとし、コンプレックスの流れを吐き出してきた以上、言うだけのことは言っておいてやりたかったのだ。

脳裏に、あるテクストが浮かび上がっているのを感じた。〝催眠はまったく目標を禁止された性的努力にもとづいており、それは自我理想の位置に対象をおくのである〟か。偉大なるフロイト先生、こんな大変なときにちんけな初期理論をありがとう。そして、自我理想は父に似るんだろ。とどのつまりは、あんたにさ。頼むから、今はすっこんでてくれ。俺は目の前の情報を処理するので手いっぱいなんだよ。

三原色それぞれの帽子は、各個人の感傷容量《パーソナリティ》に従って、様々な揺れを起こしていた。小刻みに揺れて解体屋の言葉に理解を示す帽子もあれば、天を仰いで涙する帽子もあった。あるいは、いまだに全体状況がつかめず、左右に落ち着きなく動く帽子も。

だが、もちろんその全体の場面《シナリオ》意味をつかみそこねている者が、最も知的なのだった。解体屋がリードしてきたシーンは、いってみれば行き当りばったりのデタラメだったからだ。そのデタラメぶりに気づかれないうちに、解体屋は最後の物語を生み出しておかなければならなかった。

「それじゃあ、バンを見ててやってくれ。俺は取りに行ってくるから」

解体屋はそのまま隠し階段につかまり、スルスルと下に降りていく。暗闇の中から、解体屋は再び念を押した。

「ちょっと、そこで待っててくれ。すぐ戻る。その間、バンを頼んだぞ」

素足の裏が土に着いても、帽子軍団が追ってくる気配はなかった。

「いやあ、うまく行くもんだなあ。ケムに巻くってのは、こういうことを言うんだねえ」

解体屋はすっかり満悦して、つぶやいた。月明りが半開きの小さなドアから入り込んでいるのを見つけ、釘《くぎ》など踏まないようにしながら背をかがめて進む。あまりに上が静かなので、解体屋はさすがに首を傾げ、その後で思わず吹き出した。

「やっぱり、バンとかいうやつをなぐさめてるんだろうな、あいつら。泣きながら抱き合ったりしちゃって。さて、と。ともかく俺は取りに行かなきゃ。……何をかは知らんが」

ぶつぶつ言いながらドアをつかみ、音を消しつつ表に出ようとする。だがその途端、誰かが上から滑り降りてこようとするのがわかった。ガサガサと音がする。

「そうだよな、そううまくはいかないよね」

解体屋は一度ため息をついて、ダッシュの用意をした。ドアから首だけ出して、逃げる方向を決めようとする。だが、目の前に広がっているのはガラクタだらけの地面だった。あたり一面、機械の墓場だ。ありとあらゆる金属の断片が、まるでマキビシのように散らばっている。

「ああっ、畜生。裸足でここを駆け抜けろって言うのかよ」

フラッシュバックに映画のシーンが見えた。

『ダイ・ハード』だ。ガラスの破片の中を走り回る裸足のブルース・ウィリス。解体屋は苦難のヒーローにふさわしく、まずふっと笑いを浮かべ、腰を低くした。

機敏に首を動かして、ソラチャイと知香が逃げた方向を探る。頭の切れる二人は最も経済的な道を通ったはずだった。となれば、右。工場を囲む壁までほぼ直線のコースが読み取れる。しかも、大きなジャンクがポツポツと並んでいるため、敵には姿が見えにくい。

「ヒーローとしちゃ、反対の道を行かなきゃならんわけですね。か弱い女と子供を守るために、身をなげうって敵を引きつける」

しかし、その反対の方向には、ブリキやらねじくれた鉄板やらが無数に落ちていた。身を隠すべき高さのガラクタはなく、確実に後ろ姿は丸見えだ。素足でどこまで走り切れるかは、まさに偶然のみが知ることだった。

追っ手はすでに隠し階段につかまって、真後ろに現れようとしていた。もう時間はない。解体屋は足の裏を冷たい土にこすりつけ、錆びた金属破片の中に走り込もうとした。頭の奥にブルース・ウィリスの血だらけの足がちらついた。瞬間、解体屋は気を変えた。

俺はどう考えたって、ダイ・イージーだもん。痛いのはごめんだよ。

そのまま首を引っ込めて、体を翻《ひるがえ》し、解体屋は暗闇の中に戻った。敵の足が天井から滑り出してくる。息をひそめて、素早くその下を通り抜け、さらに現れた下半身をにらみつけながら、ザリガニのように後じさる。

相手よりは目が慣れていた。背中にハンマーをしょっているのがわかった。どうやら、降りてきたのは青帽子らしい。解体屋は思いきり上半身を下げ、さらにザリガニらしく両手を振り上げて、相手の背中を凝視した。頭の上には、次の敵の下半身が出現していた。

青帽子はドアに走り寄り、解体屋と同じく首を外に出して左右を確認した。行け、左に行け。左だ。解体屋は唇をはっきり動かして、そう言った。もちろん、声は出さない。

だが、青帽子はいきなり振り向いた。解体屋はハサミを開いたまま硬直した。青帽子はこちらを見ている。闇に潜む解体屋の目と、月光を背負った青帽子の目は、互いに互いをとらえているように思われた。もう右でもいいよ。行け、行ってくれ。解体屋は祈りを捧げた。

その時、二人目の壊し屋が目の前に飛び降りてきた。思わず悲鳴が出そうになる。必死に耐えた。一瞬の間があって、その壊し屋は少し足をひきずりながら、青帽子の方に向かう。つながった視線はその影のおかげで絶ち切られた。

「バン、俺は右に行く。お前は右から建物を回り込め。裏の壁から逆方向に逃げたかもしれない。キャブたちは入口から左に走るから、どっかで誰かが追いつける。捕まえたらグッチャグチャに食え。いいか、あの馬鹿がくだらねえことしゃべり始める前に、グッチャグチャに食うんだ」

青は早口でそう言い、すぐに飛び出した。バンも後を追う。重く俊敏な足音があたりに響いた。

解体屋はしばらくの間、ザリガニの姿勢のままで耳をこらし続けた。

足音が遠のくに従って、ゆるやかに安心感が湧いてきた。まるで解凍されるみたいにして、解体屋の体は少しずつ柔らかくなっていく。両足が動くのを確かめると、ゆっくりと後ろに下がった。防火用マットらしき柔らかな壁に背中がつく。まだパーシャル・フリージングの状態ではあったが、なんとか腰を降ろしてため息をついた。

「グッチャグチャに食う？」

解体屋は青帽子の言葉を反復して、頭を振った。皮膚の表面が今度は瞬間冷凍されるような気分だった。

「グッチャグチャに……ねえ。あいつら、口唇期性欲《オーラル・マニアックス》の虜かよ。あ……なるほど、洗濯《ウオッシュ》のテクニックはそこまで来てるわけか」

解体屋は闇の中で目をしばたかせた。

「出ていってたらミンチにされて食われてたんだろうな。……ソラには悪いけど、俺だって命は惜しいぜ」

猛烈に煙草が吸いたかった。ポケットをまさぐって、つぶれかけた紙パックを引っ張り出す。残りはたった一本だった。震える手でそれをつまみ、口にくわえる。

「運がいいのか、悪いのか。わからないな」

自分の声を聴くと、不思議に体の奥が温まる気がした。ライターを探しながら、解体屋は煙草をくわえたまま、もごもごとつぶやきを続けた。まるで、月明りに向かって懺悔をしているみたいだった。

「右に二人行った。ソラとチカも右だ。グッチャグチャに食われるのかな。俺が左に誘導しなかったから。いや、左にも二人行った。いずれにしても、あいつらは死ぬ運命だったのかも知れない。俺なんかにかかわるからだ」

ライターは見つからなかった。解体屋は唇の先で煙草をブラブラ動かしながら、自分をなぐさめるように繰り返す。

「運がいいのか、悪いのか。……まあ、俺はいいんだろうな。あいつらはグッチャグチャだ。悪いに決まってる」

すると、突然背後のマットが動き出した。解体屋はグエッというような声を上げた。同時にマットがしゃべり出した。

「何が死ぬ運命だよ、馬鹿！」

あんぐりと開けた解体屋の口の前に、小さな炎が現れる。

「ライターもあるんだから、あなたは運がいいわよねえ。あたしたちはグッチャグチャで運が悪いらしいけど」

「チ……カ」

答えのかわりに、細い腕が後ろから解体屋をはがいじめにした。

「ソラチャイ……だったのか」

「それとも、この火で鼻をあぶってやろうか」

「あ、それ、いいアイデア。殴られずにはすんだけど、裏切りの刑で火あぶり。実は運の悪かった解体屋さんってわけでしょ？」

解体屋は何も言えなかった。ただ腹の底がケイレンしていることだけがわかった。どうやら、笑っているらしかった。いや、泣いているのかも知れない。

「あのお、あたしのライター、そろそろオイルがないんですけど」

知香が言った。いつの間にか正面にいて、こちらを見つめている。うなずいて煙草に火をつけながら、解体屋は炎の向こうの知香を見た。スカートをきっちりたくし込んで、膝小僧を光らせている知香は、線香花火をしている少女のように無邪気に微笑んでいた。体に巻きついたソラチャイの腕も、おんぶをねだる子供の柔らかさを思わせる。

煙を思いきり吐き出してから、ようやく解体屋は言葉を取り戻した。

「運がよかろうが悪かろうが、どうやら我々は運命共同体らしいね」

別におかしくもないセリフだったが、ソラチャイと知香は静かに笑った。もう一度深く煙草を吸い込んでから、解体屋もそのゆるやかな笑いの輪に加わることにした。

問題はどうやって外に出るかだった。まだスキー帽軍団は外をうろついているはずだ。しかも、敵は四人だけとも限らない。

だが、とどまることにも危険があった。手がかりがなければ、やつらは必ず戻ってくるに違いなかった。あらゆる仮説が壁にぶつかれば、人は仮説が発生した地点まで退行する。不安を鎮静することが出来るからだ。

「つまり、現場に戻りたがるのは放火魔だけじゃない。すべての不安行動にも当てはまるわけさ」

解体屋がそう説明すると、ソラチャイはあきれたように答えた。

「あんたねえ、今はそんな理論を言ってる場合じゃないだろ」

「そうでした」

素直にうなずいて、解体屋は細い足を広げて立っている知香を見上げた。月明りがわずかに差し込む中で、唇に指をあてながら必死に脱出案を練っている。それにしても健康的でかわいらしい足だ。解体屋は感心さえして、その無駄なく伸びた足をじろじろと鑑賞し始めた。

「ジジイ!」

知香のパンプスが解体屋の腕に命中した。爪先が見事にくいこむ。うなる解体屋を無視して、知香はソラチャイの方を向く。

「ねえ、ソラ。じゃ、あの子たちはサイゴンなんとかのメンバーじゃないのね?」

解体屋は無言で土の上を転げ回っている。ソラチャイは汚いものでも見るような顔で、その様子を観察しながら答えた。

「うん。サイゴン・トラストはもっと若いもん。十五、六かな。それに、あんなに強そうなのはいない」

「でも、スクワッターなら、あの格好がサイゴンなんとかだってわかるわけでしょ？」

「そうだよ。一目でわかる」

「じゃあ、サイゴンなんとか……」

「トラスト！　もう、いつになったら覚えるの？」

ソラチャイは甘えるような声で抗議した。

「ごめん、ごめん。サイゴン・トラストね。でね、ソラ。そのメンバーがあの人たちを見たらどう思うのかなあ？」

それまで地面を転がり続けていた解体屋は、右腕を押えたままむっくりと上半身を立てた。髪の毛はもうもうと立ち昇る煙みたいになっている。

「ナイスだよ、チカ！　サイゴンなんとかのうろついてるあたりなら穴になってるはずだ。スキー帽の連中も、こっちが近づくとは思ってないだろう。そうだよ！　スクワッターとかいうガキどもの、くだらないプライドを利用するんだよ！」

そう叫びながら立ち上がりかけた解体屋の腕に、ソラチャイの狙いを定めた丁寧な爪先蹴りが打ち込まれた。そのままヘナヘナと倒れる。ソラチャイはにっこり笑って言った。

「ガキどものくだらないプライドで悪かったね。あんたはここに置いてくよ」

さっさと出ていこうとする二人の後を、解体屋はすがるように追った。

ドアを出て右に回り、工場の裏側から壁の割れ目をくぐってさらに右へ。すぐの細道を左に折れ、あたりの廃材に身を隠しながらひたすらまっすぐ走る。薄気味悪い沼の手前で、また左に入った。低い壁を乗り越え、幼稚園の跡らしき全面ラバーの空き地をつっきって、今度は右。

ソラチャイのナビゲートで、解体屋と知香は様々なスクワッター・ゾーンを抜け、十五分ほどしてようやく大通りの手前まで出た。そのあたりはサイゴン・トラストのテリトリーなのだという。

「よーし、読みはバッチリだったな。口唇期性欲《オーラル・マニアックス》の虜の化け物をまいてやった。しかし、スクワッター自体見なかったぜ。一人もいなかった。ソラチャイ、スクワッターなんて本当はいないんじゃないのか？」

無人ビルの角に体を隠した解体屋がそう言うと、ソラチャイは答えた。

「あんたは幸せ者だよ。世間を知らなくて」

その妙に大人びた口調がおかしかったのか、知香が吹き出した。ソラチャイは顔をしかめる。

「じゃあ、チカにも教えてあげるよ。僕は停戦エリアを通ったんだ。サイゴン・トラストのテリトリーまで、ひとっつも間違えずに停戦エリアを通った。少しでも入り込んでたら、必ず攻撃されてたんだからね。六つもあるスクワッター・ゾーンを、僕は十分かそこらでクリアした。感謝して欲しいよ」

そう言って、ソラチャイはふくれっつらをした。解体屋は憎まれ口を叩こうとしたのだが、知香がその口をふさいで強くささやいた。

「やった。ほら、タクシー。ソラ、おかげで助かったわ。ありがとう」

三人は先を争うようにタクシーに乗り込んだ。仮眠を取ろうと思ってここまで来たと言い張る運転手を必死に説きふせ、車を発進させる。目指す方向は知香が指定した。東京の反対側、世田谷区だ。

　ひとまず自分の部屋に行こう、という知香の提案に反対する者はいなかった。特に解体屋は手を挙げてまで賛成した。乗り気でないのはただ一人、世田谷の地理は複雑だとこぼす下町出身の老運転手だけだった。

　うとうと眠っているうちに、車は高層マンションの前で止まっていた。ソラチャイにこづかれて、解体屋はよろよろとタクシーを降りた。まだ夢うつつの気分だ。

　両手を伸ばしてあくびをする。朝日が目の中に飛び込んできた。思わずくしゃみが出る。ネルシャツの袖で鼻水をこすり、エントランスに向かう二人を追った解体屋は、自分が裸足であることを思い出した。

「おいおい、この格好で裸足か。運ちゃん、ホームレスだと思ったろうな。あーあ、みじめな気分だ」

　爪先立ちしてエレベーター前まで来ると、いかにも武道の達人といった貫禄の管理人があわてて飛び出そうとする。

「あ、あたしの同僚です。汚いけど」

　素早く知香が言った。管理人は肩をいからせて、しぶしぶ座り直した。だが、目はまだ警戒している。

「汚いですね、僕。あーあ、本当にみじめだ」

　解体屋がそうつぶやくと、知香が答えた。

「グッチャグチャで御到着よりましじゃありません？」

エレベーターの扉が開いた。

「棺桶《かんおけ》に入ってりゃわからないだろう。あのおじさんも敬礼ぐらいしてくれたと思うよ」

言いながら、解体屋は金庫のように頑丈なエレベーターの奥に背中をつけた。扉が閉まる。その空気の圧迫感は解体屋を安心させた。思わずへたり込みそうになる。もうしゃべる元気もないくらい疲れていた。

十一階、つまり最上階で知香は降りた。部屋のドアは左右に二つしかなかった。フロアの半分は知香のものかと思うと、つい皮肉を言いたくなった。

「医者ってのはこんなにもうかろ、いや、もうかる……」

「ろれつが回らないなら黙ってれば。まったく、男のくせにおしゃべりねえ」

「あい」

キーをジャラジャラさせながら、知香はドアを開けた。ソラチャイはキーを抜いている知香の下をくぐって、先に中に入った。

「散らかってるけど、どうぞ。少なくとも、今のあなたよりはきれいだと思うけど」

知香に促されて、解体屋も足を踏み入れる。もわりと暖かい空気に包まれた。いかにも女の部屋らしい香りが、鼻をくすぐる。窓際までずんずん歩いていくソラチャイの後ろ姿を見ながら、解体屋は一人の男に戻り、得意の低音で知香に話しかけた。

「ああ、君。ここ、靴は……？」

だが、ぴしゃりと言い返される。

「履いてない人がどうやって脱ぐの？」

「あ……」

解体屋は頭をかいて、そのジェントルマンぶりを放棄した。

「じゃあ、雑巾貸してくれ」

知香がタオルをしぼって持ってきてくれるまで、解体屋は玄関に立っていた。まるで散歩の後の飼い犬みたいな気分だった。しかも、ソラチャイは窓際のソファに横たわって、こちらを眺めている。あの野郎、飼い主づらしやがって。

腹が立った解体屋は、仕方なく靴箱の上に目を移した。ホログラフの板が立てかけてあった。手に取って光を当てると、文字が浮かび上がってきた。フランス語だ。まるで読めない。きどりやがって、クソ女が。そうやって、自分自身への不満を様々な方向に投射していると、知香が近づいてきた。

「あ、それね、ラカンの言葉が入ってるの」

「ほんとかよ?」

板を元の位置に戻そうとしていた手が思わず止まった。パリ・フロイト派のリーダーだったジャック・ラカン。その言葉はいつもまるで禅問答みたいな難解さに満ちていたが、それでも彼は解体屋にとっての、いわばアイドルだったのだ。

「無意識は言語のように構造化されている」

「へええ。名文句がホログラフになってるのか。かっこいいじゃん。趣味いいね、君」

タオルを受け取りながら、解体屋はしきりとその板をいじり、何度もうなずいた。

「ねえ、何よ、それ?」

「ああ、ごめんね。指紋つけちゃったかな」

「違うの。そのCD……何なの?」

見ると、ホログラフの台座の横に、一枚のＣＤがむき出しで置かれていた。金色に光っている。

「またあ。そんなこと言って、これも自慢の一品じゃないの？　ラカンの講義ＣＤ《ゼミナール》とかさ」

「違う」

その知香の一言は激しい緊張を伝えた。解体屋は沈黙して、知香の目を見た。脅《おび》えるような視線はＣＤに固定されて動かない。

「解体屋さん、冗談はやめてね」

「これは冗談じゃない。俺は知らない」

「じゃあ……誰かがあたしの部屋に来てる」

「ちょっと待てよ。本当に君のじゃないんだな？　出かける時につい置いたとか、友達が忘れていったとか」

知香はゆっくりと首を横に振った。解体屋はすぐさま叫んだ。

「ソラチャイ、こっちに来てろ！」

「僕、眠いよお」

「いいから、早く来い！　早く！」

解体屋は知香を引き寄せ、ソラチャイを待った。奥のリビングまでの廊下には、左右に一つずつのドアがあった。目配せして、知香に敵の位置を予想させる。右か。いいえ。左か。たぶん。すぐに左のドアに体の正面を向け、ノブをにらみつけたまま解体屋は再び叫ぶ。

「ソラチャイ、俺の足に何かささってるみたいなんだよ」

相手を刺激しないように、柔らかい声を選んだ。何も知らないソラチャイは、

「なーんだよ。そんなの自分で取りなよ」

と答えて、またソファに戻りそうになる。

「ソラじゃないと取れないの。早く、早く！」

知香は大きく手を振って、ソラチャイをせかした。文句を言いながら、ソラチャイはのろのろとやってくる。解体屋は神経をノブに集中させ続ける。動かない。まだだ。まだ動かない。ソラチャイがドアの前を通り過ぎる。飛び出して腕をつかみ、玄関まで引っ張り寄せる。ドアは動かない。ソラチャイは異変に気づいて黙り込み、知香の目を見た。解体屋は二人に無言の合図をし、いざとなったら外に出るよう指示した。

「これ？」

ソラチャイはCDを指さしてささやいた。知香がうなずく。すると、ソラチャイはこともなげに言った。

「これは玄関に落ちてたんだけど、部屋に入った時に拾ったんだよ。そこの郵便受けから誰かが入れたんじゃないかなあ」

「ば・か・や・ろ・う！」

解体屋は細切れにそう叫んで、腕の中のソラチャイに猛然と膝蹴《ひざげ》りをくらわせた。

「早く言えよ、馬鹿」

「聞かなかったじゃないか！」

「聞かなくても言うんだよ、こういうことは」

解体屋とソラチャイの言い合いの中で、知香はCDを取り上げ、表やら裏やらを確認して首を傾げた。

「何にも書いてない。どういうCDだろう、これ？」

「あんたの彼氏が愛のメッセージでも吹き込んだんじゃないの」

ソラチャイを解放してやってから、解体屋はいい加減にそう答え、落ちていたタオルで足の裏をふき始めた。

「あれ、何だろう、この匂い。薔薇《ばら》……じゃないな。うーん、香水かしらね」

知香はCDを鼻先に寄せて、眉をひそめる。

「貸して」

急にソラチャイが明るい顔になった。知香からCDを奪って、くんくんと鼻を鳴らす。

「ああ、匂いならソラチャイね」

「何だよ、それ？」

解体屋は顔も上げずに聞く。知香は答えた。

「嗅覚《きゅうかく》が敏感なの。すごいのよ。何でも嗅ぎわける」

解体屋は吐き捨てるように言った。

「声のノビルに、鼻のソラチャイか。いけすかない犬どもめ」

すると、ソラチャイが言った。

「合成ものじゃないね。本物の花の匂いだよ。たぶん、百合……じゃないかなあ」

解体屋の体がはね上がった。

「百合？」

「うん。いや……ちょっと待って」

再びCDを鼻に近づけようとするソラチャイから、解体屋はその香りの素を取り上げた。匂いを嗅ぐ。確かに百合だ。強烈な百合の香りがCDの穴のまわりに塗りつけられている。

「皆さん、お騒がせしました。これは私への届け物です」

解体屋は興奮しながら、笑顔でそう宣言した。

「あたしの部屋に、あなたへの届け物？　もてるのはけっこうだけど、どういうことよ、それ？」

知香は唇を固く結んでいる。ソラチャイもけげんそうな顔つきだ。解体屋はますます得意になった。

「これは俺のマスター、錠前屋《プロテクター》からのメッセージなんだよ。百合の香りは、まあ言ってみりゃ嗅覚の暗号さ」

それでも、目の前の二人は納得していない。

「ま、くわしいことは聴いた後に話そう。……というか、俺にもなんで錠前屋《プロテクター》がここにメッセージをデリバリーしたか、わからないんだけどね。謎は全部この中に入ってる。絶対にそうだ。なにしろ、あの人は……」

解体屋は涙声になる自分を抑えることが出来なかった。解体《デプログラム》された自分が、今こそようやくこの世に復活したと確信したからだった。

ＣＤに思いきり鼻をこすりつけながら、解体屋は浪曲師のような声で言葉の続きを叫んだ。

「あの人は最強の錠前屋《プロテクター》！　俺の唯一のマスターだからだ！　そして、俺は生きている！」

うるむ目から温かい血が流れるような気分がした。

「生きている！　俺は生き返ってるんだ！」

知香とソラチャイは息を呑んだまま、その顔を見つめていた。感動したからではない。解体屋の鼻の頭いっぱいについた、百合の黄色い花粉があまりに異様だったのだ。

第　六　章

目覚めの鳥

アウェイクニング・バード

解体屋はまずシャワーを浴びることにした。ぬるいシャワーで体全体をほぐし、ほてる頭を冷やす。そうしてからでないと、錠前屋《プロテクター》からのメッセージを受け取ることが出来ない、と思ったのだ。それに、解体屋は自分でもあきれるほど汚かった。

お先にどうぞという知香の言葉に甘えて、解体屋はバスルームに入った。シャワーの栓をひねると、温かい湯が頭に降り注ぐ。それが、まるで眠さと疲れの濃縮ジュースのように感じられ、解体屋は体を洗うことも忘れて、しばらくそのままでぼんやりと立っていた。

まいったなあ、という低い声に驚いた。自分の独り言だった。どうやら、それをさっきから何度も繰り返している。頭から肩、そして背中や腹を過ぎて足へと伝わっていく生ぬるい湯のように、解体屋は言葉をだらだらと垂れ流し始めた。

目覚めない方がよかったかも知れないな。何が何やら全くわからない。……まいったね。本当にまいった。だいたい、誰が敵で誰が味方なんだろう。病院は洗濯屋《ウォッシャー》とグルになってた。敵だ。ノビル……はわからない。ＰＷはどうだろう。まあ味方とは思えないよな、どうしたって。じゃあ、あの口唇期性欲の虜《オーラル・マニアックス》は……敵に決まってるか。なんで俺を殺したかったかはわからんが。ソラは？　あいつが敵ならもう俺は完全にパニックだな。知香が洗濯屋《ウォッシャー》だっていう可能性なら十分あるけど。……結局のところ、俺にはまったく何にもわかっていない……ってわけだ。

あたり一面に柔らかな白い湯気がただよう中、いつの間にか解体屋はタイルの上にあぐらをかいていた。大粒の湯がつむじを叩いている。まるで滝で修行する僧侶のような格好だ。解体屋はうなだれて、目を閉じた。

このまま眠ってしまおうか。そう考えた時、バスルームの扉が開いた。入り込む冷たい空気が肌をなでる。

「何してるの、デプログラマーさん？　大丈夫？」

知香だった。あわてて股間を手で隠したが、知香は平気な顔でこちらを見ている。その後ろにはソラチャイがいた。おそらく、様子がおかしいのを知って、知香を呼んできたのだろう。

「精神科とはいっても、さすがは医者だな。男の裸には慣れてらっしゃるわけね。ただし、俺はあんたの患者じゃないぜ。お客さんだ。勝手に覗《のぞ》かれたくないね。患者扱いするっていうなら、まず俺のペニスの脈を取ってくれ。ぎゅっと握って」

解体屋が股間を見せるそぶりをすると、知香はあわてて顔をそむけた。

「馬鹿なこと言ってないで、ちゃんと洗いなさいよ。ジベタに座ってシャワー浴びるのが、あなたのスタイルだっていうんなら別だけど」

「あーい。愛する知香のために、きっれいに洗っておきますよ」

そう言うと、知香はドアを思いきり閉めて叫んだ。

「変態！」

しばらくクスクスと笑っていた解体屋だったが、そのうちゆっくりと立ち上がった。

「少なくとも、知香は味方らしいな」

そうつぶやいて、シャンプーを手に取る。

「敵ならペニスなんか見にこない」

解体屋は猛然と頭をかきむしり、盛り上がる泡の中で何度もにやけた顔をした。

バスルームから出ると、小さなタオルのようなものが用意されていた。知香のバスローブだった。ちょっと匂いをかいでから、あわててあたりを見回し、解体屋はその青いローブをはおった。袖は短く、丈もようやく腿を隠す程度だった。

リビングでは、知香とソラチャイが神妙な面もちで黙り込んでいた。解体屋の席としてソファのまん中が空けてある。その正面にあるテーブルの上には、すでにCDラジカセが置かれていた。

解体屋は何も言わずにソファに座り、CDをカセットの中に入れた。知香とソラチャイはその手元をじっと見ている。

「さて、と。お二人はシャワーを楽しまない御様子なので、あなた方にも錠前屋《プロテクター》からの伝言をお聞かせすることにしましょう。もしも皆さんが敵なら、私は最高機密を漏《も》らしてしまったことになる。すなわち、私はすべてを皆さんの前にさらし……」

「もったいぶるなよ、おやじ！」

ソラチャイが再生スイッチに指を伸ばしながら言った。それを止めて、解体屋は続ける。

「つまり、私は皆さんを信頼したということになります。それを御理解いただきたい。そして、もう一言だけ。私はこのCDと会話をいたしますが、頭がおかしくなったと思わないで下さい。少なくともペニスを点検しようと思わないように」

二人ともその冗談には反応せず、真面目な顔でこちらを見ている。

「あ、会話ね。会話っていうのは会話だよ。CDに返事をしたり、質問したりする……」

「そういうCD、あるの？」

ソラチャイは眉をひそめて言った。

「そういう、って何だよ？」

「だから、通信が出来るようなCD」

「馬鹿か、お前。そんなもんあるわけないだろう。日本を夢の国みたいに思ってないか？　いやだねえ、後進国の人々は」

そう答えると、ソラチャイはくってかかるように言った。

「じゃあ、お前の方が馬鹿じゃないか。ただのCDに向かって返事したりするなんて」

「だから言ってるだろ、頭がおかしくなったと思うなって」

「どういうことよ？」

今度は知香が眉根を寄せている。

「もう、いい。面倒だ。とにかく、黙って聞いててくれればいいよ。始めるぞ」

解体屋は声を荒らげてスイッチを押した。知香もソラチャイもまだ何か言いたそうにしていた。

もう一度、解体屋は念を押した。

「いいか？　全部終わるまで黙っててくれよ。微妙なものなんだからな」

すると、ラジカセから声が聴こえてきた。

「ラスベガスからこのメッセージを送る」

懐かしい錠前屋《プロテクター》の声だった。解体屋はうれしくて思わずニヤリとしたが、その後一瞬で神経を集中させ、すぐに答えた。

「ずいぶん豪勢な嘘ですね、マスター」

途端にソラチャイが茶化した。

「知香、こいつほんとに答えてるよ」

無視して解体屋はCDに顔を近づけた。錠前屋《プロテクター》はしわがれた声で楽しそうに続けた。

「そりゃそうさ。どうせならいくところまでいかなきゃな。おお、ラスベガス。アメリカ南部が誇る歓楽の都よ、か。はっはっはっは」

そのおおらかな笑いの中に、ソラチャイが侵入してきた。

「知香、こいつらおかしいよ。じじいも答えてるもん。ねえ、どういうこと、これ?」

解体屋は周囲の雑音から意識を遮断し、錠前屋《プロテクター》との会話だけに没頭する。

「アメリカ南部? ラスベガスは確か……」

「それは自分で考えるんだな、私のお得意さんよ」

会話の間はピタリと合った。よし、つながってるぞ。解体屋は小さくうなずき、CDから聴こえる声と自分だけが作る世界に、さらに深く溶け込むことにした。

「なるほど、ヒントですね」

「まあ、そんなところだ。ところで、お前さんは存在を消す子供たちには会ったか?」

いきなり核心に触れてくる錠前屋《プロテクター》の言葉にはっとしながら、解体屋は答えた。

「会いました」

「そうだろうと思ったよ。まあ、不思議な子供たちだから気をつけろ。知らないうちに、お前も鍵っ子になっているかも知れないから」

恐ろしさに思わず天井を仰いでから、解体屋は質問した。

「あいつらも鍵っ子なんですね?」

錠前屋《プロテクター》が息を吸うかすかな音までがよく聴こえる。しかし、答え始める錠前屋《プロテクター》の声をソラチャイの大声が消してしまった。

「おい、何やってるんだよ？　おっかしいぞ、お前。そんな変な芝居で僕らをからかうのはやめろよな」

せっかくつかんだ完璧な相互意識《コミュニケーション》の糸がプツンと切れる。解体屋は乱暴にスイッチを押してCDを止め、ソラチャイの頭をわしづかみにして言った。

「邪魔するなって言ったろう！」

「やめろよ、タイ人の頭をつかむことがどれだけ失礼なことか知ってるのか？」

「知らねえよ！」

「そんなことはノーキョーの団体さんでも知ってるぞ」

「何がノーキョーだ。お前、何年前の日本語使ってるんだよ。今どきノーキョーなんて言葉を侮辱的に使う日本人なんていねえんだ。だいたい、失礼なのはお前じゃねえか。俺とマスターの会話をぶっちぎりやがって。どれだけ繊細な意識を必要とするかわかってないんだよ、お前は。二度と同じ状態で会話出来ないかも知れないんだぞ！」

解体屋は泣きそうな気分でそう叫んだ。ソラチャイは頭をつかまれたまままもがく。知香が割って入った。

「待って、落ち着いてよ」

「そうだよ、落ち着け！」

「ソラチャイ、あなたもです！」

知香まで叫ぶので、ソラチャイの動きは止まった。解体屋はソラチャイの頭をつかむ手に思いきり力を入れた。知香はあわててその手をほどき、ソラチャイを解放すると、解体屋を正面から見て言った。

「ごめんなさい。今のはソラが悪かったと思う。あなたが何をしてるかわからないけど、確かに繊細な意識を必要としてるのは理解出来たから」

「チカはそいつの味方をするのか？」

頭をさすりながら、ソラチャイが口をはさんだ。知香は冷静ながら厳しい調子でたしなめる。

「ソラ、自分でもわかってるんでしょ？　悪かったなって思うんなら、ちゃんと謝りなさい。謝れないならしばらく黙ってて」

解体屋はため息をついて、ソラチャイをにらみつけた。ソラチャイは顔をそむけ、黙り込む。

「ごめんなさい」

知香は再びそう言い、解体屋を仰ぎ見た。

「あの子がすごく反省してるのはわかるでしょ？　許してあげて、ね？」

解体屋はCDラジカセに目を向けて、答えずにいた。知香は続けた。

「もしよかったら、今あなたがやっていたことを少し説明してもらえない？　そしたら、もうソラチャイも邪魔はしないと思うから」

「だからあ」

と、解体屋は厚ぼったい息とともに言葉を吐き出し、すぐにその子供っぽい自分がおかしくなって苦笑した。

「……わかったよ、知香。俺もきちんと説明しなかったのは悪かった。ソラチャイ、こっちに来い。お前にも教えてやる」

ソラチャイは少しとまどいながらも、元いた位置に戻ってきた。解体屋は二人の目を交互に見ながら話し始めた。

「これは俺たちがイライザ暗号と呼んでいるやり方だ」

「イライザ……暗号？」

知香が反復した。

「そうだ、ＡＩの初期にイライザっていうコンピュータ・ソフトがあったんだが」

「僕、知ってる」

ソラチャイが申し訳なさそうな声で言った。無言で促すとソラチャイは続ける。

「こっちの入力に従って、イライザっていう女の人がまるで会話するみたいに答えたり、質問してきたりするやつでしょ？」

「そうだ。だがもちろん、それはギミックだったわけだよ。例えば、ごきげんいかがって言ってくるから、こっちは調子いいぜって答える。すると、じゃあおしゃべりしましょうとかなんとかイライザは言う。一見、会話は成立してるが、つまり何を答えようがそんな気がするわけさ。もちろん、ＡＩだから色々と会話の選択肢を覚えてくれるんだけどね。結局はユーザーの想像力が、そのイライザとの会話を作っていたってわけだ」

「ああ、そうか。そうだよね」

ソラチャイは反省のしるしに、いかにも感心したようなふりでうなずいた。知香はそれを見てかすかに笑ってから、解体屋に言った。

「じゃあ、今の場合も会話は成立していないっていうことなの？　でも、それならしゃべる必要ないわよね。その錠前屋《プロテクター》っていう人をただ懐かしく思い出すために、ＣＤを聴いてるってわけじゃないだろうから」

「ああ、違うよ。この会話には意味がある。ただ、その唯一の意味を探り出すには、疑似会話《フェイク・トーク》が必要なんだよ」

「疑似会話《フェイク・トーク》？」

ソラチャイが目を丸くして言った。解体屋はそちらに体を向けて答えた。

「最初にこう言ったのを覚えてるか？　ラスベガスからメッセージを送る……」

黙ったまま、ソラチャイはうなずいた。

「で、俺は嘘だと思ったからこう答えた。豪勢な嘘ですね。すると錠前屋《プロテクター》はそれに呼応する言葉を返してきた。そりゃそうさ、どうせならいくところまでいかなきゃな。そして、その後でラスベガスのある位置をアメリカの南部だと言った。この間違いにはメッセージが潜んでいると思ったから、俺はそれを確かめた。そうしたら、案の定錠前屋《プロテクター》はこう答えたんだよ。まあ、そんなところだってな」

会話の記憶を追っていた知香は、そこで口をはさんだ。

「それなら、別に黙って聞いててもよかったんじゃないの？　だって、思った通りに会話が進むんだから」

解体屋は首を振って答えようとした。すると、ソラチャイが手を打って叫んだ。

「そうか！　わかったよ。つまりね、知香。このCDに入ってる言葉は、聞く方の解釈によって全部変わってくるんだよ。だから、イライザ暗号なの」

「どういうことよ？」

知香はまだわからない。自慢げに指を振りたてながら、ソラチャイは続けた。

「ラスベガスからメッセージを送るっていうのを信じた人なら、そうですかって答えるでしょ？

それでも会話は成立するんだよ。だって、そりゃそうさって言葉が返ってくるから。そうすると、信じた人には錠前屋《プロテクター》の居場所がラスベガス以外になくなる」

解体屋はさっきまでの怒りを忘れて、ソラチャイの鋭敏さを讃えざるを得なかった。

「ソラ、よくわかったな。しかもだ、ひねくれたヤツがいたとして、儲《もうか》ってますかとか答えても話は通る。そりゃそうさとくるわけだし、いくところまでいかなきゃなと続けば、賭事をしてるとしか思えない。そして、そう解釈した人間にとっては、その後でラスベガスの位置を間違えてることなんかどうでもよくなる。あそこに何か重要なメッセージが隠れていることがわからないってわけさ」

知香はどこか遠くを見るような目つきで、大きくうなずいた。

「なるほどね。このCDメッセージはアミダみたいな情報系列になってるわけね？」

「そうだ。どこかで話が行き詰まれば、それ以前のどこかで違う道に入っちまったってことなんだよ。相手はたった一本の道を想定してしゃべってるわけだからさ。それを解読するには実際に会話してみなきゃならない。微妙な間もあるし、流れも確認しやすいからだ。とりあえず、俺は三十秒まではうまくアミダをたどったんだけど……」

そこまで聞いてソラチャイは立ち上がり、ゆっくりと頭を下げた。

「ごめんなさい。やっと意味がわかった。ごめんなさい」

解体屋は軽く肩を上げて答えた。

「まあ、いいさ。とりあえず、もう一度最初からやり直せばいい」

「鍵っ子っていうところまで？」

知香が言った。どれだけ真剣に聞いていたかがわかって、解体屋はニヤリとした。

「うん。つまり、俺の解釈では、脳に強力な錠前《プロテクー》がかかったニセ子供に気をつけろってメッセージがあったとこまで」

するとソラチャイが言葉をつけ足す。

「鈍い洗濯屋《ウォッシャー》なら、ほんとの鍵っ子しかイメージしないとこまで、だね」

よくわかっている。これほど頭の回転が早いなら、なぜ黙って聞いていなかったのかと思って、解体屋は少し脅すように言った。

「ああ。そこまでやって調子を取り戻しながら、先へ進もうってわけだ。だから、ソラチャイさんよ」

ソラチャイはもうわかっていて肩をすくめながら言った。

「うん。邪魔はしない」

いったん首をポキポキ鳴らしてから、解体屋は再びCDを再生し始めた。今度はソラチャイも真剣に聞いている。途中まではもう声を出さずに疑似会話《フェイク・トーク》し、さっきと同じレベルの意識に自己セッティングすると、解体屋は身を乗り出した。錠前屋《プロテクター》がこう聞いている。

「ところで、お前さんは存在を消す子供たちには会ったか？」

解体屋は頭を垂れて、すでに知っている問いに答え始めた。

「会いました」

ソラチャイが唾をのむ音を立てた。一瞬微笑みが出そうになったが、解体屋はすぐに会話に神経を集中させた。錠前屋《プロテクター》の声は言う。

「そうだろうと思ったよ。まあ、不思議な子供たちだから気をつけろ。知らないうちに、お前も鍵っ子になっているかも知れないから」

この次からが新しいアミダだ、と解体屋は緊張しながら最後の反復をした。

「あいつらも鍵っ子なんですね？」

すうっと息を吸う音がした。大切なことを言おうとしているのだ、という解釈の方へと解体屋はアミダを進めた。

「まあ、言ってみりゃ人間はみんな鍵っ子だがね。細い首からジャラジャラと鍵をぶら下げてる」

そう言って、錠前屋《プロテクター》はいったん言葉を切った。答えにくい。だが、これが本筋ではないことはわかった。意味の流れをわざと乱しているのだ。解体屋はとまどいながらも、素直に思ったことを口にすることにした。

「暗示をぶら下げて歩いてるって意味では、確かに人間はみんな鍵っ子です」

すると、錠前屋《プロテクター》は笑った。

「ただし、他人の家の鍵を押しつけられちゃたまらんだろうけどな」

「他人の家の鍵？」

と、解体屋は鍵言語《キーワード》らしき部分を繰り返した。

「ああ」

錠前屋《プロテクター》は肯定の返事とも、ボケ老人のうめきともつかない声を出した。しかし、解体屋はその鍵言語《キーワード》をめぐるアミダのみをたどっていた。だから、この〝ああ〟には重要な意味があった。

「どういう意味です？」

「見たところ、ここラスベガスにも鍵っ子がたくさんいる。両親が共働きの家庭が多いんだろう。家庭というのは、希望をもって進む船にとっての、まあ港みたいなもんだ。その港にようやく帰ってきた船が、首に鍵をぶら下げられるんじゃたまらんな」

「……そうか、そうだったのか」

解体屋はうなるように言った。すべての情報がクラッシュし、一瞬にして別の体系を作った。南部のラスベガスと言えば、まずダラスしかなかった。そこは洗濯屋《ウオッシャー》組織リアル・ライフの本拠地だ。〝鍵っ子〟だらけに決まっている。そして、文脈があくまで洗濯屋《ウオッシャー》をめぐるものである以上、希望の港は喜望峰を指しているはずだった。アフリカ大陸の南端、つまり南アフリカ共和国。〝子供たち〟の所属する洗濯屋《ウオッシャー》集団サイキック・ワークがある場所だ。となれば、そこに帰ってきた船はデビッド・ジョーンズ親子以外になかった。南アフリカ出身のボーア人で、アメリカに渡ってリアル・ライフを組織した親子。

「じゃあ、ヤツらは南アフリカに帰って二重洗濯《ダブル・ウオッシュ》されたたって……」

と言いかけるが、錠前屋《プロテクター》はすでに口を開いていた。

「眠くなってきたよ。きっと、家が恋しくなったせいだろう。お前もそうじゃないかい。希望の船の帰り着く港だとは言っても、家庭なんか地獄だっていうのにな。思い出すと眠くなる。こいつは人間心理のおかしな働きってもんさ。それがこっちを眠くする。家に帰れば何も考えないですむからな。お前もそうだったはずだ。なあ、坊や。……そうだったはずだよ」

解体屋の背筋に衝撃が走った。自分を眠り込ませたのは〝心理の働き〟つまりサイキック・ワークだったのだ。俺の精神を粉々にし、冷たいテクストの機械に作り変えたやつが、あの忍者集団の中にいたかも知れない。いったい、そいつは誰だ。解体屋は必死に記憶をたどり、目の前で存在を消していた彼らの顔をひとつずつ再確認しようとし始めた。同時に徹底解体《シャット・ダウン》直前の記憶を探ろうとする。だが、その記憶はすっかり洗濯《ウオッシュ》されていた。思い出せない。誰だ、俺を壊したやつは誰なんだ！

「聞こえるか？」

錠前屋《プロテクター》はゆっくりとそう言って、解体屋の注意を促した。

「ほら、鳥が鳴いてるよ。こんな欲の渦まく都市の朝にも鳥はまぎれ込んで、きれいな声で鳴く」

解体屋はいったん記憶をまさぐることをやめ、ラジカセのボリュームを上げた。だが、鳥の声など聞こえない。

「……聞こえませんが」

「美しい声は今、お前とともにある。朝の目覚めを導くこの声を忘れるな」

「俺には聞こえないんです！」

そう叫んでから、解体屋はアミダをたどり間違えたことに気づいた。あまりに動揺して、錠前屋《プロテクター》の言葉を現実のものとしてとらえてしまっていたのだ。あわててポーズボタンを押し、解体屋は深いため息をついた。

「……大丈夫？」

知香の手が解体屋の膝に触れた。

「ああ……いや、大丈夫じゃない」

そう答えると、ソラチャイが解体屋の顔を下から覗き込んだ。

「水、飲む？」

「ありがとう、ソラ。いらないよ。大丈夫なんだ。やっぱり大丈夫。とにかく、ちょっと放っておいてくれればいい」

二人は心配そうに沈黙を守った。解体屋は両手で顔を覆い、再び太い息を吐く。だが、乱れた呼吸はなかなかおさまらない。

ソラチャイは冷蔵庫からミネラル・ウォーターのボトルを取り出し、解体屋の前でそっとグラスに注いだ。知香は一生懸命に膝をなで続けてくれている。解体屋は感謝のしるしに二人の顔を見ながら大きくうなずき、口を開いた。

「俺を解体《デプログラム》したやつの正体がわかったんだ」

二人は一瞬息をのみ、同時に眉を寄せた。

「サイキック・ワークの一人らしい」

そう続けると、ソラチャイが目を丸くして言う。

「あの人たちの中に、あんたを眠らせたやつがいたの?」

「ああ、まあ、あそこにいたかどうかはわからない。だけど、その可能性は大きいだろう」

「じゃあ、回復したあなたを、その洗濯《ウォッシャー》はじっと見てた……わけ?」

知香は顔を歪めて言った。そう指摘されて初めて、解体屋の全身に鳥肌が立った。恐ろしさが寒気に変わる。体の奥に氷の棒があるような気分だった。

「……かも知れない。それがノビルなのかもな」

ようやくそれだけ答えて、解体屋はまた肉厚の手で顔を覆い、吐き気をこらえながら続けた。

「かなわない。とてもかなわないよ。復讐なんか出来ない。やつは全部、お見通しなんだ。いつでも好きな時に、また俺を壊せる。遊んでやがるんだ。泳がせて……泳がせて……ビビらせて……十分楽しんだら、また壊す気なんだよ」

解体屋は泣き声になっている自分を感じ、さらに強く両手を顔に押しつけた。

「俺は必ずやられる。相手は一枚も二枚も上手なんだ。楽しんでやがる。俺を泳がせて遊んでやがるんだよ。とても、かなわない……」

「そうとは限らないじゃないか！」

ソラチャイが絶叫した。

「そんなの暗示にかかってるだけだよ！　自分で自分を罠にはめてるだけだ！　大体、ノビルはそんな悪者じゃない！」

解体屋は無言で首を振る。ソラチャイは続けた。

「あんたは教えてくれたよ。オーガスティン病院から二人で逃げ出した時に。あの毒ガスでフラフラになって、あきらめそうになった僕に教えてくれたよ。もうダメだなんて思うから、ほんとにダメになるって。すべては暗示だって。人間は暗示の織物《テクスチュア》なんだって。それが俺たちの考え方なんだぜって」

解体屋は驚いて顔を上げた。ソラチャイは立ちはだかるようにして、こちらを見ていた。

「そうでしょ？　あなたはそう教えてくれたよ。僕はあなたを信じたよ。だから、絶対に助かるんだって自分に暗示をかけた。そしたら、あなたは誉めてくれたでしょ。これでお前も俺の仲間だって。ねえ、僕は、僕、あんたを尊敬したし、好きなんだよ。だから、あれをもう一度言ってくれなきゃいやだ！」

解体屋はソラチャイの目を見たまま、何も言えずにいた。ソラチャイは大声で繰り返す。

「あれをもう一度言ってよ！　あんたのかっこいいセリフを聞かせてよ！　ねえ！」

ソラチャイは解体屋をにらみつけていた。解体屋はその視線に導かれるようにしてつぶやいた。

「ソラチャイ……俺は何を言えばいいんだ？　わからないんだよ、俺には。混乱してるんだ。なあ、何を言えばいい？　何を言えば、俺はお前に尊敬してもらえるんだ？」

するとソラチャイは解体屋の前にひざまずき、顔を上げて強くささやいた。

「自分でかけた暗示のトリックに、自分ではまっちまったらおしまいだ。そいつは暗示のレールの上を一直線に走っていくだけさ」

解体屋は小刻みに何度もうなずいた。それは確かに自分の言葉だったが、今はまるで天からの授かり物であるような気さえした。

「だから」

ソラチャイはささやきをさらに強くした。説得をするような調子だった。

「……暗示の外に出ろ。俺たちには未来がある」

ソラチャイはそこで言葉を切って、反復を促《うなが》した。日本語を教わる外国人のように、解体屋はソラチャイの目をじっと覗いて繰り返し始めた。

「……暗示の外に出ろ。俺たちには未来がある」

「そう……でも、もっとかっこよかったよ」

「暗示の外に出ろ。俺たちには未来がある」

「そうだよ、解体屋、その感じ」

「暗示の外に出ろ。俺たちには未来がある」

「いいぞ、解体屋。暗示の外に出ろ。俺たちには未来がある」

「暗示の外に出ろ。俺たちには未来がある」

ソラチャイと一緒に繰り返すうち、その言葉が自分の内部に返ってくるのがわかった。

「暗示の外に出ろ。俺たちには未来がある」

「暗示の外に出ろ。俺たちには未来がある」

「暗示の外に出ろ。俺たちには未来がある」

解体屋は次第に自信を増し、とうとう最後はそれをソラチャイに教え込んでいるような気になって言った。

「暗示の外に出ろ。俺たちには未来が……未来があるんだぜ、ソラチャイ！」

途端に、ソラチャイが抱きついてきた。その背中をなでながら、解体屋は破裂しそうな笑顔を浮かべてささやいた。

「ありがとう、ソラチャイ。お前は大事な忘れ物を届けてくれた」

「その未来の一割、僕にくれるかな？」

「もちろん」

そう答えると、ソラチャイは素早く体を離し、飛びのきざまに解体屋の頭をひっぱたいた。

「じゃあ、まず状況を説明しろ。それから、錠前屋《プロテクター》のメッセージの続きを聞く。いいな？」

あまりの豹変《ひょうへん》ぶりに知香が吹き出した。解体屋は苦笑しながら頭をさすった。

「早くしろ、泣き虫男。俺たちには未来があるけど、時間はあんまりないぞ」

「わかったよ、暴力王子。まず、俺の最大の敵はさっきも言った通り、サイキック・ワークの中にいるらしい。で、どうやらそのPWは、洗濯屋《ウオッシャー》の大手であるリアル・ライフのリーダーを取り込んだ。デビッド・ジョーンズっていうじじいとその息子だ。つまり、洗濯屋《ウオッシャー》を洗濯《ウオッシュ》しちまったわけだ」

「どうして？」

と、知香が緊張した声で言った。

「理由はわからない。まあ、権力闘争なのかも知れないな。ともかく、そのことでこの業界が大混乱してることは確かだ」

「それをわざわざ伝えてくるっていうことは、何かあなたとも関係があるのかも知れないわね」

「うん。少なくとも、俺が眠らされたことはその混乱と関係してるんじゃないかな」

すると、ソラチャイが言った。

「じゃあ、あんたは世界の混乱の鍵を握る人物なのか。で、そいつを助けたのはこのソラチャイってわけだ」

満足気にうなずいている。

「まあ、そういうことになりますね」

解体屋はそう言って知香を見た。

「それから？」

と、知香が促した。ひどく興味を持っている様子だ。

「それからはわからない。続きを聞いてみないと、俺はどうも途中で解釈を間違えたらしいからさ」

「あの鳥のところね？」

「そう。つい本物の鳥の声を探しちまった。たぶん、もっと象徴的な、目覚めの声を」

そこまで言った時、解体屋は錠前屋《プロテクター》のメッセージの真の意味を知った。それはソラチャイの声だった。自分を眠りから目覚めさせ、さらに自分に暗示さえかけてくれる声。その鳥の声紋は錠《プロ》前屋《テクター》と限りなく近かった。その声を忘れるな、と錠前屋《プロテクター》は言っていたのだ。

「聞こえました、マスター」

解体屋はしっかりとつぶやいた。

「あなたの言葉の意味と、それからあなたのつかわした鳥の声が」

だが、その鳥は今にもこちらをつきそうな顔で、落ち着きなく首を動かしていた。

第七章

遠隔解体《テレ・デプログラム》

ポーズボタンを解除すると、構える間もなく錠前屋《プロテクター》がしゃべり始めた。

「一度気に入った目覚めの鳥は、どこに行く時も必ず連れていくことだ」

そう言って、錠前屋《プロテクター》はそばにあったらしい酒か何かで喉をうるおした。素早く意識をその場面にセッティングし直した解体屋は、少し早口になって答えた。

「いつの間にか、もうそんな具合になっていますよ、マスター。ピーチクパーチクうるさい鳥ですが、確かに俺を助けて」

「ただし」

と、錠前屋《プロテクター》がさえぎった。あわてて口をつぐんだ解体屋に向かって、錠前屋《プロテクター》は言う。

「九官鳥には気をつけろよ」

「九官鳥？　ああ、ノビルですね」

その名前を聞いて、ソラチャイが身を固くした。まるで、それを予測していたかのように、錠前屋《プロテクター》は笑い出した。

「せっかくの目覚めの声も、物真似鳥に邪魔をされては意味がない。そうだろう？　バルコニーでさえずってくれるのはいいが、そいつは求める歌を歌うわけじゃないからな」

ソラチャイを気づかいながら、解体屋はそっと聞いた。

「じゃあ……やっぱりノビルは敵なんですね？」

すると、錠前屋《プロテクター》は話題を変えた。

「さて、いつまでもベガスにはいられない。でかい賭《か》けに出たからさ。この勝負に負けたら、監禁されて奴隷《どれい》になるだろうよ。あるいは死刑か」

再び錠前屋《プロテクター》は笑い出した。

「追われてるんですか、マスター？　あなたもこの一件に関わってるんですか？」

解体屋がそう言っても、錠前屋《プロテクター》は答えなかった。ただ笑いながら、酒らしきものを飲む。

「どんな……どんな賭けに出たっていうんです？　マスター、一体どんな賭けに？」

まるで目の前のラジカセが錠前屋《プロテクター》でもあるかのように、解体屋はスピーカーに顔を近づけて叫んだ。すると、錠前屋《プロテクター》はゆっくりと、だが低くはっきりとした声で言った。

「……お前に百万ドル」

そこでぷっつりと声は消えた。

解体屋はしばらく動くことが出来なかった。口の中で何度も、錠前屋《プロテクター》の最後の言葉を繰り返す。

お前に……お前に百万ドル、か。

「馬鹿なやつに賭けたもんだねえ」

ソラチャイが言った。解体屋はカッとなって、ソラチャイをにらみつけた。

「俺の大事な人が決めたことだ。お前なんかに口を出されたくない」

「僕だって、大事な友達を入館証扱いされたら黙っていられないよ」

と、ソラチャイは言い返した。

「入館……証？」

知香があっけにとられて言った。

「そうだよ。このじじいがノビルを入館証だって言ったじゃないか」

「ソラチャイ」

額をボリボリかきながら、解体屋は言った。

「九官鳥って鳥、知らないか？」

ソラチャイは雰囲気を察して黙り込んだ。

「あのな、そういうオウムみたいな鳥がいるんだよ。ええと……九官鳥」

「ミナ」

と、知香が英語で言う。勘違いを悟《さと》ったソラチャイはごまかすように冷静な顔をしてうなずいた。解体屋と知香は目を合わせ、互いに軽く唇の端を上げた。するとソラチャイは、何事もなかったようにその場に座り込んだ。

「それはともかく」

知香はソラチャイの体面を守ってやりたかったのか、大急ぎで話を変えた。

「錠前屋《プロテクター》さんも大変らしいわね」

「ああ。どうも俺の周りの人間は、みんなえらいことになってるみたいだ。まあ、錠前屋《プロテクター》は大丈夫だと思うけど。リアル・ライフとＰＷがどんな風に合体したかは知らないが、あの人はそうそう簡単にやられるタマじゃない」

「あなたはどうなの？」

そう言われて、解体屋は答えに窮した。

「とりあえずね、あなたは隣の部屋に隠れた方がいいと思うの。錠前屋《プロテクター》さんが先回りしたくらいだから、他の誰が来るとも限らないでしょ。あたしだって、素性のわからない男と暮らす気はないし」

「隣って？」

「だから、隣。実は誰も住んでないのよ。あたしの父の隠れ家だから」

「父の……隠れ家。君のおやじさんはヤクザか何かなのか？」

そう言うと、知香はうつむいて口をつぐんでしまう。解体屋はあわてた。

「いや、その、冗談で言ったんだよ。だからね、つまり、それで傷ついちゃったりする……ってことは図星か、おい？」

解体屋は驚いてソラチャイの顔を見た。だが、ソラチャイは知らぬふりでプイと横を向く。さらにあわてた解体屋は、とにかく思いつくことを次から次へとしゃべり出した。

「いやあ、ヤクザの方でしたか。それで、こんなに立派なおうちに住んで……ねえ。僕もね、こういう稼業やってますから、そういうお仕事の方々とは色々とおつきあいさせていただいてますよ。強力なお薬を横流ししていただいてたりね。それから、組の方で新興宗教《カルト》にはまる人なんか多いんですよ、意外に。それで外させていただいたりね」

「そういう口の利き方はやめて下さい」

知香が鼻に叩きつけるような調子で言った。

「ああ、すいません。ええと、申し訳ありませんでした」

「そのしゃべり方を言ってるんです。大体、父はヤクザじゃありませんから。まあ、あたしは似たようなものだと思ってるけど」

「似たような？」

思わず聞き返す。知香はため息をついてから、答えた。

「父は病院のオーナーなの。それも三つも病院を買い取って……法の網の目をくぐってね。医者の心なんかすっかり忘れちゃったのよ。経営のためだとか言って、株屋だの地上げ屋だのとばかりつき合ってる。ヤクザみたいなもんでしょ、そういう人は」

「いや、事情はよくわからないけど、俺はそうは思わないけどなあ」

解体屋は真面目な顔で言った。

「俺はさ、病院はアメリカ式でいいと思ってるからね。うまく経営をしていくためにサービスが向上したり、名医を引き抜いたりね。医は仁術とか言ってふんぞり返ってる医者よりは、君のお父さんみたいな人が病院を変えることになるのかも……」

だが、知香は解体屋をさえぎった。

「今は、父の話なんか関係ないでしょ。とにかく、隣に移って下さい」

「自分で始めたんじゃねえか」

解体屋はむくれてそう答え、知香に向かって顎を上げながら続けた。

「あんたの父親がどんな人間か知らないまんまで、部屋をお借りするわけにはいかないね」

するど、知香はクールな顔つきに戻って言った。

「だから、隠れ家だって言ったでしょ。父は来たことがないのよ。母と離婚する直前に買ったものだから。つまり、隠れ資産みたいなもんなの。表札にも誰か知らない人の名前が書いてあるし、絶対に安全だから。気にせずに使ってちょうだい」

「あんまりプライベートなことには立ち入りたくないけど、ちょっと聞かせてくれよ。君のお母さんと離婚する直前に買ったからって、なんで来ないとわかる？　いきなり帰ってきた君のお父さんに挨拶する機会だってあるかも知れないわけだからさ。それだけは聞いておきたいね」

解体屋もあくまで冷静な調子で聞いた。知香は軽く眉を上げてから答えた。

「あたしは離婚後も母と隣同士で暮らしたかった。母もそれを望んだ。でも、父は部屋を与えなかった。あたしはその父を許していない。彼はあたしを恐がって別の家に越した。とりあえず、隣は病院関係者が買ったことにして税金をやりくりしてるけど、ほとんど架空名義と同じ。従って、お隣には誰も来ない」

解体屋は黙ってうなずき、立ち上がろうとした。だが、もうひとつ聞いておかなければならないことに思いあたって座り直す。

「家庭事情はもう聞く気はないんだが……聖オーガスティン病院はお父さんの経営か？」

知香は不自然なほど強く首を振って言った。

「あたしは父の下で働くつもりがないの。だから、あそこは彼とは全然関係がないのよ。たぶん、あなたを襲った人たちと父は面識もないはず……だと思うんだけど。どう？　少しは安心した？」

そう言って、知香は微笑んだ。

「で、だとしても、オーガス……」

解体屋が言いかけると、知香はすかさず答えた。

「オーガスティン病院の連中には、なんで患者を逃亡させたのってどなりまくっといた。ガスの痕跡には一切気がつかないふりでね。あれはあたしの論文の大切なマウスだったのよって。昨日も出がけに同僚をつかまえて、猛烈なヒステリーを起こしといたから。あんなに面白いマウスを逃がすなんて、最低の管理システムだわって叫んで」

話すうちに知香はいたずらな目を取り戻した。こちらを覗《のぞ》き込んで、おどけさえする。

「君を解体屋界にスカウトしたいね。ま、ヒステリーって言葉の使い方は素人なみだとしてもさ」

と、解体屋はなかば本気でうなるように言い、感心したふりで続けた。解体屋は少し疑いを抱いたのだ。

「とりあえず、君の芝居が功を奏したことを祈ろうか。ただ、今日は？」

「今日は休みの日なの。後で電話を一本入れておこうと思うけど、この部屋の会話が盗聴でもされてない限り、まだ疑われてないはずです」

その途端、ソファの下で電話が鳴った。一瞬三人ともビクリと体を震わせた。その後で、それぞれ歪《ゆが》んだような笑い顔を浮かべる。

「ああ、びっくりしたあ」

ソラチャイが心臓を押えたまま、ソファに倒れ込んだ。知香は唇の前に細い指を立て、

「シーッ」

と言いながら、受話器を取った。解体屋はゆっくりと大きなため息をつきながら、ソラチャイの横に腰を降ろした。

「もしもし、もしもし」

知香は二人の目を見て微笑みながら、よそいきの高い声を出した。

「もしもし、もしもし……もしもし」

いくら呼びかけても返答がないらしい。首を傾げる知香に、解体屋は受話器を渡すようにと無言で合図した。頭を振って、知香は再び言った。

「もしもし、もし……」

そこで知香は表情を変えた。相手が何か言い出したのだろう。解体屋とソラチャイは緊張しながら、その様子を見つめた。知香はこわばった顔をこちらに向け、音が立つほど息をのむ。解体屋は素早く受話器を奪った。

モスグリーンのコードレスフォンは、手の中に隠れてしまいそうなほど小さかった。注意深く耳に押し当てると、かなり激しい雑音が聞こえた。解体屋はその雑音に聞き覚えがあった。思わず舌打ちが出た。同時に雑音の中から音声が伝わってくる。

「知香さん、隣にいる男は素敵ですか？」

モジュレーターをかませてあるのか、声はあくまでも機械的だった。そのせいか、相手の感情が読めない。まるでオーガスティン病院の天井から降ってきた声のようだ。解体屋は受話器から耳を離し、目を閉じた。そっと息を吐いて、再び相手の声を聴こうとする。そこで電話はプツンと切れた。

解体屋は恐怖を押し殺しながら、コードレスフォンを知香の目の前に突き出して言った。

「こいつ、何て言ってた？」

「デプログラマーっていうのは……誰だ、って」

知香は喉《のど》を締めつけたような声で答えた。

「そうか」

うなずいてから、解体屋はすぐに続けた。

「本体はどこだ？」

知香は意味がわからず、ぼう然とこちらを見ている。解体屋はモスグリーンのコードレスフォンをかざして、もう一度言った。

「本体だよ」

知香は部屋の奥を指さす。解体屋は引き倒すようにしてドアを開け、ベッドルームに入り込んだ。籐《とう》で編んだ小さなサイドテーブルの上に、やはりモスグリーンの機械があった。取り上げて裏を見るが、盗聴器らしきものは見あたらない。ひざまずいてベッドの下を覗き、電話線をたどっていく。いくつもある籐のトランクが邪魔だった。乱暴に取り除けながら、解体屋はベッドの下に体を滑り込ませた。

「何するのよ、変態！」

そう叫びながら、知香が走り寄った。

「うるせえ、黙ってろ！　この部屋は誰かに……」

と言いかけて、解体屋はあわてて口を押え、いったんベッドの下から飛び出した。見降ろす知香の目に向けて、口を大きく動かす。

トウチョウ・サレテル・カモシレナイ。

「何よ、人の下着に触っといて。口パクパクさせるのやめて下さい。気持ち悪い」

解体屋はつい声を出す。

「触ってねえよ、俺は」

「そのトランクに入ってるのよ」

「わざわざ教えてくれてありがとう」

そう言って、解体屋はまた口だけで伝える。

トウチョウ。

「なーに？」

ト・ウ・チョ・ウ。

「盗……」

解体屋ははね起きて、知香の口を押えた。すぐに耳もとでささやく。

「言うな。まだそうと決まったわけじゃないが、盗聴されてるんだとしたら気づかれたと思われない方がいい。ソラチャイにも教えてやってくれ。ただし、最小限度の声で」

知香はうなずいた。

「それから、家の模様替えをする芝居をしろ。絶対に盗聴器を探してることに気づかれないように。それで、見覚えのない機械を見つけたら俺に教えてくれ。とにかく余計なことは言うな。何か言いたいことがあったら、ノートに書いて見せるんだ。いいな？」

うなずくかわりに知香は大きな声を出した。

「ねえ、ソラチャイ。やっぱりこの部屋で三人で暮らそうよ。だから、パーッとお掃除します。手伝ってくれない？」

ベッドルームを覗き込んでいたソラチャイは、いきなり唇をとがらせて答えた。

「何、言ってるの？　そんなやつを部屋に置いといたら、何されるかわかったもんじゃないよ」

「いいの。あなたも好きなんでしょ、この人が。だから、夢のようなおうちにするのよ。家族三人が幸せに暮らせるようなな」

解体屋はほくそ笑みながら再びベッドの下にもぐり込み、静かにトランクを移動させながら、声にならない声を出した。

「家族三人が幸せに、か。知香、それは芝居じゃないぜ。お前の無意識が作った家族小説《ファミリー・ロマンス》だ」

それから一時間も経たないうちに、知香の部屋は強盗にでも入られたような状態になっていた。解体屋に促されて、それぞれ〝模様替え〟にふさわしいことを口に出し、目だけは盗聴器を探し続ける。解体屋の読みでは、盗聴器は電気系統の近くにしかないはずだった。長時間の盗聴には電気が必要だからだ。

三人は血まなこになって、自分たちを監視する機械を見つけようと部屋中を歩き回る。こうしている様子も相手は知っているのだ、と思うと体の力が抜けていくような気がして、ため息が出た。それでも、解体屋は二人を奴隷のようにこき使う。知香もソラチャイも文句を言ったが、解体屋はそうでもして二人を肉体労働にだけ集中させておきたかった。何かを考え始めれば、必ず神経がまいってしまうはずだった。

さらに一時間後、解体屋はベランダにあった盗聴器を見つけた。観葉植物の鉢《はち》に埋まっていたのだ。それは電話線につながれた黒く小さな箱だった。解体屋は黙って二人にそれを見せ、用意された事務用ノートにこう書いた。

『これが見本だ』

すると、ソラチャイは象形文字のようなタッチで質問を書き殴った。

『まだ、あるの?』

すぐに解体屋は答えを書き加えた。

『これはTELのトーチョーキ、デプログラマーって言葉はTELじゃ言ってない、必ずある』

そして、続きを声に出す。

「さてと、模様替えにはまだまだかかりそうだな」

知香とソラチャイはうんざりした顔をしたが、解体屋は黙って部屋に戻った。

「取らないの？」

あわてて知香が言った。手振りでノートを持ってこさせて、解体屋は答えた。

『取ったら気づいたことがバレる』

そして、声に出して言う。

「知香、病院に連絡しといたらどうだ？」

知香がサインペンをもぎ取った。

『盗聴されてるのに？』

「知るかよ。適当にやれ」

そう言い捨てて、解体屋はキッチンに向かった。後ろから知香のため息が聞こえた。疲れきっている様子だ。そりゃそうだろう、と解体屋は眉を上げた。昨日から一睡もしていない。しかも、盗聴されているというプレッシャーは簡単に人間を追いつめてしまう。ふざけやがって、盗聴器と電話一本で解体《デプログラム》されてたまるかよ。これじゃ遠隔解体《テレ・デプログラム》だ。とんでもないことをしやがる。

知香のそばに立っていたソラチャイを呼び寄せて、解体屋は言った。

「早く上手に日本語がしゃべりたいだろう？　だったら、もう少し頑張ってくれ」

「僕はしゃべれるよ。何言ってんだ？」

答えながら、ソラチャイは本当の意味を嗅ぎ当てた。すぐにつけ加える。

「ああ、しゃべりたいよ。自由にね。だから、頑張る」

解体屋は微笑んでソラチャイの頭をなでようとしたが、それがタイ人への侮辱になることを思い出して、あわてて手を引っ込めた。

「色々とタブーが多くて大変だな、俺たちは」
「仕方ないよ」
ソラチャイはため息混じりにそう言って、リビングに戻った。あいつも疲れきってる、と解体屋は頭を振った。しゃべりたいこともしゃべれず、誰かに監視されているという気分のまま過ごすには限界があった。俺は慣れているからいいが、あいつらには無理だ。二日もしたら、二人とも神経がイカレてくるだろう。解体屋はその状態を想像して顔をしかめ、急いで冷蔵庫の配線を調べ始めた。

だが、と解体屋は急に体を起こした。盗聴者はすでに俺の存在を知っている。とすれば、逃げた方が早い。病院に電話している知香の背中を見ながら、解体屋は額の汗をふいた。いや、状況がそこまで来てるなら、ドアの向こうに洗濯屋《ウオツシヤー》は立っているだろう。あるいはあのハンマーを持った壊し屋集団が。

とにかく、今は盗聴器を見つけ出して、自由に次の計画を練ることを可能にするしかない。盗聴器の場所次第では、聞かれなかったこともあるかも知れないのだ。やれることはやっている。助かる道はきっとある。

追いつめられているのは俺の方だ、と気づいて解体屋は自分の頰を叩き、また冷蔵庫の裏を点検することにした。すると、いつの間にか、ソラチャイが自分に繰り返させたあのフレーズを口に出していた。暗示の外に出ろ、俺たちには未来がある。暗示の外に出ろ……俺たちには未来がある。

口ずさむうちに、はっとした。思わず体を起こした瞬間、後頭部が棚の角に当たった。
「痛え！　あつつつつ！」

ベッドルームから顔を出したソラチャイが、こちらを見てゲラゲラ笑った。

「馬鹿だなあ、解体……おじさんは」

「うるせえよ、くそガキ。元気ばっかりいいんだから」

後頭部をさすってそう言い返しながらも、解体屋はソラチャイの明るさに感心した。あいつのおかげで、俺たちはずいぶん助かっている。

そう思ってしみじみしていると、なんで自分がはっとしたかを忘れてしまいそうになった。解体屋は急いでそれを思い出そうとする。だが、痛みが邪魔をした。なんだったっけかな？　腹がへってるからメシを作ってもらおうと……違うな。ああ、痛いな、それにしても。タンコブ出来てないか？

いや、そういうことじゃなくてね。自分で自分にそう言い聞かせ、解体屋は必死に記憶をたぐり寄せる。何か明るい未来を感じさせるような考えだったからだ。ええと、急げ、急げ。冷蔵庫の裏を見る前、うん、見る前に思ったことに関係があって、しかも俺たちを救うような思いつきだよ。

解体屋はくしゃみが出そうな顔で、リビングルームに移動した。ネジで外したソケットの中をじっと見ている知香の後ろに立つ。解体屋は言葉を思い出せずにいらだって、指だけをその知香の背中に向けて振り、すでにシェードの取り外されたランプを見つめる。

知香は気配に気づいて振り返り、あ然とした。ソラチャイもベッドルームから出てきて、解体屋の目の前に立っている。自由にならない回想の中で、解体屋だけがもがき苦しむ。指を振る速度が増した。だが、思い出せない。

「チカ、こいつ閉じ込めといた方がいいよ」

ソラチャイがあきれて言った。知香はまだポカンと口を開けたままでいる。解体屋の手からエサをもらう鯉みたいな具合だ。

「ねえ、そのうち暴れ出すよ、きっと。バスルームに監禁して、冷たい水でも浴びさせとこうよ」

そのソラチャイの言葉が、解体屋の前意識《セカンド・メモリ》から言葉を引っ張り出した。

「それだ！　バスルームなんだよ！」

解体屋はソラチャイの方に指を突き立てた。

「ほら、自分でも行きたがってるわけだし」

ソラチャイは解体屋の指を丁寧につかんで、そう言った。

「よせよ、そういう扱いは！　いいか、盗聴器はバスルームにあったんだよ。焦って手当り次第に探そうとしたのが間違いだった。諸君が俺をデプログラマーと呼んだのは、あの場所以外になかったはずなんだ。もしも、あそこにあるなら、俺たちには未来が開ける」

「なんで？　なんでバスルームに盗聴器があると未来が開けるのよ？」

知香は言った。まだソケットの中の電線をいじっている。解体屋は今度はしっかりと知香を指さして答えた。

「シャワーを浴びてる音なんか盗聴する洗濯屋《ウォッシャー》がいるか？　君の鼻歌とか、どっかをゴシゴシ洗う音とか。そんなもの盗聴したがるやつはいないよ。いたとしても変態だけだ」

「じゃあ、盗聴してたのはあんただ」

すかさず、ソラチャイがまぜ返す。

「くだらないこと言ってないで手伝ってくれ」

解体屋は途端に元気を回復して、ニヤリとした。急いで落ちていたノートを拾い上げ、数行の文章を書きつける。

「知香。悪いけどバスルームに入って、これを読んでくれないか」

解体屋は得意げにノートを差し出して言った。そこにはこう書いてあった。

『ああーん。ねえ、素敵なデプログラマーさん。ちょっとお待ちになっててね。いやーん。今、きれいに掃除するから。もちろん、あなたとのバスタイムを楽しむためよ、ダーリン。チカ、もうガマンできないわ』

読み終えるまでもなく、知香は拒否した。

「あんた、何考えてんの？　何よ、このいやーんとか、ああんとかいうのは？　バッカじゃないの」

解体屋は真剣な顔で答えた。

「いや、だから、セリフだよ。うまく相手をだますためにさ、いい芝居をして欲しい」

「これがセリフ？　今どき、どこの誰がダーリンなんて言うのよ？　この文章それ自体、安いポルノ小説の読み過ぎです。チカ、もうガマンできないわって、そのセリフそのままあんたに捧げたいわよ」

そこまで言われて、解体屋はいじけて下を向いた。だが、知香はやめない。

「あたし、今まで生きてきて、これほどひどい文章を読んだことがないですね。ねえ、ダーリン、あなた小説家にだけはなろうと思わない方がいいわよ」

さすがに解体屋は爆発した。

「なろうとなんて思ってねえよ。俺はしゃべりがうまきゃいいんだ。解体屋だからな。誰が小説家になんかなるか。ほとんどの文学が、簡単に解体《デプログラム》できるような言葉で書いてあるんだぜ。陳腐な情緒ってやつだ。とにかく、こんな風なことを言って、バスルームを調べてくれりゃいいんだよ。畜生。安いポルノで悪かったね。盗聴してる野郎だってその方がいいに決まってるよ。お偉い文学の朗読なんかで誰が興奮するもんか」

あまりの解体屋の勢いに圧倒され、知香は謝るような調子になって言った。

「ごめんね。あなたを傷つけるつもりはなかったんだけど……つい。わかった、読む。うまく読めるかどうかわからないけど、読むよ」

解体屋は大きくうなずく。ソラチャイが抗議しようとしたが、知香はそれをとどめてバスルームに向かった。

「とにかく、読めばいいんでしょ？」

「ああ、でも雰囲気出してくれよ」

解体屋はうれしそうに言う。知香は困惑して振り向いた。

「どうやって？　これじゃ……」

解体屋は急に下手になって答えた。

「……適当に感じ出してくれればいいから」

あきれたように短くため息をついて、知香はノートを確認し、今にも吐きそうな顔をした。その背中を押して、解体屋はバスルームへと導く。知香がノブを回そうとすると、解体屋はあわててソラチャイにささやいた。

「邪魔するなよ。気づかれたらおしまいだ」

ソラチャイは不服そうにうなずく。もう一度そのソラチャイの目を覗き込んで念を押すと、解体屋は知香に手振りで合図をし、ドアを開けさせた。すぐに、セリフを読むように促す。

「ああーん。ねえ、素敵な素敵なデプログラマーさん。ちょっとお待ちになっててね。いやーん」

吹き出しそうになるソラチャイをたしなめて、解体屋は満足そうに知香を見つめた。顔を真っ赤にした知香ににらみ返される。解体屋は動揺しながらも、素早く視線をあちこちに移動させ始めた。カラン……にあるはずはない。当り前だが浴槽にもなし。他はすべて壁だ。となりゃ天井のライトか……あ、ああ換気口ね。

解体屋は換気口を見るように、と知香に顎で指示した。同時にソラチャイにはドライバーを持って来い、と身振りで伝える。知香は浴槽の縁に足を乗せ、黙り込んだまま換気口の奥を覗いた。解体屋は芝居を続けるように、と腕を回した。一度うんざりした表情を見せてから、知香は続きを読み始めた。

「今、きれいに掃除するから。もちろん、あなたとのバスタイムを楽しむためよ。きれいにしておかないとね。チカ、もうガマンできないわ」

そこまでで文章は終わっていた。知香はどうすればいいかわからず、助けを乞うように解体屋の目を見た。だが、解体屋はただ腕をぐるぐる回すばかりだ。知香は望まぬアドリブを始めざるを得ない。

「あ、ダメよ。そこはまだダメ。今、洗うから待っててってば。きれいに磨いてから楽しみましょうよ。ね？」

解体屋に文句をつけただけあって、知香のアドリブはダブル・ミーニングになっていた。バスルームのことか体のことか判断に苦しみつつ、解体屋は思いきりにやけた。だが、残念ながらその楽しみは、腹をこづくソラチャイによって中断されてしまった。知香はソラチャイからドライバーを受け取り、手際よくネジを外していく。

「次にここを磨くわね。あら、いやだ。下から覗いてるんでしょ。向うにいっててよ、デプログラマーさん。恥ずかしいわ」

次第に解体屋並のセリフになっていたが、知香はそれどころではなかった。ようやくすべてのネジが外れると、知香はドライバーをソラチャイに手渡し、換気口の中に首を入れた。ソラチャイが唾をのんだ。

知香はすぐに顔を出した。何度もうなずく。盗聴器があったのだ。だが、解体屋はいきなりきびすを返してリビングに戻った。驚いて、ソラチャイが後を追う。解体屋がソファに腰を降ろすと、知香が走り込んできた。

「どうして取ってくれないの？ 気持ち悪いじゃない、あんなところに置いといたら」

知香は強い調子でささやき、解体屋を責めた。

「変なお芝居までやらされて、あたしのやったことは何だったのよ」

解体屋は黙って顋をさすったままだ。

「早く取ってよ」

知香はこれ以上ないというくらい大きな仕草で懇願した。解体屋は静かに答えた。

「いや、取らない」

「どうしてよ？」

知香は理解出来ないといった顔で聞く。

「ちょっとした復讐劇を演出したいからさ」

「復讐……劇？」

「そうだ。また知香に手伝ってもらいたいんだが、今度は君のセリフはなしだ。この仕事を文学的に批評されても困るんでね」

解体屋の目が鋭くなり始めたことに気づいて、ソラチャイは乗り気になった。

「解体屋、何をたくらんでる？」

すると、解体屋は片方の眉を上げて答えた。

「被盗聴解体……あるいは遠隔解体《テレ・デプログラム》か」

「何、それ？」

と、知香はあきれた。

「俺にもわからない。だが、やってみる価値はある。君にとっても面白い実験になるだろう。つまり、だ」

「うんうん」

ソラチャイはその場にあぐらをかいて、あいづちを打った。

「知香と俺の二人でバスルームにこもる」

自分の出番がないと知って、ソラチャイは急に興味をなくした。

「なーんだ」

「で、まず知香はさっきみたいなアドリブで相手の耳を澄まさせてくれ。後は俺がしゃべり続ける。だから、君はすぐに耳を閉じて欲しい。そうでないと、君が先に催眠にかかっちまうから」

「なーるほど。それが遠隔解体《テレ・デプログラム》かあ」

ソラチャイはまた顔を輝かせた。

「で、どんな催眠に入れるの？　猿にするとかさ、チキンみたいにクークー鳴かせるとか。あと、牛にしてモーモー言わせるのも面白いよ。ねえ、チキンと牛、どっちにする？」

レストランみたいなことを言っている。解体屋は苦笑して首を振りながら答えた。

「遊びじゃないんだよ、ソラチャイ。いや、遊びと言えば遊びだけど。つまり、変態野郎の脳《システム》に軽いプログラムを組み込んで、俺たちの使いっ走りにするのさ。まあ、見てろ。聞いちゃ困るけどな」

「ああ、耳をふさいで、よく見てるよ」

その答えを聞くと解体屋はすっと立ち上がり、事務的に知香の手を取った。そのまま、バスルームに連れていく。知香は抵抗も出来ず、ただされるがままだった。

洗面台の前で止まり、鏡を覗き込んだ解体屋は、自分の目を見つめて細く息を吐いた。知香は驚いて、その鏡の中の解体屋をながめた。表情が一変し、まるで仏像のようになっていたからだ。目は半眼になって文殊菩薩《もんじゆぼさつ》となり、口は固く結ばれて不動明王となり、だが全体は微笑んで弥勒を思わせる。知香は鏡像と実像を交互に見た。

「俺に見とれてるのか」

その知香の耳もとに口を近づけて、解体屋はささやいた。

「それはありがたい。最初のアドリブが重要だからな。役作りはバッチリってとこだろう。その恋心を思いっきりセクシーに表現して、盗聴してるやつのハートをつかんでくれ」

知香の反論をさえぎるように、解体屋はドアを開けた。知香の肩に回していた手に力を入れ、合図を出す。だが、あまりに急で知香は何を言っていいかわからなかった。解体屋は目をつり上げて、知香を威嚇した。あわてて、知香は口を開いた。

「ああ、ええっと、ダーリン」

ソラチャイが吹き出した。解体屋は後ろ手でドアを閉め、その声を遮断した。同時に、強く知香の肩を抱いて、セリフを続けさせる。

「……待ちきれなかったでしょ？　さあ、楽しいこと始めましょ」

換気口をにらみつけたまま、解体屋は大きくうなずいた。知香はからみつく太い腕から体を抜こうとしながら、それでも続けた。

「デプログラマーさん、素敵な腕ね。でも、ちょっと強過ぎるわよ。あたし、折れちゃいそう」

解体屋は無言で軽く頭を下げ、力を抜いてかがみ込むとシャワーの栓《せん》をひねった。水の音は盗聴者を妨害し、さらにその神経をこちらに向けさせることになるはずだった。シャワーをよけて、知香にも座るように目で言うと、解体屋はしゃべり始めた。

「知香、なんて白い肌なんだ。泡を触ってるみたいだ。さあ、その泡を吸わせておくれ」

知香は身をよじって、解体屋の唇を避けた。本当にキスをしそうな勢いで、解体屋が顔を近づけてくるのだ。

「なぜ恥ずかしがるんだ。あのガキはもう眠ってるよ。ほら、おいで。俺たちは二人っきりじゃないか」

解体屋はそう言って、また知香を抱き寄せた。尻が床につかないように中腰でいた知香は倒れ込みそうになって、思わず解体屋の頬を打った。

「何すんのよ、スケベ！」

素早くシャワーの水量を上げてから、解体屋はささやいた。

「近くにいないと音の距離感が不自然なんだよ。お前を口説こうなんて思ってないから、後は耳をふさいでろ。絶対にしゃべるなよ。もう催眠は始まってるんだ」

知香は不機嫌そうに耳をふさいだ。ドアを軽く叩いて、曇りガラスの向こうにいるソラチャイにも耳をふさぐように指示をし、解体屋はシャワーを元の強さに戻した。換気口を見上げてしゃべり出す。

「なんで抵抗するんだ。抵抗しなくていいんだよ。二人っきりなんだから。おいで、おいで、おいで。よーく聞くんだ。私の声をよーく聞くんだ。抵抗しなくていい。そして、目の前にある光を見なさい。機械の小さなランプ……それが私の目だよ。ほら、まず腕の力が抜けてきた。だんだん、だんだん、力が抜けてきた。すうーっと力が抜ける。シャワーの音は単調だ。でも、深い。深い水の音があなたの体を通り抜けていく。それに従って、今度は足の力も抜けていく。だーんだん、だーんだん、気持ちよく力が抜けていく。ほら、抵抗しなくてよかっただろう？　私の声は深い深い水の音に溶けて、あなたの体を通り抜けていく。すると、あなたの体の力も次第に溶けてなくなっていく。あなたはふかーい、ふかーい水の底に落ちていく……」

解体屋は緩慢なリズムの中で、低く一定の強さで言葉を繰り出し続けた。ふと気づくと、知香が自分の足の間に座っていた。背中をこちらに預けている。解体屋は舌打ちを抑えて、知香の頬を軽く打ち、もっときちんと耳をふさぐようにと顎で教えた。その間にも、磁力を持った言葉は換気口へと立ち昇っていく。

「そして、あなたはもう抵抗することを忘れて、気持ちよーく私の声に耳を傾ける。ほら、腕も足も腹も胸も頭も目も気持ちいい。まるで子供の頃の昼寝のように、あなたの体は温かく柔らかい。ふかーい、ふかーい水の底だ」

それから十分もしただろうか、知香は耳をふさいでいることに飽きて眠ってしまっていた。解体屋は知香のかわりにその耳をふさいでやりながら、丁寧に催眠を続けた。相手の目が見えない難しさはあったが、その分時間をかけて万全を期す。さらに十五分。

おそらく盗聴者が意識を深いレベルに沈めただろうと思われる頃、ようやく解体屋は流れていく言葉の中に命令《コマンド》を乗せ始めた。次第に言葉の川に命令《コマンド》だけが浮かぶようになり、とうとう命令《コマンド》そのものが流れになった時、解体屋はキー・チップを差し込んだ。まず絶対に他人が使わない言葉として解体屋が選んだのは、ミナという一語だった。それが九官鳥を示す単語であることは、解体屋も知ったばかりだった。

「ミナと私が言ったら、あなたは次の指示を待ち、また私が言う通りに行動したくなる。ミナ、それがあなたに与えられた最高の言葉。あなたは私の最初の指示に従い、再びまたミナと言われたら、次の指示を待つ。そして、その指示のことは目が覚めたらすっかり忘れてしまう。ミナ、それがあなたに与えられた最高の言葉……」

それから、解体屋はゆっくりと催眠を解いて、立ち上がった。ねぼけまなこの知香は、あたりを見回して不思議そうな顔をしている。こりゃ一応、知香の頭の中を覗いといた方がよさそうだ。キー・チップがぼんやり入ってたら、後が面倒だからな。外しとかなきゃならない。解体屋はそう考えてノブを握った。さて、後は本当に盗聴者が指示に従うかを見るまでだ。

だが、ドアの向こうでは、ソラチャイが大の字になっていた。こちらを見て、あくびをする。眠りから覚めたばかりらしい。

解体屋はボリボリと頭をかきながら、その小さな体をまたいだ。全くこいつら、なんて催眠にかかりやすいんだ。とりあえず、こっちも外しておかなきゃならない。仕事が二つも増えちまったじゃねえか。解体屋は意味のないうなり声を上げて、ソファに向かった。

いや待てよ、と解体屋は廊下で立ち止まった。どうせなら、あいつらはこのままの方がいいかも知れないぞ。そうすりゃ余計な文句を言われることもない。ミナって言えば、ソラチャイは肩をもむ。知香が味噌汁を出す。いいね、それはいいよ。

ソファに沈んだ解体屋は、しばらくその妄想を楽しんだ。だが、それはほんのひとときの安らぎだった。知香とソラチャイがドカドカとリビングに入り込み、解体屋の体のそこら中をひっぱたき始めたからだった。

「あたしに変なことしたんでしょ。いやらしい男ね、何したのよ？」

「僕にかけた催眠を解け。裏切り者」

ミナ！　と怒鳴りたい気持ちを抑えて、解体屋は一人ずつの脳内ディスプレイを覗くことを約束した。考えてみれば暗示を外すのが、俺本来の仕事だ。クライアントが二人もいるってことは、俺もまだこの稼業で食えるわけだな。

そう考えて自分を納得させた解体屋は、疲れでしびれ始めた目を力いっぱいこすった。そして一瞬だけ、キー・チップをクソッタレにしておけばよかったかも知れない、と思った。

第　八　章

求心的逸脱

オフ・ザ・トラック・トゥ・ハードコア

開け放った窓から、春の曖昧《あいまい》な夕暮れが入り込んできていた。空気は生温かいが、吹く風には冷たさがある。それは解体屋をめぐる状況に似ていなくもなかった。

借りたバスローブ姿のままで二つの盗聴器を取り外した解体屋は、知香とソラチャイを呼び寄せた。そして、それぞれの目を見つめながらミナ……とささやき、二人の反応を見た。瞳孔《どうこう》に若干の変化があったのはソラチャイだけだった。そちらだけを見て、何回かキー・チップの効果を試す。催眠のせいではないことはすぐにわかった。ソラチャイはその言葉からノビルをイメージし、動揺しているだけだったのだ。

「だって」

と、ソラチャイは言った。

「みんな、ノビルを悪者みたいに思ってるんだもん。僕は信じないよ」

「悪者だとは決めてないよ」

解体屋はソラチャイから目を外して答えた。

「ただ、あいつがいると俺が危ない。お前の声が俺には必要だからさ。それを妨害されるおそれがあるって言ってるだけだ」

「それだけじゃないでしょ？」

知香が首を傾げて言った。

「あなた、あの工場でノビルを解体《デプログラム》しようとしてたじゃない。しかも、目玉をシロクロさせて」

「ああ、あれにはまいったけどね」

解体屋はしゃべり出した。

「どうも怪しいと思って、脳《システム》の中に入り込んだんだが、何もないんだ。あり得ない話だよ。葛藤とか心理的外傷《トラウマ》とかのレベルじゃなく、解体《デプログラム》されてることへの抵抗さえなかった。それで、俺はパニックを起こしかけたんだ。そこにノビルの歌が聴こえた」

「歌ってたのはノビルのいつものメロディだったよ。いい気持ちにさせてくれる鼻歌」

ソラチャイはそう言って、ノビルを弁護した。知香もうなずく。解体屋は頭をかきながら続けた。細かいフケが飛び散る。

「そうかも知れないけどね。俺にとっちゃショックだったんだよ。解体《デプログラム》中に歌なんか歌うやつは初めてだったし、それより何より、その歌がメッセージを伝えてきやがったんだ。何にもないよ、ここには何にもないよって。俺の解体《デプログラム》作業を全部把握してるみたいだった。しかも、何にもないなんて絶対に嘘だ」

「あなたのやり方の問題なんじゃないの?」

知香は少し鼻にかけたような調子で言った。

「だって、催眠を基本にしてるわけでしょ、あなたは。それじゃ失敗も多いはずだもん。百発百中とはいかないからこそ、フロイトも催眠療法を捨てて自由連想法に入ったんだから。それにね」

しゃべり出そうとする解体屋をとめるようにして、知香は続けた。

「催眠は患者の抵抗を抑え込むから。その抵抗にこそ精神分析の対象が生じるなんてことは、この世界にいる人間の常識でしょう？」

「そんなことはわかってるよ」

解体屋はようやく知香の自慢げな話にくさびを打ち、息を吸ってから一気に答える。

「ただ、俺たちが立ち向かう抵抗は、君らが考えているものとは違うよ。いいか？　君たちは患者を癒すためにそいつの心理的抵抗を観察する。抵抗の奥にあるものを引き出して、赤チンを塗ってやるためにだ。でもね、俺たちはその抵抗をつっきって、そいつの奥にあるものを壊すんだよ。患者との自我同盟《エゴ・アライアンス》を作るためじゃなく、あくまでも自我の敵対者《エゴイスティック・エネミー》として抵抗を利用するだけさ」

知香は不服そうな顔で黙り込んだ。自分のフケを吸って咳こみながらも、解体屋は威厳を保って続けた。

「しかも、君はあくまでも旧来の催眠術しか知らない。それは我々の解体技術《デプログラミング・テク》とは別なもんだ。もっと、高度に進化したもんなんだよ。催眠をもとにしていることでは精神分析も同じだけど、俺たちが作り上げたものは君らの体系の裏街道を走ってるわけさ。……いや、プライドとしてこう言い換えておこうか。催眠がサルだとすると、君らはチンパンジーだ。そして、俺たちはもちろん……」

そこまで言うと、知香が口を開いた。

「人間だって言うの？　馬鹿なこと言わないで下さい。あたしは催眠療法を否定しないけどね、だけどあなた方がやってることはどう見ても否定せざるを得ない」

「いや、君は嘘をついてる」

間髪を入れずに解体屋は声を上げた。

「君は催眠療法も否定している」

知香は目を伏せた。すかさず解体屋は言う。

「催眠は精神分析学にとってのエスだ。隠された力の源だよ。君らこそがその事実に抵抗して、精神分析学が自分の自我であるようにふるまい、エスのことを忘れ去ろうとしている。だが、洗濯屋《ウォツシャー》はその忘れ去られ、眠り込まされたエスを目覚めさせた。そして、飼い慣らしたんだ」

知香は落ち着いた顔つきを装って、静かに言い返した。

「そんな局所論的な、あるいは物語的なこと言ってごまかさないで欲しいですね」

「わかってる。だけどね、エスだの前意識《セカンド・メモリ》だのいう局所論的な配置は、もともとフロイト先生の作った物語じゃないか」

「あたしたちはすでにフロイトを越えてます」

「嘘を言うな」

解体屋は再びその〝嘘〟という言葉を使った。昨日、ソラチャイに言われたその言葉が、抑圧されきらずに知香の中に残っているはずだからだった。解体屋の読み通り、知香の勢いはそがれた。こりゃ、もともと超自我《スーパー・エゴ》の強い女なのかも知れないな。父親を許さない理由もよくわかる。それで思わず、父フロイトをないがしろにしたのかも知れない。解体屋は一方ではそう思いながら、さらに言った。

「フロイトを越えたなんて、ラカニアンが言うべきじゃないだろう。フロイトに帰れ。それがラカンの最大メッセージじゃないか。まあ、それはともかくだ」

解体屋は相手に余裕を与えた。すでにこの言い合いは、解体屋の遊びと化していた。

「君なら、どう真理を立てる?」

突然そう言われて、知香はとまどった。

「何に……真理を?」

「だから、洗濯屋《ウォッシャー》が目覚めさせたエスが物語に過ぎないとして、君ら精神分析医はその物語にどう対抗するんだ?」

知香は答えられない。そもそもが抽象と具体を混ぜ合わせた質問だから、一言で答えられないのは当然だった。論理レベルが違うのだ。だが、解体屋はわざと回答をせかす。

「なあ、君ならどうする? 事実、その猛獣使いが人間を好きなようにコントロールしているんだ。俺はハンマーで潰されるところだった。他にも狂信的な宗教組織が猛獣を飼い慣らし続けている。企業は洗濯屋《ウォッシャー》を雇って社員の脳《システム》を洗う。で、君たちはどう対抗するんだよ、その物語に?」

知香は顔をそむけた。その瞬間、解体屋は身を引いて優しく答えた。

「俺たちは非真理を立てるんだ。真理でないものには非真理を立てる。作用には作用を立て、言葉には言葉を立てる。フロイトにはフロイトを。聖書には聖書を。そして……そこにある意味をずらしていく。最終的な真理がない以上、それしかない。それが俺たち裏街道のサイコ・ゲリラのやり方なんだ」

ソラチャイは感心したようなため息をついて、解体屋を見つめた。うまくいったな、と解体屋は心の中でほくそえんだ。ほとんど、口からでまかせだったのだ。すべては、知香が万一敵だった場合に備えての、あるいはただ知香の鼻をくじきたいがための軽い言語操作《マインド・コントロール》に過ぎなかった。つまり、知香に反知香を立てただけだ。

「さて、そのことはまたいずれ話そう」

解体屋は禅の老師を装ってゆっくりとそう言い、ソラチャイの方を見た。すっかり心酔した面もちでこちらを見ている。

「ソラよ、荷物をまとめて隣に移る準備をしよう」

「え？」

ソラチャイが鋭く聞き返した。どうやら、老師とその弟子という場面意味《シナリオ》は共有出来なかった様子だ。それでもめげずに、解体屋は繰り返した。

「ソラよ、荷物をまとめるんだ。我々はお隣に泊めていただくからな」

すると、ソラチャイはそっけなく答えた。

「ないよ、荷物は。あんたの汚い服ぐらいだもん。でも、それは自分で持っていきなよ。僕、あんな臭いもの持ちたくない」

解体屋は二の句がつげなかった。禅の老師もこれではかたなしだ。

「あ、いや、そうか」

そうつぶやいて、解体屋は座り直した。

「それに、まだ行ってもらっちゃ困るわ」

知香も冷たくそう言う。

「だって、その変態とかいう人にどんな命令をしたかを聞いてないから」

「ああ、それね。じきにこの部屋に来るよ」

解体屋はそっけなく答えた。知香は急激に目の色を変えた。

「なんでよ？　なんで呼んだりするの？」

「まだ変態かどうかわからないからさ。君に顔を見てもらわなきゃ、判断がつかないだろう。それに次の命令《コマンド》だってあるんだし」

そう言うと、知香は無意識にスーツの胸元を触りながら、抗議し始めた。

「ちょっと待ってよ。あたしがそいつの顔見て判断するわけ？　顔相占いなんか出来ないよ、あたしは。それに、そいつはあたしの電話とか、シャワー浴びてる音とかを盗聴してた男なんだよ。やだあ、そんなやつが来たら」

まだ、開いた胸元を気にしている。解体屋はからかいたくなって、こう言った。

「ははあ、知香さんはおっぱいが小さいってコンプレックス持ってるわけですか」

気づいて知香はその仕草をやめ、解体屋をにらみつけた。

「いや、ごめん。だけど、実際見てみないとわからないからさ」

「あなたってどこまでもいやらしいわね」

「違う、違う。胸のことじゃないよ。その盗聴野郎のことだって」

解体屋は誤解をとこうと必死になった。

「ほんとだよ。そいつのことを言ってたんだぜ。君が見覚えあるってやつなら安全だけど、俺が知ってる顔なら洗濯屋《ウオツシヤー》関係じゃないか。いや、たとえ洗濯屋《ウオツシヤー》じゃなくたって、君を狙ってる変態なら危険だろ？　だから、きちんと確認して、そいつが二度とおかしな真似をしないようにするんだ」

「変態も解体《デプログラム》出来るの？」

ソラチャイが言った。どうやら、かなり解体技術《デプログラミング・テク》を本格的に知りたいらしい。

「うーん、難しい質問だな。直すって意味で言ってるなら、それは解体《デプログラム》じゃないからな」

解体屋は伸びた顎鬚《あごひげ》をさすって答えた。

「しかも、そういう深いところに根を張った趣味は、解体屋の商売の対象じゃないんだよ。ま、俺たちに出来るとしたら、知香に手を出そうとすると頭が割れそうに痛むとかさ、そんな風にプログラムを設定する以外ない。もちろん、それは洗濯屋《ウォッシャー》の仕事なんだけど。俺たちは基本的には外すだけだから」

「ほらね、そこが解体の邪教ぶりの証拠よ。あなたたちは包括的に人間をとらえられないんですからね」

知香は顎を軽く斜めに上げ、勝ち誇ったように解体屋を見ていた。そのインテリ女特有の仕草に腹が立ち、解体屋はピシャリと言い返した。

「俺たちにその必要はない」

それでも、知香は含みのある微笑みを消さなかった。解体屋はうんざりして、こうつけ足した。

「じゃあ、変態が来たら、いくらでもセッションしてやれよ。週一回会って、さんざん懺悔《ざんげ》させて、他にどんな性的妄想《セクシャル・ファンタジー》を抱いたかを聞いてやれ。俺は手を出さずに見てるから」

知香はあわてて、顎を引いた。

「だめ、だめ。それは出来ない。ごめんなさい、ダーリン。お願いだから、そいつをいっぺんでゴシゴシ洗ってやって。ね？」

クソ女めと思いながらも、解体屋はつい頬をゆるませて答える。

「よーし、まあ俺にまかせとけ。さて、と。知香、悪いけどメシ作ってくれるかな？」

「あれ？　意外に古くさいのね。でも、確かにおなかペコペコだわ」

「そうだろ？　頼むよ」

解体屋はいい気分になって言った。

「でも、デリバリーにしましょ。あたし、尽くす女じゃないから」

「何でもいいよ。とにかく腹がへって仕方がないんだ」

そう言って体をソファに預けきると、解体屋は大きなあくびをした。知香はデリバリーのメニューをテーブルの下から引っ張り出した。ソラチャイがあそこの天どんがうまいだの、ハンバーガーがどうのと言い始める。あれこれと食事の相談をし始めた二人の声を聞きながら、解体屋は不意に眠り込んだ。


その解体屋を浅い眠りから引き上げたのは、チャイムと知香の短い悲鳴だった。必死に目を開けると、ソラチャイが玄関に向かうのが見えた。

「なんでこうも休む時間をくれないのかな。居眠りひとつ出来ねえ」

解体屋はそうつぶやいて、知香を見た。

「さあ、面通しだ。いやな気分だろうけど、とにかく頼むよ」

再びチャイムが鳴る中、解体屋は脅える知香を促して、ソラチャイの待つ玄関まで行った。目をしばしばさせて頭を振ってから、知香の背中に手を回してそっとささやく。

「ハンマー男だったら、すぐに奥へ走れ」

うなずいて、知香はドアホールを覗いた。解体屋はその横に移動して、外の様子をうかがおうとする。ところが、知香はいきなり間の抜けた声を出した。

「はーい、今出まーす」

それから、まだ半分眠っている解体屋に顔を向けて言った。

「管理人さんでした。ちょっと向こうにいってて」

「何だ、あいつかよ。あーあ、起きて損した」

言いながら、解体屋はソラチャイとともにリビングに帰ろうとした。知香は急いでホログラフに顔を映し、メイクの具合を調べると、

「はいはい」

と、答えてノブに手を回す。

「あ、待て、待て」

あわてて、解体屋は知香の横に戻った。

「何よ？　変だと思われるじゃない。どいてよ」

知香は眉を寄せ、強くささやいた。

「いや、ひょっとしてってこともあるからさ」

「何がひょっとしてなの？」

「だから、こいつが……そいつだっていうような、さ」

「馬鹿言わないで……」

と言いかけた知香だったが、突然下唇を出し、顔を歪める。

「ええっ？　そんなあ」

「あくまでひょっとしてだけどね。だから、一応注意して開けてくれよ。チェーン外さないで。後はまかせろ」

こわごわとドアから身を離して、知香は再びノブを握った。ゆっくりと開ける。

「あの……何でしょう？」

知香は小さな声でそう言った。警備会社の制服を律儀に着込んだ管理人は、まるで朝礼に参加しているような固い表情で黙っている。知香は逃げ出しそうなそぶりで、もう一度その中年の男に言った。

「何でしょう？」

答えがないのを確認して、解体屋は低い声で呼びかけてみた。

「ミナ……」

すると、管理人は途端に微笑むような顔をした。鋭いわし鼻の回りにしわが寄る。すかさず、解体屋は繰り返した。

「ミナ、ミナ……ミナ」

管理人の目がトロリと溶けた。体は硬直しきっている。解体屋は笑い出した。

「やっぱり、こいつだよ。こいつが変態だったんだよ。俺のことジロジロ見てたくせしやがって、怪しいのは自分だったんじゃねえか」

「やだあ」

知香は解体屋に走り寄って、その陰に隠れながら言った。

「この人、すごく親切にしてくれたんだよ。届け物とかも大事に取っておいてくれて、いつも声かけてくれて」

知香は過去の管理人の記憶をたどり、そのひとつひとつの印象に大幅な変更を行っていった。

「何かあると必ず来てくれて、ゴキブリが出た時なんかわざわざベッドルームにまで来て……やだあ、怖い」

知香は突然しゃがみ込んで、そう叫んだ。だが、解体屋は立ちつくす男の姿を見て笑い続けるばかりだ。冷静に事態を把握しているのはソラチャイだけだった。

「解体屋、早く頭に輪っかをかけなよ」

「輪っか？」

「チカに手を出すと痛くなる輪っかだよ」

「孫悟空みたいなこと言ってるな、お前」

「いいから、笑ってないで早く」

言われて解体屋は、仕方なくドアチェーンを外し管理人に歩み寄った。再びミナとささやき、その垂れ気味の目を覗く。少し充血した眼球は解体屋をとらえて離さない。こりゃ、相当真剣にバスルームの様子を聴いてたらしい。かわいそうに。解体屋はそう思って、また笑い出しそうになった。五分もあれば完全だった催眠を、その五倍近くかけられたのだ。

振り返った解体屋は、ソラチャイに紙とペンを持って来るように言った。ソラチャイは急いで従う。だが、解体屋はソラチャイからそれを受け取らず、地図を描くように命じた。あの工場への経路と、内部の見取図。

描き終えたソラチャイから紙を取り上げて、解体屋はそれを管理人に渡した。そして、耳もとで何かささやいた。管理人は素直にうなずいた。

「ここの電話番号は知ってるな？」

最後にそう確認して、解体屋は管理人の太い肩を叩いた。管理人は頑強な体をくるりと回して去っていく。

「あ、ちょっと待ちなさい」

解体屋はそう呼びかけてから、知香に聞いた。

「隣の電話番号を教えてくれ」

「隣って?」

知香はまだ動揺している。

「隣だよ」

「ああ」

知香は八ケタの数字を言った。解体屋はそれを伝言ゲームのように繰り返し、管理人に覚えるようにと命令した。そして、単調な声で語りかける。

「あなたはそこにかけたくなる。そこに電話して、すべてを私に報告したくなる。そうすると気持ちよくなる。いいね?」

管理人は深くうなずき、うっすらと笑みをうかべたままエレベーターのボタンを押した。

「あの顔、見ただろ?」

解体屋は脅える知香に言った。

「あいつは今、俺に夢中なんだ」

「あなたに?」

「そう。あいつが持ってる君への執着を取り出して、俺っていう対象のフォルダに入れ換えてやったからさ。しかも、たぶんそのフォルダ自体が入ってるウィンドウの名前はママだ」

「マザコンだっていうこと?」

知香は身震いしながら聞いた。

「正確に言えば、催眠上では母言語《マザー・コマンド》の方に忠実な人格だってこと。そのコマンドを受けつけるウィンドウを開いてやったら、目の色が変わったからね。ともかく、あいつは俺を母親のように慕ってる。少なくとも、その間は君には手出ししないだろう」

そう言って部屋の中に戻っていく解体屋の背中に、ソラチャイは太い声で呼びかけた。

「ママー、おなかすいたよー」

「やめろよ、気持ち悪い！」

知香よりも大きな身震いをして、解体屋はそう叫んだ。


デリバリーのハンバーガーを食べ終えると、解体屋はソラチャイとともに隣の部屋に移った。間取りは知香の部屋と同じだった。それぞれの位置がちょうど反対になっているだけだ。

丈の短いバスローブを脱ぎ捨てて、タンスから勝手に洋服を拝借する。サイズはまあまあだったが、趣味が合わなかった。いわゆるゴルフ・ファッションしかないのだ。だが、贅沢を言っている場合ではなかった。

解体屋は紺色のポロシャツとグレーのトレーナー、そして麻で出来た水色のパンツを選んで着た。トレーナーには前後にゴテゴテと刺繍が入っている。わざとポロシャツの襟を立て、ソラチャイの前で気取ってみせながら、解体屋は言った。

「これで金のブレスレットでもあれば、俺も完全にエグゼクティブなんだけどなあ」

「そう？　僕には町内会の会長にしか見えないけどね」

ソラチャイがいなしても、解体屋は機嫌よく微笑み続ける。

「さて、と。秘書が働いてる間に、私は昼寝でもしましょうかね」

「あんたにチカが使いこなせるとでも思ってるの？」

「ばーか。あれは愛人だよ。秘書はあの変態管理人」

「いい気なもんだね。一生眠ってれば」

無視して解体屋は右側のベッドルームに入り、クイーンサイズのダブルベッドの上に倒れ込んだ。ふとんもかけずに、そのまま眠ってしまいたかった。しかし、ソラチャイが邪魔をする。

「ねえ、秘書はノビルを探してくるわけ？」

解体屋は答えずに伸びをして、仰向けになった。

「だって、スクワッター・ゾーンに行かせたじゃない？」

ソラチャイは横に腰を降ろして続けた。

「何を命令したのか教えてってば。ねえねえ……ねえ」

ソラチャイは解体屋の体を揺すった。

「うるせえなあ。ちょっとしたことだよ」

「だから、そのちょっとしたことってなあに？　ノビルなんでしょ？　ノビルを探させて、何か変なことさせる気なの？」

解体屋はソラチャイの手を払って、背を向けた。

「ちょっと気になることがあったんだよ。くだらないことだから聞くな」

「あんたねえ、くだらないことじゃすまされないよ。あそこには危険なやつらがウロウロしてるんだから。しかも、僕らの基地にはハンマー持った人が残ってるかも知れないんだし。僕、ノビルを救うにはどうしたらいいかをずっと考えてたんだけど、あんたがあの管理人に地図を渡したからほっとしたんだ。ねえ、そうなんでしょ？　ノビルを連れてくるように言ったんだよね？

ノビルは絶対、洗濯屋《ウオッシャー》にだまされてるだけなんだから。僕ね、さすがは解体屋だなあって思った」

そう言われて、解体屋はますます答えにくくなった。ソラチャイはさらに言う。

「盗聴されて最悪のコンディションになっても、すかさずそれを利用するなんてさ。僕も解体屋になりたいなって思ったんだよ」

「いや、あのね」

これ以上、純真な少年にかいかぶられるわけにはいかないと思って、解体屋は口を開いた。

「あのお、言いにくいんだけどさ。あれは遊びのつもりというか、そのちょっとした逸脱というか……その」

「イツダツ?」

「オフ・ザ・トラック。だから、そんなに重大なことをするつもりはなくてね」

解体屋は頭をかいて、ソラチャイの方に体を向けた。

「……靴を取りにいかせただけなんだよ」

ソラチャイはあ然として黙り込んだ。

「あの、病院ではかされてた靴がね。わりに調子よくて……その、工場に脱ぎっ放しになってたもんだから」

「それだけのことなわけ?」

ソラチャイはあきれ返って、そう言った。

「あんたはあんな安っぽい靴が惜しくて、わざわざ後催眠《スリープ・オン》まで使って取りにいかせたの?」

「ええ……まあ。だから、あくまで逸脱と申しますか、本筋とは何の関係もないわけで」

「眠れ!　一生起きるな!」

ソラチャイは勢いよくベッドルームを出た。解体屋は一生懸命言い訳を続けた。

「おい、怒るなよ。だって、あそこにノビルがいるわけないと思ってさ。あいつは注意深いやつだからね、きっと。それにスキー帽たちももういないでしょう、あそこには。だけど、まさか俺が取りにいくわけにもいかないしね。命びろいしたのにさ、靴を取りに帰るなんて言ったら、みんなに笑われるし……」

ソラチャイはソファに飛び込んで、体を丸めたまま聞こうともしない。

「ああ、ですから……寝て下さい。電話が来たら、僕、出ますから。靴を受け取る場所を指定するの忘れてたし」

「魔術師みたいな調子でミナって言ってから、ひくーい声出して、俺の運動靴はどこそこに置けって命令するんだろ。へええ、かっこいいねえ、解体屋っていうのは」

「あ……恐縮です」

皮肉を切り返すことも出来ずに、解体屋は弱腰になってそうつぶやき、しかもそのまま気を失うように眠ってしまった。すぐにいびきまでかき始める。ソラチャイは一度立ってベッドルームのドアを力いっぱいに閉め、複雑なため息をつきながらソファに戻った。

気がつくと、解体屋は受話器を持っていた。ごつい手触りが石器を思わせる。解体屋は自分が原始人になっているような夢に落ちていきかけながら、かろうじて口を開いた。

「モヒ……モチ」

耳もとでは遠い仲間の声がした。危険を知らせているらしい。恐竜がきたのだろうか。はあはあと荒い息を立てて、仲間はしゃべり続けた。

〝すいません、ですから入れませんでした〟

それが管理人からのメッセージだと気づいたのは、ソラチャイに頭をひっぱたかれてからだった。

「何、言ってんだ？　ちゃんとしゃべれ！」

「ああ、あ、電話か」

「当り前だろ。受話器持ってるじゃないか」

あわてて、もしもしと呼びかける。

〃とにかく、そういうわけなんです。では〃

管理人はそう答えて、電話を切りそうになった。大あわてで聞き返す。

「どういう？　どういうわけなんだ？」

〃ですから、人がウジャウジャいまして。すいません。とても、近づけないんです。すいません。靴は買って帰りますから。あの、サイズは？〃

「靴はいい！」

解体屋は叫んだ。ソラチャイへの手前もあったが、それよりもその異変が気になった。

「人って、どんなやつらだ？」

〃ええ、色々です。ざっと二、三十人はいまして、それが子供を囲んで工場の敷地の中を歩き回っているわけで。で、そのまた回りにおかしな格好をした若い連中がうろついて〃

「ちょっと待て。その子供ってのは何だ？」

ソラチャイが受話器に耳を近づけてきた。解体屋はソラチャイの腕をつかんで、頑丈そうなデジタル時計を覗いた。夜中の一時だ。

〃さあ……とにかく歌ってるんですよ。その前に一人ずつ立ちふさがってですね。何か襲うような感じなんですが、別に何をするってわけでもなく……しばらくすると引き下がるんです。コンサートですかね？〟

管理人は間の抜けた声になって、そう言った。

「それで、その回りの若い連中も仲間なのか？　おかしな格好したやつらも？」

〝わかりませんが、あたし同様びっくりしてるみたいでしたよ。なんでしょうねえって聞いたんですが、首傾げてましたから。で、靴のサイズなんですが〟

「靴はいいんだよ、靴は！」

スクワッター相手になんでしょうねえ、とは全く無知は恐ろしい。しかも、管理人はあくまでも靴のことしか考えていなかった。

〝でも、あたしはどうすれば……そもそもですね、あたしはなんでこんな所にいるんでしょうかね。あなたは……どなた様ですか？〟

「そんなことは後で考えろ。今はもう少し教えてくれればいい。ええと、子供だ。カーペンターパンツ、いやつまり茶色い綿のパンツ、じゃなくてズボンをはいてなかったか？」

〝ええ、そうです。上は白いトレーナーでした。とにかく、よく通る声でオペラ歌手みたいでしたよ。みんな、崇拝してるような調子でした。あの、なんてんですか、あれは？〟

「何が？　何があれなんだ？」

要領を得ない質問に、解体屋はいらだった。

〝ですから、あたし無教養であれなんですが、まるであれみたいでしたよ。あれ、あれはなんてんでしたかね、ほら〟

おやじの頭は限界に来ていた。〝あれ〟が多くなるのは、状況が把握出来ない証拠だ。

「知るかよ」

そう答えると、管理人はようやく自分で答えを見つけた。

〝あ、カルメンの笛吹き童子ですよ！〟

解体屋はあきれて顔をしかめながら言った。

「ハーメルンの、笛吹き、男だろ？」

〝そう、それ。すいません、それです。それ以上はわかりません。おっかなくて、それはもうおっかないです〟

今度は〝それ〟のオンパレードだ。

「わかった。もういい。仕事場に戻りなさい」

解体屋はそう言って、電話を切った。ソラチャイが首を傾げて説明を待っていた。

しばらくは黙っていた解体屋だったが、やがて頬をかきながらひとつ息を吸い、それからゆっくりと口を開いた。

「ソラチャイ。どうやら俺の逸脱は……」

ソラチャイは光る目でこちらをとらえている。解体屋は視線を天井に外して、ため息混じりに言い終えた。

「核心《ハードコア》への近道だったらしいよ」

第九章

高速洗濯《コイン・ランドリー》

暗い部屋の窓際から月を見ながら、解体屋はあらゆる可能性を吟味《ぎんみ》していた。ソラチャイも眠らずにじっとソファで黙っている。

ソラチャイは何度か照明のスイッチを入れようと立ったが、その度解体屋は制止した。居留守を使う以上、この部屋を明るくするわけにはいかなかったのだ。

ノビルがリアル・ライフとPWの中心にいることは間違いなかった。決してソラチャイは認めないだろうが、何かの役割をになっているのは確かだ。解体屋はそう思った。

しかも、気になるのはそのノビルの行動だった。スクワッターに見られるのもかまわず、おかしな儀式を始めている。それがPW特有のものなのか、ノビルの能力に起因するものなのかはわからないが、統合されつつある洗濯屋《ウオッシャーズ》組織がある方向に動き出したという予感は十分だ。

待てよ。デビッド・ジョーンズ親子はこの件にどうからんでいるんだろう。解体屋の分析が届かないのはそこだった。二重洗濯《ダブル・ウオッシュ》されてPWの司令官になったのか、あるいは二重洗濯《ダブル・ウオッシュ》などされてはいず、つまりPWを乗っ取ったのか。まあどちらにせよ、遠い国の話ではあるが、それが津波のように思わぬ影響となるのがこの日本だ。いくつかの仮説は用意しておかなければならなかった。どんな事態になっても対応出来るように。まるで無能な我が国の外交官どもみたいだが……。

そして、と解体屋はあぐらを組み直した。俺を高速洗濯《コイン・ランドリー》した野郎の存在だ。ここまで動きが派手になってくれれば、必ずあの工場の一件にからんでいるはずだった。最強の解体屋である俺を洗って、すすいで、脱水し、しかもカラカラに乾燥させた凄腕。

そいつは俺を待っているのだろうか。もしかすると、ノビルに妙なコンサートをさせているのは、俺をおびき寄せる手段なのかも知れない。

解体屋は知香からもらったメンソール煙草をくわえ、火をつけながら考え続ける。それでも、俺はいかなきゃならないんだろうな。ここで静かに余生を暮らすわけにはいかない。俺がそのつもりでも、相手が許さないはずだ。だから、やられる前にやる……それ以外に助かる道はない。だが、勝てるだけの用意をしないで出かけるわけにはいかなかった。解体屋は旧日本軍や結局心は浪花節の学生運動家とは違うのだ。

冷たい煙を吐き出して、解体屋は額をこすった。勝てるだけの用意、か。そんなものはないな。錠前屋《プロテクター》に会えるなら相談も出来るだろうが、いつ再び連絡がくるかわからない。しかも、俺の脳《システム》にはどんなキー・チップが埋まっているかしれたもんじゃないんだ。高速洗濯《コイン・ランドリー》された後、単純にテクストの乱流システムを組み込まれただけとは思えないからな。リハビリのしようもない。大体、相手の人数だって多過ぎる。こっちの味方はソラチャイと知香だけだ。

ううむと解体屋はうなり声を上げて、また月を見た。光で輪郭がぼやけている。ひたすら太陽を反射して輝く月。鏡みたいに。すべてを忘れて一句ひねりたい気分になる。

自らは輝かぬ月……春おぼろ。いや、ちょっと素直過ぎるな。自らはときて、ああ、輝かぬ我ってのはどうかな。境涯を読み込む路線でさ。となりゃ、春月夜とか何とか言やいいわけだ。うん、出来た。

「自らは輝かぬ我……春月夜」

思わず声に出してつぶやいた。ソラチャイが心配そうにソファの向こうから顔を出した。褐色の肌に月の光があたり、ぬめるように頬《ほお》が輝いていた。

「わかった！」

解体屋は叫んだ。

「お前が月なんだ。俺が太陽で、お前がその光を反射させれば勝ち目はあるかも知れない」

ソラチャイは意味をとらえきれず、白目を光らせるばかりだ。

「自らは輝かぬソラ、春月夜」

かまわず解体屋はそう言い、勢いよく立ち上がった。興奮に声がうわずっていた。

「いやあ、名句だね。しかも、ソラとくれば芭蕉だ。俺も俳聖として旅に出る時がきたんだよ。奥の細道、スクワッター・ゾーンにだ。さあ、まずは戦いの準備をするぞ、ソラチャイ。思いっきり、俺の光を反射させせろ」

電話で知香を叩き起こして、明日オーガスティン病院の様子をくわしく探るように言い、今度はベッドルームにソラチャイを引っ張り込んで、解体屋はせわしなく部屋のあれこれを動かし始める。

「どうしたの、急に？」

ソラチャイはベッドの端に座らされたまま言った。解体屋はそのベッドの回りに家具を寄せながら、早口で答えた。

「お前も解体屋になりたいって言ってたよな。今から訓練してやる。と言うか、まあ即席の錠前屋《プロテクター》になってもらうんだけどね。ただ錠前屋《プロテクター》になるには、洗濯屋《ウォッシャー》の技術も解体屋の心構えもしっかり身につけてもらわなきゃならない。だから、結局お前はサイコ・ビジネスの全貌を知ることになる。とりあえず、お前が解体屋を名乗りたいならそうしてもいいけど」

「じゃあ、僕はあんたの弟子になれるの？」

「ああ、まあそうだな。史上最年少のサイコ・ゲリラの誕生だ。ただし、ノビルを別にすればだけど」

独り言のようにつぶやく解体屋に、ソラチャイは言った。

「ノビルが……サイコ・ゲリラ？」

あわてて口をつぐむ解体屋のそばに行って、ソラチャイは繰り返した。

「ねえ、ノビルがサイコ・ゲリラだってどうしてわかるの？　さっきの電話でそう言われたの？違うよ、絶対に違う。ノビルは利用されてるだけだ」

「ソラチャイ」

と、解体屋は作業を中断して呼びかけ、ゆっくりとソラチャイの瞳を覗いた。

「解体屋になりたいなら、そろそろそんな甘い感情を捨てろ。この世界に悪いもいいもない。洗うか外すか、それだけだ。価値基準《セントラル・ドグマ》なんかドブに流しちまえ。あるのは価値作用《セントラル・ウイル》だけでいい。いいか、ソラチャイ。作用だ。力の動きだ。システムではなく、その中を動くエネルギーの方向だけを考えろ。ノビルがどんな人間だろうと、洗われてるなら外すんだ。そして、俺たちを洗おうとするなら、洗い返せ。俺たちに必要なのは、その意志だけだ」

ソラチャイは解体屋が肩に置いた手の導くまま、再びベッドに腰を降ろした。作業を再開した解体屋の後ろ姿を真剣な表情で見つめる。その態度の変化を感じ取って、解体屋は時間を惜しむように講義を始めた。

「いいか、まず今まで病院で覚えたことを忘れちまえ。知香を疑うんだ。もちろん、俺が言うことも疑うべきだが、これは高速訓練《インスタント・レッスン》だから我慢して欲しい。で、ノビルに興味を持て。これまでの友情じゃなく、興味だけを持つんだ。構造として、流れとして、精神映像《サイ・ビデオ》として」

「精神映像《サイ・ビデオ》？」

「そうだ。いいやつか悪いやつか、そんなことは脇に置く。そして、どんな心理が彼を動かしているかを映像としてとらえる。相手の自我スクリーンだけでなく、無意識のスクリーンまで仮定して、そこに何が映っているかを見るんだ。まあ、一日や二日で出来ることじゃないけど。だからまずは、どんな時にも、俺が何をしているのか理解してくれるようになればＯＫだ。お前は俺の錠前《プロテクト》をバックアップしてくれりゃいい」

ソラチャイは視線を宙に固定して、必死に解体屋の言葉をたどった。すっかり素直になっている様子だ。

「よし、と」

ベッドを中心にして家具を集め、小さな空間を作り上げた解体屋は、ソラチャイの正面に座った。ソラチャイがおずおずと口を開く。

「錠前《プロテクト》のバックアップって、どういうこと？」

解体屋は身を乗り出して、ソラチャイに顔を近づけた。

「それは今から体で覚えてもらう」

ソラチャイはかすかに唇を開いて、脅《おび》えた。

「大丈夫だよ、ソラ。二、三日眠れないかも知れないが、お前を解体《デプログラム》するわけじゃない」

「でも、どんなことをするかぐらいは知っておきたいんだけど」

小さな声でソラチャイは言った。解体屋は安心させるように、ソラチャイの肩を叩きながら答えた。

「うーん。例えば、バックアップだな。というか、保護とか援護射撃とかいった方がいいか。データ保存の方のバックアップじゃないから。つまり、こうだ。洗濯屋《ウォッシャー》との戦闘《ハック》になった時に、相手が俺の脳《システム》をかき回して弱点を見つけたとする。基本的にその精神的な弱点は錠前屋《プロテクター》に錠前《プロテクト》をかけて守ってもらってるんだけど、なにしろ一度壊れた俺だからさ。簡単にこじ開けられちまうかも知れない。そこでお前が必要なんだ。俺の横で簡易錠前《ソフト・プロテクト》をかけ続けていて欲しいわけさ」

「ねえ、ちょっとさあ」

ソラチャイは解体屋の言葉を切って言った。

「ノートを取ってもいいかな?」

解体屋は笑い出した。

「ここは学校じゃないんだぜ。お前のその脳みそがノートだ。他にはいらないよ」

ソラチャイは狭くなった空間を見回してつぶやいた。

「こんな風に詰め込まれても、うまく出来るか自信がないんだ」

「安心しろ。体も頭も詰め込みが一番だ。必ずやれるさ。で、だ。一応その簡易錠前《ソフト・プロテクト》ってのはお前の歌なんだけどね」

「歌?　ノビルみたいな?」

「まあ、あんな芸当は無理だとしても、とにかく落ち着いて歌い続けてくれればいい。お前の声紋が俺にとってのバリアになる。薄皮一枚の錠前《プロテクト》だけどな」

「何を歌えばいいの?　僕、歌手じゃないからさ」

「ソラチャイ、覚えてないのか？　最高のレパートリーがあるじゃないか」

「あんたとカラオケにいったことないよ、僕」

「馬鹿、あれだよ。お前が病院で歌ってくれたやつ。タイ語の優しい歌、あっただろ？」

そう言うと、ソラチャイは途端に顔を輝かせた。

「あの子守歌、覚えてたの？」

「もちろん。あの歌が俺を目覚めさせたんだぜ。言ってみりゃ、生き返った解体屋のテーマ曲なんだ」

すると、ソラチャイは目を細めて言った。

「あれは僕のテーマ曲でもあるんだよ。小さい頃に死んじゃった、お母さんの歌だから」

解体屋は軽くうなずいてから、笑顔で言う。

「それなら、あれはやっぱり最高の防御旋律《ディフェンス・メロディ》だ。だって、俺とお前にとって一番大切な歌なんだからさ」

ソラチャイは今にも歌い出しそうな顔をした。それをとめて、解体屋は次の話に移った。

「その防御旋律《ディフェンス・メロディ》のタイミングやら調子やらはまた後で覚えてもらうとして、今は急いで俺の頭を解体《デプログラム》してもらわなきゃならない」

驚いたソラチャイは返す言葉を失った。解体屋は続けた。

「お前が俺を解体《デプログラム》して、脳内ディスプレイを点検するんだ。どこをどういじくられてるか、おかしな精神部品《サイコ・パーツ》はないか、そういう修理工みたいなことをやってもらう」

「まだ……なんにも教わってないのに？」

ソラチャイはかろうじてそれだけを言った。

「時間があれば基礎学習から始めるんだけどな。残念ながら我々にはそんな暇はない。敵は動き始めてるんだ。実践あるのみさ」

「出来ないよ、僕。出来ない。それに少し出来たとしても、僕、あんたを壊しちゃうよ」

ソラチャイはいつの間にかシーツをつかんでいた。よほど恐いのだろう。解体屋は首をポキポキと鳴らしながら、間を取った。俺だって恐いんだぜ、ソラチャイ。やったことのない人体実験を始めるんだからな。しかも、自分を使ってだ。

「ねえ、僕はいやだよ。変なことになったら大変だもん。出来ないよ」

ソラチャイはこちらを見つめたまま、後じさった。解体屋はそのソラチャイの腕をつかんだ。

「出来るさ。これは俺たちがよくやる手なんだ。失敗したこともない。大丈夫だ」

解体屋は嘘をついた。ソラチャイは少し安心したらしく、体の力を抜いた。

「いいか？　俺の言うことを全部、そのまんま繰り返してくれ。絶対に間違えずに、そのまんまだ。暗示の外に出ろって、俺に言った時みたいに」

ソラチャイはこわごわうなずいた。解体屋は続ける。

「俺は自己を三つに割る。これは解体屋の技術だから、いずれやり方は教えてやるよ。とにかく、俺は分裂自己《スプリット・セルフ》のひとつでお前に話しかける。お前はその言葉を反復する。あのテーマ曲を歌った時みたいな低くて落ち着いた声を使え。俺はその声を聞きながら、自分の脳《システム》を探索する。海底に潜るみたいにしてだ。怪しいと思うところが見つかったら、すぐお前に伝える。お前は海の上から操作命令を出してくれ。俺はそれに従って、壊れかけた精神部品《サイコ・パーツ》に錠前《プロテクト》をかける。お前の声で、だ」

「待って、待ってよ」

ソラチャイはあわてて言った。

「お前に伝えるって言われても……お前の命令に従ってって言われてもさ、それは」

「ああ、だから、もうその時は俺はすっかり分裂してるから……」

「だったら、僕は何にも出来ないよ。あなたが言うことを繰り返してるだけならいいけど」

「あ、そういうことか。ごめん、ごめん。もちろん、繰り返してるだけでいいんだよ。繰り返させてる俺をさ、今説明してる段階で切り離して表現しちまったんだ。安心してくれ。お前は俺の言うことを反復すればいいだけだ。ただ、作業中はそういう切り離しを行うから焦らずにいてくれよ。俺は分裂自己《スプリット・セルフ》のひとつを、まるでお前そのものみたいに扱うってことだから。本当はそれも俺なんだが、その自己意識を最小限にしないと……」

そこまで言うと、ソラチャイは大きくうなずいた。

「わかった。つまり、僕は月なんでしょ？　さっきの俳句で言えば。だから、僕はあんたのその分裂した自己を反射させるんだ」

「そうだ。お前はひたすら俺の反射板でいてくれればいいんだ。本当にお前は優秀だよ。信頼してるぜ、ソラチャイ」

いや、優秀でなけりゃ困る。解体屋はそう思った。分裂自己《スプリット・セルフ》のひとつを、そこまで切り離してしまうなんて、話に聞いたこともない。だが、今はやるしかなかった。自分の脳《システム》を点検し、ソラチャイの声でそこら中に錠前《プロテクト》をかけておく。最強の洗濯屋《ウオッシャー》と戦うには、ありとあらゆる予防措置を取っておくべきだったのだ。危なくなれば素早く中止すればいい。なんとかなる。必ずなんとかなるに決まっている。解体屋は緊張しながら、そう自己暗示《セルフ・ウオッシュ》をかけた。

「言い残しとくこと、ある？」

ソラチャイが不安そうに微笑んで、言った。危険であることは十分に伝わっていたらしい。

「いや……別に」

解体屋はクールさを装って軽く頭をかき、少し考えてから言った。

「ただね、今すぐに始めるわけにもいかないな」

「その前に訓練しておくってこと？」

「いや、始めたら最後、途中でやめるわけにはいかないから。邪魔が入っても困るし。ええと、ちょっと待ってくれ」

解体屋はそう言って、ソラチャイを黙らせた。反射操作の前にやっておくべきことがあるかも知れないからだ。

「ああ、まず知香が出勤するまで待とう。後、二時間もすれば出ていくはずだ。余計な時にピンポーンじゃ弱るからね。それに、彼女が味方だとすれば、いくつか薬を盗んできてもらわなきゃならないんだ。ええと、そうだな。クロキサゾラム……あるいはクロルジアゼポキサイドあたりを大量に」

「僕、飲まなきゃならないの？」

「それは洗濯屋《ウォッシャー》の胃にねじ込むやつさ。速効性のトランキライザーだから、闘争反応を抑制するには言葉よりてっとり早い。まあもちろん、やばいことになったら俺たちが服用するケースもあり得るけど。つまり、洗濯屋《ウォッシャー》にやられそうになったら、飲んで自分の頭を鈍くしなきゃならないこともある」

ソラチャイは唾をのもうとして失敗し、喉を何度も動かした。

「恐くなってきたか？」

「ううん、興奮してきただけだ」

「なるほど」

解体屋は笑いながらうなずいた。

「それから？」

ソラチャイは短く言った。

「何がそれから、だ？」

「二時間の間にレッスン出来ることは、全部教えて欲しい」

解体屋は黙って眉を上げた。

「知らないより知ってた方がいいに決まってるよ。だって、あんたがやってることを把握してなきゃいけないんだから」

ソラチャイは真剣なまなざしで解体屋を見つめた。

「さあ、何でもいいよ。勉強する」

「わかった、わかった。じゃあ、色々教えてやろう。でも、その前に教えて欲しいことがある」

ソラチャイは首を傾げた。解体屋は言った。

「あの工場、ノビルとお前がスクワットしてたわけだよな？」

「うん、そうだよ」

「で、スクワッター同士は全部敵対してるのか？」

「まあ、それぞれ複雑な関係だね」

「ふうん、そうか」

解体屋は視線を斜め上にそらして考え込んだ。

「どういうこと?」

「うん、つまり味方が欲しいんだよ。お前の味方をしてくれるスクワッターがさ。今、ノビルは関係ない連中を集めてあたりを騒がしてる。となれば、敵意を持ち始めたやつらも多いだろう。それを利用したい」

今度はソラチャイが考え込む番だった。解体屋は静かに回答を待った。複雑だという関係の中から味方になりそうなスクワッター・グループを割り出すのは、現場にいた人間でないと不可能なことだからだ。少しして、ソラチャイは顔を上げた。

「ブラスター・ビーツってやつらか、シャカムニってグループ。そこになら、僕から話をつけられるかも知れない」

「シャカムニ? 漢字でか? 漢字で釈迦牟尼っていうのかよ?」

ソラチャイはうなずいた。解体屋はつい笑い出してしまった。

「すっごい名前つけたもんだな。暴走族のセンスだろ、それ。いやあ、あのダサいネーミングのセンスはまだ生きてたのかあ。妙にうれしくなるね。で、もちろん強いんだろ、そいつらは?」

「ぜーんぜん。対マンとかケジメとか、古臭い喧嘩《けんか》の仕方だからさ。スクワッターはもっとアナーキーじゃないとね。だから強さで言えば、ブラスター・ビーツだよ」

「なるほど、そういう御時世だよな。じゃ、そっちだ。ブラスター・ビーツ。俺としても、お釈迦様と一緒に殺生するわけにはいかないからな。ソラチャイ、早速連絡取ってくれ。二、三日中に突撃するから手を組もうって。他にも連携プレイが出来そうなスクワッターがいるんなら、極秘で計画練ってくれって伝えるんだ」

言い終わらないうちに、ソラチャイは家具を飛び越えて部屋を出た。解体屋はねぼけるから困るという理由で、ソラチャイは電話機をリビングに持っていってしまっていたのだった。本当は、連絡を自分が直接受けてから、俺につなげたいのだろう。この部屋に移った時、すでにソラチャイは弟子のつもりになっていたのだ。

にんまりしながら煙草に火をつけようとすると、ソラチャイはすぐに戻ってきた。

「おや、お留守でしたか？」

解体屋がそう言うと、ソラチャイは頭を振った。

「話はついたよ」

「……早過ぎるよ、お前」

「いや、もう包囲網が出来てた。やっぱり頭にきてるスクワッターが多いみたい。でも、ノビルには手を出さないように頼んだんだけど、断わられたよ。電話を切られた」

解体屋はあわてて聞く。

「何だ、本気なのか。で、包囲網を作ってるやつらはいつ攻撃するって？」

ソラチャイは吐き出すように答えた。

「木曜日の夜。つまり、あさって」

解体屋は眉を寄せた。

「何考えてんのかね、ガキどもは。ＰＷが戦争ごっこの相手になるわけないじゃないか。やつらは洗濯屋《ウォッシャー》の恐ろしさを知らないんだ。相手はＰＷだぞ。世界のあちこちで企業の手先になったり、宗教組織とつるんだりしてるんだよ。日本のガキの戦争ごっこが通用すると思ってるのかね」

「解体屋だって突撃するって言ったじゃないか？」

ソラチャイが抗議の声を上げた。解体屋はさらに強く眉を寄せながら答えた。

「意味が違うよ。騒いで注意を引くとか、威嚇するとか、ちょいと入口で殴り合いでもしてもらうとか。俺がやつらに期待したのは、その程度のレベルのことだぜ。それ以上のことをやるつもりなら、ガキどもは死ぬことになる」

「……本当に人が死ぬの？」

ソラチャイは顔をしかめた。

「知らねえよ」

言い捨てて、解体屋は横を向いた。

「ダメだよ、解体屋。みんなを止めなきゃダメだよ」

ソラチャイは解体屋の腕にしがみつくようにして言った。

「ねえ、止めなきゃ。早く止めなきゃ」

「ああ、面倒くせえ」

解体屋は苦々しげにつぶやいて、ソラチャイの手を払いのけた。

「洗濯屋《ウオツシヤー》が好んで人殺しするわきゃないよ。そういう社会問題になるようなことは、周到に避けるに決まってるじゃないか」

ソラチャイは安心して肩を落とした。

「俺が困ってるのはそこだよ。ただ、やられりゃ殺しだってあり得るよ。ガキの喧嘩を装えばいいんだから。でもね、お前らみたいに簡単に殺すだの死ぬだの言われても、俺には関係ない。むしろ、騒ぎになるのを恐れて洗濯屋《ウオツシヤー》がどっかに移動するのが心配なんだ。分裂して潜伏されたら、俺にはチャンスがない」

舌打ちをしてから、解体屋は続けた。

「ソラ、ブラスター・ビーツとかいうやつらに、もういっぺん連絡しろ。奇襲作戦やって、俺たちが他のスクワッターを出し抜くことを提案するんだ。で、明日やろうって言え」

ソラチャイは早速電話をしにいく。解体屋はベッドの上で大の字になった。ため息をつく。

……畜生、何で俺がガキの戦争ごっこの面倒まで見なきゃならないのかね。俺一人だって大変な状況だっていうのに。解体屋は唾を吐きそうになったが、ベッドの上にいることを思い出して、あわてて我慢した。

じきに、ソラチャイが戻ってきた。早口で報告が始まった。

「とりあえず、話は決まったよ。でも、俺たちが突撃するってきかない。死ぬよって言ってるのに」

「ああ、それは今から何とかするよ」

解体屋は不機嫌そうに答えた。ソラチャイは事務的に報告を続けた。

「それから、あの工場をどこが取るかで、スクワッター同士が争ってるらしい。もう、あっちこっちで小競りあいが起きてるって。だから、僕らが奇襲したら他のスクワッターが黙ってないだろうって言ってた」

解体屋は舌打ちをする。

「面倒だなあ、もう。全く、クソガキどもが」

「でも、混乱が起きるのは悪いことじゃないよ。……ノビルを助け出せる可能性が高くなるもん」

「ノビルの味方はやめろって言ったろ。やつは本当の、ガキの遊びじゃない、平気で人を殺すようなやつらの中心にいるんだぞ」

そう言ってソラチャイを黙らせると、解体屋はむっくりと起き上がった。

「ソラチャイ、今度は釈迦牟尼とかいうやつらに連絡取ってくれ。で、ブラスター・ビーツが……ええと、そうだな。うん、サイゴン・トラストでいいや。この混乱に乗じてサイゴン・トラストを襲うらしいって伝えろ」

「どういうこと、それ？」

「政治だよ。駆引きだ。古来中国では二虎の計と言いますがね。これでサイゴン・トラストとブラスター・ビーツが敵対する。あとは明日中にぶつからせるように仕向けてやればいい。ＰＷどころじゃなくなってくるわけだ。ただ騒ぎはＰＷにも影響するだろう。浮き足だってるところへ俺たちの突撃、と」

「な－るほど」

ソラチャイはうなずいた。

「うまく操れれば、俺の脳《システム》に入り込む前にお前は立派な解体屋になれるぜ」

解体屋が言うと、ソラチャイはけげんそうな顔をした。解体屋は教師のような口調になって説明をした。

「ソラチャイ、デプログラマーにも色んな種類があるんだよ。こうやって政治的に集団を操作するのが専門のやつらもいるんだ。主に宗教組織を相手にしてきた解体屋だ。被害者の父親を装ってマスコミをあおったり、議会に入り込んでロビイストをやったり。いわゆる権力解体屋《パワー・デプログラマー》って流れなんだけどな。お前はその修業も出来るってわけだよ。知香が出かける前の、ほんの二時間の間に。新人としてはラッキーな出だしだ」

にやりと笑ったソラチャイは、いそいそとまたリビングに向い、電話をかけ始めた。ぼんやりと内容を聞きながら、解体屋は煙草を吸った。数分しゃべっては、また他の場所にかける。どうやらソラチャイは、覚えた二虎の計をそこら中にかけようとしているらしかった。

筋がいいかも知れないな。解体屋は吐き出した煙の行方を見た。もうすぐ朝だ。俺は自分の脳《システム》をソラチャイに預けることになる。解体屋はそう思って、再び煙を吐き出した。

錠前《プロテクト》をかけるとは言っても、要するに高速洗濯《コイン・ランドリー》だ。戦闘に間に合わせるための高速洗濯《コイン・ランドリー》。怪しいものはすべて洗い出し、漂白する。だが、この調子ならあいつはうまくやるかも知れない。たとえそれがシミの残るような洗濯《ウオッシュ》でも、敵に気づかれなければ勝てる。

いや、問題は高速洗濯《コイン・ランドリー》の途中で失敗が起きるってことか。俺の分裂自己《スプリット・セルフ》のひとつをソラチャイに預けきるんだ。そう、俺が本当に恐れているのはそれだ。あいつは切り離した俺をうまく受け止めていいてくれるだろうか。

しかし、まあ駄目でも……と解体屋は目を閉じ、苦しむような微笑むような表情を浮かべながら、その先をつぶやいた。

「若いデプログラマーの誕生だ」

しばらくの間そのままでいたが、外が明るくなったのに気づいて、解体屋は飛び起きた。ソラチャイに声をかける。カーテンを閉めさせておこうと思ったのだ。ひとつには外から人影を見られないように、そしてもうひとつの理由は反射操作に集中するためだった。

ソラチャイは言われた通り、光沢のある濃紺の布地を引いた。部屋はおかしな闇に包まれた。光量の足りない映画、いやブルーフィルムで映された夜のような風景だ。

「小さなランプならつけていいでしょ？　これじゃ、表が見えないよ」

ソラチャイが窓のそばでささやくような声を出した。解体屋はその黒い人影に向かって言った。

「ああ、いいよ。でも、何だ、その表って？」

「作戦表だよ。どことどこを敵対させて、どこを味方につけるか。けっこう複雑なんだ」

紙の音を響かせながら、ソラチャイは答えた。解体屋はあきれてつぶやいた。

「策に溺れることになるぞ」

「え？　どこで溺れるって？」

「いや、いい。……うまくいってるのか？」

「たぶんね。今日はきっと、お祭りみたいなことになるよ」

自信満々でそう答えて、ソラチャイはランプをつけた。ノートの切れ端に見入っている。

「お祭りはいいけど、俺たちを援護する部隊は確保してあるんだろうな？」

「もちろん。ほら、見てよ。まずブラスター・ビーツの主力はサイゴン・トラストとぶつかる。でも、そのサイゴン・トラストはグレーテスト・ヒッツと共同戦線を張ってるから、ブラスター・ビーツは心臓部に入り込めない。なぜかと言えば、攻撃に欠かせない唯一の道はグレーテスト・ヒッツのゾーンだから。ところが、同時にダーティ・ニードルスがグレーテスト・ヒッツの後方を襲うことになるから……」

表を差し出しながら近づくソラチャイに、解体屋は面倒くさそうな調子で言った。

「いいよ、もうどうでも」

「何でだよ？　聞いとかなきゃ駄目だよ。これは重要な作戦なんだから」

解体屋は手を振って、ソラチャイを制止した。

「そんなにうまくいくわけないだろう？　だから、もういいんだよ。とにかく、あっちこっちが疑心暗鬼になってるってことがわかりゃ、俺としてはもういい」

「うまくいくって！　もともとの対立があったところを敵対させて、それから……」

「だいたい、敵対だの何だの言っても、どうせ一グループが三人とか四人とか、そんなもんだろ？　お前たち、その、スクワッター・グループなんて」

「少ないのも多いのもあるよ。ブラスター・ビーツは三十人以上いるし、サイゴン・トラストだって二十人はくだらない。……そりゃ五、六人のグループだってあるけどね。でも、数が問題なんじゃなくて……」

ソラチャイの言葉の途中で、解体屋は突然耳をすます素振りをした。隣の部屋で物音がしたからだ。ソラチャイも途端に黙り込んだ。

ゴーッという低い音が軽い震動となって伝わってくる。その後で、カランコロンとプラスチックが転がる音。知香はシャワーを浴びているらしい。安心して解体屋は微笑んだ。ソラチャイは勘違いして目をむいた。

「あんたはいつか、管理人の盗聴器を借りるね。絶対に盗聴する」

解体屋はソラチャイをにらみつけたが、抗議をすることもなく、そのままベッドの上に仰向けになった。

「ソラチャイ。あの音が止まったら、知香に電話しろ。おでかけ前に、こっちも色々と作戦を練っておかなきゃならないから」

せっかくの苦労を無視されたソラチャイは、頬をふくらませてベッドの端を蹴った。

「あんたの作戦なんて、どうせたいしたことないよ。後でその頭の中をじっくり覗いて、ぜーんぶ書き換えてやるから。あんたの脳《システム》をグッシャグシャにしてやる」

聞き終わらぬうちに、解体屋はソラチャイの胸ぐらをつかんでいた。ソラチャイはその勢いに驚いて息をのみ、急いで顔を伏せた。解体屋は何も言わずにソラチャイを突き飛ばした。

ソラチャイはしばらく顔を上げなかった。解体屋は肩を揺らしながら、サイドテーブルに手を伸ばした。煙草のパックをつかむ。だが、もう残りは一本もなかった。解体屋は乱暴にパックをひねりつぶし、壁に投げつけた。

気まずい沈黙の中で、遠いシャワーの音だけが暗く青い部屋に響き渡った。

第　十　章

神経洞窟

ニューロティック・ケイヴ

知香には解体屋が電話した。シャワーの音が止まっても、ソラチャイがソファから動こうとしなかったからだ。知香は早口でこちらの様子を聞き、自分の方には怪しい動きはなかったと言った。だが、その声はうきうきしているようにさえ聞こえた。緊張感どころか、疲労さえ感じられない。解体屋は突然、今までのことが現実にあったのかどうかわからなくなった。

薬をくすねてきて欲しいと口に出してみた。だが、知香は声を上げて笑うばかりだった。俺が使うんじゃないぜと言っても、わかってるわかってるとふざけた調子で答える。オーガスティン病院での洗濯屋《ウォッシャー》の動きに注意してくれと続けても、やはり浮かれた様子で知香は軽口を叩いた。いらだって、出かける前に寄るように言い、解体屋は電話を切った。

チャイムが鳴るまでに十分もかからなかった。用心深くドアホールから外を見る。確かに知香だったが、入念に化粧をほどこした顔は昨日と印象が違っていた。ゆっくりとドアを開く。

「おはよう」

知香は上げた右手の指をひらひらさせた。

「ソラチャイは?」

高い声でそう言う。解体屋は目を知香に注いだまま、顎で部屋の奥を示した。シャワーを浴びたばかりだからか、生成色のスーツの襟から覗く知香の首は上気していた。肌は湯気が出そうなほど湿気に満ち、鎖骨のあたりなど桜もちのように柔らかく張りつめている。その色に合わせるようにうっすらとピンクに塗られた頬とまぶた。そして、大きな瞳。

「何よ、見とれてるの？」

知香は急に冷たい調子になった。

「……お前、自信家だな。まさかライフ・セミナー出身じゃないだろうね。朝から鏡に向かって、自分は素晴らしいとかなんとか百回ずつ言ってるような」

ようやく解体屋はそう言い返した。すると、知香は解体屋の体を眺め回した。

「あら、お父様の服がお似合いですこと」

「あ、ああ。借りたよ」

「返さなくていいからね。どうせ全部捨てるものだから」

その知香の言葉から、彼女の父への感情を確認して、解体屋は少し現実感を取り戻した。あわてて用件を口に出す。

「で、さっき言ったように薬を頼む。強力なダウナーなら何でもいい。出来るだけ多く。それで……」

「わかってるって。その薬を持って、なるべく早く帰ってくることでしょ？　それから、オーガスティンの様子を調べてくることと、ノビルのカルテをコピーしてくること。以上」

そう言って、知香は満面に笑みを浮かべてみせた。解体屋はそこで初めて、知香が脅《おび》えていることに気づいた。無理に元気なふりをしているのだ。それが不自然さの原因だった。解体屋は知香が味方であることを信じよう、と思った。

「知香、出来ないことはしなくていいんだからな」

解体屋は、知香の少し茶色がかった瞳を覗いてそう言った。低い声になって続ける。

「俺たちを守ろうとしなくていいんだ。オーガスティンの洗濯屋《ウォッシャー》に問いつめられたら、脅《おど》されて一晩泊めたって言え。君に迷惑をかけるつもりはないからさ。君は無関係なんだ」

途端に、知香は気丈な顔つきになった。

「あたしは男に脅されて一晩泊めるような女じゃないわよ。そんなこと、ニューヨークでもウィーンでもアムスでもしなかった。脅されて一度でも言うことをきいたら、そのまままいつまでも奴隷《どれい》みたいになるから。あたしはそんなことはしません」

昔、何かあったんだな。解体屋はそう思いながら、知香の言葉に反応した。

「アムスってアムステルダムか？」

「そう、学会があってね。あたしはまだ学生半分みたいな状態だったんだけど。あの、あたしね、そこでノビルを見つけたの」

「ノビルを？　アムステルダムで？」

解体屋の勢いに驚いて、知香は目を見開いた。

「そうよ。記憶を失ったまま大使館に保護されてたから。……日本に連れて帰るには、父の力を借りなきゃならなかったんだけど。新聞でもかなり騒がれたのよ。知らないの？」

「知らなかったけど。……南アフリカは十七世紀にはオランダ領だったんだぜ。ますますノビルは怪しいじゃないか。ＰＷとの接点が多過ぎる」

エレベーターがどこかの階に着いた音がした。知香は震えるようにして振り返ってから、すぐに解体屋の方に向き直った。

「それなら、あたしもあなたのゴタゴタに無関係じゃないってことになる。だからね、迷惑をかけたくないとか守らなくていいとか、そういう風に言わないで欲しいの。関係があるから、手伝ってもらわなきゃ困るって言ってくれないかな。だって、そしたら一緒の側にいる気がするじゃない。恐くても頑張らなきゃって思えるでしょ」

解体屋はうなずいた。

「そうだな。どうやら、この一件には君にも関係が……いや、責任があるらしい。だから、オーガスティン侵入という任務を、しっかり遂行してもらおう。これでいいかな？」

知香はかすかにうつむいた。

「気をつけてね、チカ」

いつの間にか、ソラチャイが後ろに立っていた。知香はソラチャイを見て、再び元気そうな笑い顔を作り、

「それじゃ行ってきます」

と言った。

漂い始めた悲壮感をまぜっ返そうとして、解体屋はソラチャイに言った。

「日本兵もこうやってアジアに向かったんだぜ。それで火の玉になった。そこら中で残虐《ざんぎゃく》なことをしたんだ。知香が何人殺してくるか、楽しみに待つことだな」

ソラチャイは答えず、エレベーターの前まで行って知香を送り出そうとした。解体屋も敵を警戒して、玄関から外に出る。幸い、エレベーターの中には誰もいなかった。乗り込んでから、知香はこちらを向いて言った。

「いやだなあ、あたし」

「大丈夫だよ。きっと、病院のやつらはまだ気づいてない」

そう答えると、知香は小さく首を振った。

「そうじゃなくて、下に行くのがいやなの」

「おっと、俺と別れたくないってことか？」

「馬鹿、管理人よ。あいつの前を通ると思うと、背筋がぞっとする」

解体屋は軽く笑いながら答えた。

「思いっきり、そのビシッと決まったスーツのすそを上げて通れよ。太腿を見せてさ。で、尻をこう突き出して振る。な、こうやって」

解体屋はその格好をやってみせた。

「鼻血出して喜ぶぞ、きっと。それで一言、ダーリンってささやくんだよ」

「死ね！」

ソラチャイは突き出された解体屋の尻に膝蹴りをくらわせた。同時に、あきれた知香がエレベーターのボタンから指を外した。バランスを失って前によろけた解体屋の首は、見事にエレベーターの扉にはさまった。ガクンという衝撃があって、扉は一度元に戻る。解体屋はあわてて、首を引っ込めた。再びドアは閉まった。

せばまっていくクリーム色の扉の向こうから、知香はにっこり笑って言った。

「現代版のギロチンはいかがだったかしら？」

その声だけを残して、エレベーターは下降していった。

痛む首筋をさすりながら、解体屋は部屋に戻った。ドアを開ける。再びブルーの暗い世界だ。

思わず、解体屋はつぶやいた。

「こんな夜ふけまでお疲れさまでした。一晩20ゴールドになりますが、お泊まりになりますか？」

　ソラチャイがうわずった声を出した。

「え？　夜ふけ……ゴールド？　何、それ？」

　解体屋は狼狽した。

「い、いや、ごめん。つい口走っちゃったんだ。この色の感じが似てたから」

「どこに？」

「あ、ああ、その……いにしえの名テレビ・ゲームのシーンに。それで、そのゲームの中の宿屋が言うメッセージを……つい」

　頭をかきながら奥に進み、解体屋はソファの横にあるダイニング・テーブルの上に座った。ソラチャイが心配そうに言う。

「だけど、思い出してたって感じじゃなかったよ。びっくりしちゃった」

「俺もだ。まだ、テクストが頭を支配してるのかも知れない。……まいったな」

　解体屋は舌打ちをして、続けた。

「実はさっき知香と話してた時も、変な感覚があったんだよ。これは俺が本当に思ってることなのか、それとも何かのテクストを引用してるだけなのかって。まだ、自信が持てないんだ。〝俺〟という言語に」

「オレ……という言語？」

　それには答えずに、解体屋はなおもつぶやいた。

「神経洞窟《ニューロティック・ケイヴ》が出来ちまってるんだ。だから、すぐに自分に疑いを抱く。この洞窟を掘り直さなきゃならない」

「神経洞窟《ニューロティック・ケイヴ》？　ひょっとして、それもテレビ・ゲームのこと？」

「違うよ……違うはずだ。……いや、違う！」

ソラチャイは黙って椅子に座り、解体屋を見上げた。

「ごめん、違うんだ。神経洞窟《ニューロティック・ケイヴ》ってのは、つまり脳神経が作り出した一定の通路のことだ。神経の樹状突起、わかるか？　そこにはスパインってのがある。ミミズみたいなトゲだよ。それが記憶を蓄えていると俺たちは考える」

ソラチャイは黙って、講義に耳を傾ける。

「いや、ええと、どう言えばいいのかな。そういう神経と神経の間の……」

「シナプス？」

「そう、シナプスだ。神経と神経の間にあるただの空間だけどな。そのシナプスに流れる電位の効率がいい方に、刺激は伝わっていく。で、スパインが太くなるほど、その効率はよくなるんだ。つまり、その太いスパインの連結を、解体屋は神経洞窟《ニューロティック・ケイヴ》と呼ぶわけさ」

ソラチャイはまだ理解出来ないといった表情をしていた。解体屋は仕方なく、またしゃべり始めた。

「一度神経洞窟《ニューロティック・ケイヴ》が出来ちまったら、似たような刺激は何でもそこを通るだろ？　なにしろ、太いパイプがあるんだから。例えば、悲しい目に遭った人間は、何を見ても落ち込む。それは神経洞窟《ニューロティック・ケイヴ》が目の前にあるものを穴に引っ張り込むからだ」

「うーん、何となくはわかった。でも、それを掘り直すことなんて出来るの？」

ソラチャイは真剣な顔をしていた。

「俺たちは出来ると考える。それもレーザー・メスでなく、心理手術《サイコ・オペ》でだ。何を見ても悲しい時は、自分で神経洞窟《ニューロテイツク・ケイヴ》を掘り直す。たいていのやつは、悲劇は続くもんだと考えるだろうが、俺たちは違う。悲しいことなんていう事実はない。そこにあるものをどうとらえるかだけだ。それを悲劇の繰り返しにしているのは、脳《システム》に出来た神経洞窟《ニューロテイツク・ケイヴ》のせいなんだ」

解体屋は自分に言い聞かせるようにして、その言葉を吐き出した。ソラチャイは上目使いで解体屋の顔を覗いてから、静かに言った。

「じゃあ、解体屋も心理手術《サイコ・オペ》しなよ。僕、黙って見てるから」

解体屋はそのソラチャイの肩に手を置いた。

「いや、これからお前にやってもらう。俺は自分の言葉に自信が持てないんだ。いいか？ 俺たちにとって、言葉はメスだ。それがブルブル震えてたんじゃなんにもならない」

そう言って、解体屋はベッドルームに向かって歩き出した。ソラチャイは振り返らずに言った。

「僕にはなんにも出来ないって言ったじゃないか？ 反射操作とか心理手術《サイコ・オペ》とか……わからないよ」

解体屋は寄せ集めた家具の隙間を通って、ベッドの上に腰を降ろした。

「いいから、来い。お前が必要なんだ」

ソラチャイはのろのろと立ち上がった。

「出来るかなあ……」

「出来る」

解体屋は間髪を入れずに言った。

「だって、僕は……」

「出来るんだ。出来ないかも知れないという暗示が、お前の中に神経洞窟《ニューロテイツク・ケイヴ》を掘る。その前にやってみることだ」

「あんたこそ、ライフ・セミナーみたいなことを言ってない？」

ソラチャイはそう言いながら、家具を飛び越えた。その体を受け止めて、解体屋は熱いため息をついた。

「俺たち解体屋は、全員洗濯屋《ウオツシヤー》上がりなんだぜ。仕方ないさ。だから自分の中に、あのくそ忌々《いまいま》しい人生観が入り込んでるんだ。ポジティヴ・シンキングだとか、到達イメージとか。少なくとも技術として、俺たちは似たようなものを使わなきゃならない。あんな科学《クール》以前のモンキー・ビジネスと戦うために。だけど、ソラチャイ。お前は違う」

まだ目が慣れないのか、ソラチャイは瞳を大きく開けてこちらを見つめている。

「お前は解体《デプログラム》から始まった解体屋になるんだ。まるでフロイトが解釈したモーゼみたいに。ユダヤの民ではないモーゼが、ユダヤの民を率いて、彼らを解放するんだよ」

「じゃあ、オーガスティンであんたが言ったことが本当になるんだね？」

解体屋は何を聞かれているかわからなかった。ソラチャイは破裂しそうなほどの微笑みを浮かべて続けた。

「あんたが僕のリンカーンになって、僕があんたのモーゼになる。そう言ったじゃない？」

思い出して、解体屋は驚いた。あの時はただ目の前の少年を味方につけようとして言っただけだった。だが、その言葉が予言のように働いたのだ。自己暗示《セルフ・ウオッシュ》にかかったのかも知れない。そう思いながらも、解体屋は自分で実現してしまった予言に逆らう気にはならなかった。

「そうだな。じゃあ、早速モーゼ様に神経洞窟《ニューロティック・ケイヴ》を掘り直してもらおうか」

「どうするの？」

ソラチャイはまたかぼそい声に戻った。

「あれをやってくれればいい。あの、暗示の外に出ろってやつを。あれでまずは神経洞窟《ニューロティック・ケイヴ》をふさぐ。暗示の外に出ろっていう暗示を使って、刺激の心理道路《サイ・ウェイ》を遮断するんだ」

「あんなことでいいの？」

「そうさ。俺は駄目だって暗示が、脳《システム》の中で瓦みたいな層になって重なってる。そう考えてみてもいい。だから、その瓦の層をひっこ抜くまでやるんだ。それが抜ければ、つまり外したってことさ。神経洞窟《ニューロティック・ケイヴ》もふさがる。自己解体《セルフ・デプログラム》の基本だよ。そして同時に、俺たちには未来があるって暗示をかける。それで新しい神経洞窟《ニューロティック・ケイヴ》が出来る。ぶっといやつが」

ソラチャイは緊張してうなずいた。

「頼むから、飽きるまで繰り返してくれ。そして、俺が合図を出したら、そのまま反射操作に入れ。自信を持った俺が、自分の精神映像《サイ・ビデオ》の中にジャック・インする。もう恐いもんなしさ。今度は、俺がつぶやくことを大声で繰り返せ。その指示に従って、俺は怪しい記憶を探る。そして、テクストの暴走システムを見つけ出し、そのスイッチを切ってしばらく動かないように錠前《プロテクト》をかける。いいな？」

そう言って、解体屋はゆっくりとソラチャイの手を握った。すでに汗が噴き出していた。

「お前はカエルの家系か？」

解体屋はソラチャイの手の平を示して、そう言った。ソラチャイは顔をひきつらせた。笑っているつもりらしかった。

「馬鹿にするなよって言わないのか？　俺の頭をはたけよ。なあ、タイのカエル小僧」

「解体屋くん、落ち着きたまえ。これは君の手の汗だよ」

ソラチャイが言った。見ると、確かに自分の手から汗がにじみ出していた。

「暗示の外に出ろ、解体屋」

いきなりソラチャイが声の調子を変えた。解体屋は不意をつかれて、息をのんだ。その瞬間をとらえて、再びソラチャイが言った。

「暗示の外に出ろ。俺たちには未来があるんだ」

見事だ。解体屋はほうけたようにソラチャイの目を見た。こいつ、生まれついての解体屋だぜ。

すると、ソラチャイが手を握りしめた。我に返って、解体屋はソラチャイの導く通り、その神経《ニューロ》洞窟《ティック・ケイヴ》をつぶす呪文を反復し始めた。


何十分経ったか、わからなかった。ただ、途中でソラチャイが一度立ち、電話を留守番モードに変えたのは覚えていた。しかも、呼び出し音も切った様子だった。おそらく、スクワッターたちからの電話だったのだろう。しかし、ソラチャイは余計な説明をしなかった。呪文以外のことを口に出すべきではない、と考えたのに違いない。解体屋はそのソラチャイを信頼しきっていた。つまり、高速転移《ワンナイト・ラヴ》が起きたのだ。解体屋はソラチャイを愛していた。ソラチャイの言葉をすべて受け入れようと思った。


だが、もちろん解体屋は同時に自己を分裂させ始めてもいた。まずは、マザーコンピュータと操作者《マニピュレータ》がぼんやりと姿を現していた。肯定的な転移が起きていることを把握しているのはマザーコンピュータだった。ソラチャイと同化するほどの意識になっているのは操作者《マニピュレータ》だ。

後は戦闘者《ハッカー》を分離させるだけだった。マザーコンピュータはすでに開始のサインを出している。操作者《マニピュレータ》はソラチャイの手を強く握った。瞬間、戦闘者《ハッカー》が踊り出た。

マザーコンピュータの作り出した精神映像《サイ・ビデオ》には、以前ソラチャイの心理の流れを呑み込んだ大きな川が映っていた。戦闘者《ハッカー》はそのココア色の濁流の前に立っていた。だが、あの時かすかにイメージしたものとは違う。戦闘者《ハッカー》は相手の反応を映像化したスクリーンの中にいるのではなく、自己の中にジャック・インしているからだった。しかも、そこには洗濯屋《ウォッシャー》がしかけた地雷やだまし絵が潜んでいるはずなのだ。

マザーコンピュータは即座に、操作者《マニピュレータ》に注意を促させた。操作者《マニピュレータ》はソラチャイにメッセージを伝える。洗濯屋《ウォッシャー》ニダマサレルナ。ミルベキモノヲ、ミロ。

〝洗濯屋《ウォッシャー》ニダマサレルナ。ミルベキモノヲ、ミロ〟

ソラチャイは抑揚をつけずに、あの声を使う。その言葉はすぐに戦闘者《ハッカー》の耳に伝わった。モニタリング・デバイスが右耳の奥にあった。

自分が隠そうとしているものを見なければならない。恐ろしい体験を予感して、戦闘者《ハッカー》は震えた。マザーコンピュータは冷静に分析結果をはじき出す。注意深く周囲を見るように、と。

戦闘者《ハッカー》はその命令に従おうとしたが、体が動かなかった。操作者《マニピュレータ》の力を借りるしかない。ミルベキモノヲ、ミロ。ソラチャイがそのメッセージを反射させる。

〝ミルベキモノヲ、ミロ〟

戦闘者《ハッカー》は足に力を入れて、振り返った。そこには穏やかな田園風景が広がっていた。遠くに山並が霞んで見える。目をこらす。小屋ひとつない。稲が茂る中に、時折大きな木が天を突くばかりだ。

だが、そんな平穏な風景が自分の中にあるはずがなかった。戦闘者《ハッカー》は宙に浮き、その稲の穂が作り出すジュウタンの上を飛んだ。

しばらくあちこちを上空から眺めていると、稲が倒れている一画を見つけた。用心深くそこに降り立つ。

〝ミルベキモノヲ、ミロ〟という声に従って、戦闘者《ハツカー》は倒れた稲の下を覗き込んだ。死体があった。濃い紫に染まった皮膚は膨れ上がり、まるで厚いゴムで出来た風船のようだ。昔、解体したことのある男だった。戦闘者《ハツカー》は顔色を変えずにその死体に触れた。記憶が映像になって空を覆った。

まだ解体《デプログラム》の技術が発達していない頃の東京。戦闘者《ハツカー》の前にはその男が首をうなだれて座っていた。マザーコンピュータが記憶想起のスピードを上げた。痩《や》せた母親に頼まれて男を宗教団体の施設から引っ張り出し、ジアゼパムを飲ませて監禁し、徹底的に侮辱し、存在を否定し、精神を弱らせた。教義を振り回して反抗することを男はしなかった。

やりがいのない解体《デプログラム》だと思うと、つい教義以外の精神部品《サイコ・パーツ》まで壊したくなった。幼児記憶までしゃべらせて、それに反対命題をたたきつけて壊した。男は泣き出したが、その涙を否定した。わめいたが、その声を否定した。黙り込んだが、その沈黙を否定した。呼吸を否定し、動きを否定し、反省を否定した。

男は自殺した。それが目の前で紫色に膨れ上がっている。マザーコンピュータはその場を離れるように言っていた。戦闘者《ハツカー》は凍りついていた。こんな風景を見続けなければならないのかと思うと、たまらなかった。

操作者《マニピユレータ》はすでにいないも同然だった。マザーコンピュータがソラチャイにすべてを預けたのだ。むろん、そのソラチャイはかすかに存在する操作者《マニピユレータ》の命令を反射させるのだが、戦闘者《ハツカー》にはその分裂自己《スプリツト・セルフ》の切り離しが恐ろしく感じられた。

逃げるように空を飛んだ。だが、その空はあの稲を守っていた青く澄んだものではなかった。どす黒く淀んだ、あの男のいた板橋区の空だ。戦闘者《ハッカー》は叫びを必死に抑えて目を閉じた。

〝ミルベキモノヲ、ミロ〟

出来ない。俺には出来ない。戦闘者《ハッカー》はマザーコンピュータに伝えた。だが、マザーコンピュータは返事をしなかった。

〝ミルベキモノヲ、ミロ〟

その低い声が空を覆うように響くばかりだった。戦闘者《ハッカー》は飛ぶのをやめた。地に足をつけると、そこには腐った脳みそが転がっていた。それはどこまでも続いている。戦闘者《ハッカー》は悲鳴を上げ、立ちすくんだ。今まで解体《デプログラム》した脳がそこら中で潰れ、膿《うみ》を出している。

それが洗濯屋《ウオッシャー》のシステムが見せている風景ならまだいい、と戦闘者《ハッカー》は思った。しかし、これは紛れもなく自分の精神の中にある映像だ。その事実が戦闘者《ハッカー》を責めさいなんだ。腰が砕けるような感覚があって、戦闘者《ハッカー》はその場に座り込んでしまった。出よう、ここを出よう……。そうつぶやくが助けは来ない。自分で出るしかないのだが、戦闘者《ハッカー》にその力はなかった。

こんなに恐ろしい精神映像《サイ・ビデオ》の中を飛び回ったことがない。戦闘者《ハッカー》はそう思った。悲惨な風景はいくらでも見ている。この数倍は陰惨な映像だった。しかも、これは他人のものではない。自分の精神《ドグマ》なのだ。そう考えると、吐き気がした。出たい。ここから出たい。

どのくらいそこで震えていたか、戦闘者《ハッカー》にはわからなかった。だが、温かい風が吹いて来るのに気づいて、目を開いた。無数の脳みそが乾いていくのが見えた。空には再び青みが差し始めていた。

戦闘者《ハッカー》の耳に心地よいメロディが聴こえた。それが風となり光となって、景色を変えていく。

ソラチャイ……と戦闘者《ハツカー》はつぶやいた。ソラチャイがあの歌を歌っているのだ。そう思った時、マザーコンピュータの指令を感じ取ることが出来た。

『ここにいても仕方がない。ここには洗濯《ウオツシユ》された跡がないからだ』

マザーコンピュータの論理的な判断が、戦闘者《ハツカー》を平静にした。飛び上がる。そこには再び最初の田園風景があった。稲穂が光り輝きながら、風に揺れている。ソラチャイのメロディは、まるで太陽のように戦闘者《ハツカー》の体を包んでいた。それは同時に、月であるはずのソラチャイを太陽化したことの象徴でもあった。操作者《マニピユレータ》の分離が成功したのだ。操作者《マニピユレータ》はそう思って、さらに高く飛んだ。

『この穏やかな精神映像《サイ・ビデオ》の中にこそ、洗濯屋《ウオツシヤー》がしかけた罠がある』とマザーコンピュータは告げていた。戦闘者《ハツカー》はソラチャイが吹き出す簡易錠前《ソフト・プロテクト》の風に乗ったまま、眼下を見降ろし続ける。

濁流……。そう思った瞬間に、戦闘者《ハツカー》はもうあのうねる川の前にいた。この茶色い水の奥に何かが隠されているに違いない。マザーコンピュータもその判断を支持していた。

戦闘者《ハツカー》はおそるおそる川の中に入り込んだ。腰までつかってはみたが、流れはゆるやかでしかも水温は高い。深い安堵感が戦闘者《ハツカー》を眠らせようとしていた。マザーコンピュータはすぐに第一次級の警報を鳴らした。『仮説／対象はすでに洗濯《ウオツシユ》されている可能性あり』

戦闘者《ハツカー》は頭を振って睡魔と戦いながら、なおも川の中央を目指して歩いた。途中から、足が着かなくなった。操作者《マニピユレータ》はひたすら泳いだ。そのうちに、激しいだるさが体の芯に伝わってき始めた。それは皮膚の感触を消していく。温かい濁流《だくりゆう》の中で溶けてしまいそうな気がした。

何かが襲ってきさえすれば、目覚めることも出来る。だが、いっこうにその気配がなかった。自分が自分の中にジャックインしているからだろうか。戦闘者《ハツカー》は本来の役割を越えて、思索の世界に入っていった。自分の中のタブーが俺の存在を許すはずがない。それは凄まじい勢いで俺を排除しようと牙をむくに違いないのだ。なぜ、俺は誰からも襲われないのか。

戦闘者《ハッカー》は目を閉じて微笑んだ。それは許されているからだ。この深く広い流れの中で、俺は存在そのものを許されている。圧倒的な幸福感がしびれのようになって、戦闘者《ハッカー》の体を貫いた。眠ってしまいたい。

大きな波が優しく腰を打った。それは骨に直接刺激を伝える。背骨がゼラチンのように溶けた。戦闘者《ハッカー》は濁流に呑込まれ、そのココア色の温水の底に沈んだ。

サンチョどん、おぬしは眠っているのかい？　マザーコンピュータがそう呼びかけている気がした。戦闘者《ハッカー》は口を開けて答える。眠りはもう一つの人生だ……。

ココアが口いっぱいに入ってきた。次第に胸が詰まり、戦闘者《ハッカー》は意識を失い始めた。

警報のような音が遠くから響いてきたが、戦闘者《ハッカー》にはそれが何かのテクストのように思えた。目の前のスクリーンに情報をスクロールさせて、戦闘者《ハッカー》はテクストを見つけ出そうとする。一つの文章が明滅していた。

〝こんな夜ふけまでお疲れさまでした。一晩20ゴールドになりますが、お泊まりになりますか？〟

そして、その下にはさらに優しく明滅する〝はい〟と〝いいえ〟。戦闘者《ハッカー》は〝はい〟を選ぼうとして、手を伸ばした。それを指差せば、そのまま眠れるはずだった。力の抜けた右手を温かい水の中で動かし、戦闘者《ハッカー》は人差し指をゆっくりと立てた。〝はい〟を選ぶために、指を伸ばす。もう眠れる……。

だが、その指をつかむ力があった。同時に川の底から轟音が響いてきた。

〝ソレハ、てれび・げーむノコトバダ。アンタノコトバジャナイ！〟

戦闘者《ハツカー》は意味がわからなかった。再び〝はい〟に向かって指を伸ばそうとするが、まるで動かない。ヌルヌルする何かが、指をつかんでいた。

〝ソレハ、てれび・げーむノコトバダヨ。アンタノコトバジャナイ！〟

ヌルリとしたものが蛙のイメージに変わった。それがこちらをにらみつけている。

〝ソレハ、てれび・げーむノコトバダ。アンタノコトバジャナインダヨ！〟

戦闘者《ハツカー》はわけもわからずにうなずいて、その蛙の言うことに意識を集中した。

〝ソコガてくすと・しすてむノアルバショダヨ。キット、ソウダ〟

意味をつかんだ途端に、戦闘者《ハツカー》の体が目覚めた。ここだ。この川そのものが乱流システムだ。どこかにあるんじゃない。これがそれそのものなんだ。

マザーコンピュータとの通信が復帰した。錠前《プロテクト》をかける位置を見つけろという指令が出ていた。しかし、濁流で前が見えない。そう思うと、マザーコンピュータが精神映像《サイ・ビデオ》の構成を変えようと動き出した。だが、ココアはいっこうに透明にならなかった。

やっぱり、そうだ。戦闘者《ハツカー》は思った。マザーコンピュータに手を出せない映像なら、これは自分の中にあるものじゃない。戦闘者《ハツカー》は急いで川の流れを確かめ、上流に向かって高速移動した。源流を止めるしかない、とマザーコンピュータが指示したからだ。

流れはうって変わって急になった。前を見つめるとテクストが明滅し始める。戦闘者《ハツカー》は目を閉じ、川底から聴こえるソラチャイの歌だけに耳を澄ませた。テクストに流されてはならない。それに逆らって、ひたすら上流を目指すのだ。

それから、また計ることの不可能な時間が経過した。意識《イメージ》だけで出来た戦闘者《ハツカー》の体は疲労していた。だが、休もうとする度に、右手をつかむ力があった。それは戦闘者《ハツカー》を前に前にと引っ張っているように感じられた。

戦闘者《ハツカー》の右手が何かに当たった。硬質の金属か何かで出来た柵のように思われた。マザーコンピュータが横に動くように指令した。戦闘者《ハツカー》は柵に触れながら、横に向かった。しかし、それは大河いっぱいに広がっていた。

そうか。戦闘者《ハツカー》は思った。源流に洗濯機《ウオッシユ・マシン》をしかけることなんて出来るわけがない。そこまで遡《さかのぼ》れるなら、それこそ言語発生の謎が解けるくらいの話だ。おそらく、と戦闘者《ハツカー》はマザーコンピュータの分析をまじえて判断した。この柵がテクストから意識《イメージ》を奪い去り、それを文字の列だけにしてしまう巨大な洗濯機《ウオッシユ・マシン》だ。自分を濾過してしまう装置だったのだ。

だから、この川そのものは他者のものではなかった。自分だ。それを横取りするような機械を、洗濯屋《ウオッシヤー》がしかけていった。畜生、横領罪で訴えてやるぞ。

だが、と戦闘者《ハツカー》はつぶやく。どうやってこの洗濯機《ウオッシユ・マシン》のスイッチを切れるというのか。俺の記憶の流れそのものに柵がしかけてあるだけなのだ。スイッチも何もない。そして、この洗濯機《ウオッシユ・マシン》そのものを川から取り去る力は、今の自分にはとうていなかった。

マザーコンピュータは未知の洗濯機《ウオッシユ・マシン》の存在にとまどっていた。戦闘者《ハツカー》も指令がない以上、なすすべもなく、逆にその柵につかまって体を休めるような状態だった。途方にくれたまま、戦闘者《ハツカー》はいつまでも待った。

マザーコンピュータはとうとう、ジャック・アウトの判断をした。だが、その時、戦闘者《ハツカー》の右手にまたヌルリとした蛙が飛びついた。

〝アンジノソトニデロ。オレタチニハ、ミライガアル〟

蛙はそう言った。すかさず、マザーコンピュータはジャック・アウトの指示を取り消した。そして、その蛙が吐き出す言葉を柵に塗りつけろ、というのだった。戦闘者《ハッカー》は吹き出しそうになった。そんな古代の漁法か何かみたいな行為が、通用するとは思えなかったからだ。だが、マザーコンピュータはしつこく、その指令を繰り返した。

戦闘者《ハッカー》は仕方なく、作業を始めた。蛙はいつまでも、同じフレーズを反復する。その言葉は精《サ》神映像《イ・ビデオ》の中で粘着質の物質に変化し、戦闘者《ハッカー》の右手に残った。それを一本一本の柵に塗っていく。

マザーコンピュータには手が出せなかった。これが自己の精神映像《サイ・ビデオ》である以上は、一瞬にして風景を変化させればよかったのだが、その映像変換《バーチャライズ》には危険があったのだ。その濁流は自己言語そのものの流れだったからだ。

これも簡易錠前《ソフト・プロテクト》だ、とマザーコンピュータは伝えていた。『今、我々に唯一可能な簡易錠前《ソフト・プロテクト》なのだ』と。自分たちの言語が他者に支配されていないことを、その柵に粘着物質を塗るという行為で自らに示そうとしたのだ。

いわば、それは精神力の限りを尽くした自己暗示《セルフ・ウオッシュ》のようなものだった。その物質が実際に効力のあるものかどうかなど関係がなかった。

〝アンジノソトニデロ。オレタチニハ、ミライガアル〟

次第に小さくなっていく蛙の声を手に、戦闘者《ハッカー》はいつまでも言語の濁流の中にいた。

戦闘者《ハッカー》の最後の記憶は、蛙に向かって言った愚痴だった。

おいおい、蛙と左官屋なんて、俺はおとぎ話の主人公じゃねえんだぞ。全く、自分の中になんかジャック・インするもんじゃないね。

そして、戦闘者《ハッカー》は大量のココアの中に小さな白い唾を吐いたのだった。

自己だと？　ふざけるな。こんな世界、ただのでっかい冗談だ。

第十一章

醜悪な虹

アグリー・レインボウ

うなり声のようなものを上げて体を起こすと、ソラチャイが濡れたタオルを持ってこちらを見つめていた。自分が何をしていたかが思い出せず、解体屋はぼんやりとあたりを見回した。

ソラチャイは黙ったまま、解体屋の右手にタオルを押しつけてきた。まず冷たさが伝わり、それがすぐ熱さに変わった。見ると、人差し指が腫《は》れているように思えた。持ち上げようとする。付け根に痛みが走った。

「ごめんね。この指で僕をひっかいたり、シーツを巻きつけようとしたりしてたからさ。一生懸命握ってたら、こんな風になっちゃったんだよ」

ソラチャイは消え入りそうな調子で言った。

「……いや、いいんだ。おかげでうまくいった。たぶん、うまくいった……と思うよ」

解体屋は上半身を何度かねじりながら続けた。

「凄かったぜ、自分の精神映像《サイ・ビデオ》の中は。お前の反射操作がなかったらパニックでどうにかなってたよ、きっと」

暗い部屋の中で、解体屋はソラチャイの目を探し、ゆっくりとこう言った。

「ありがとう、ソラチャイ」

ソラチャイは歯をむいて笑顔を見せた。

「ううん。いいんだよ。僕は解体屋の修業をさせてもらったんだから。だけど、本当に焦ったよ。途中からなんにも言わなくなっちゃうんだもん。だから、僕、必死に判断して……」

「なんにも言わなくなった？　どのへんから？」

「だから、見るべきものを見ろって言ったでしょ？　教えられた通り、それを繰り返してたらね、すぐに何も言わなくなってさ。ウンウンうなり始めたんだよ。二十分くらいしたかなあ。それで、やばいと思って歌を歌ったら、ニッコリ笑ってね」

聞きながら、解体屋は恐ろしくなった。歌を始めさせたのは操作者《マニピユレータ》だと思っていたからだ。だが、どうやら操作者《マニピユレータ》の作業はストップしていたらしかった。

「じゃ、ひょっとして、それはテレビ・ゲームの言葉だって言ったのも、お前の判断だったのか？　だから、その、俺自身はお前になんにも指示を出さなかったってことか？」

そう言うと、ソラチャイは謝るようにして、小さくうなずいた。解体屋は思わず天井を仰いで、ため息をついた。やはり、ソラチャイの単独判断が解体屋の自己を保っていたのだ。

「……ごめんなさい」

ソラチャイはうつむいたまま、そう言った。解体屋はあわててソラチャイの肩に手を置き、身を乗り出した。

「いや、違うよ。助かったんだ。本当に俺はお前のおかげで助かった。お前はもう優秀な解体屋だよ。その判断がなかったら、俺はまたテクストが暴走する川に呑込まれて、自分を失ってたところだった。精神映像《サイ・ビデオ》の中にチャオプラヤみたいな大きな川があってさ。もちろん、それは精神を操作するための仮の映像なんだけど。で、その上流に洗濯屋《ウオツシヤー》のしかけた罠《わな》があって……」

ソラチャイは少しだけ首を傾げて、解体屋の話を聞こうとしていた。だが、話はそこまでで終わりだった。解体屋が急に口をつぐんでしまったからだ。ソラチャイは促《うなが》すように、ベッドの上であぐらをかいた。

「……いや、まあ、色々大変だったんだよ」

解体屋はそう言って、ごまかすように痛む人差し指を見た。

「だから、どういう風に？　教えてくれたっていいじゃないか。僕だって手伝ったんだよ。ねえ？　それでどうしたの、その罠を？」

解体屋は咳ばらいなどして、落ち着きなく視線をさまよわせた。まさか、その罠に蛙のヌルヌルを塗ってきたとは言えなかったのだ。

「ねえ？　そのチャオプラヤを遡《さかのぼ》ってからどうしたの？　罠を見つけて、そこに錠前《プロテクト》をかけたんでしょう？　SFみたいだね。それでさ、その罠を言葉のネジで解体《デプログラム》してさ。でもって、その罠が二度と動かないように錠前《プロテクト》をかけたわけでしょう？」

「……忘れた。すっかり忘れちまった」

解体屋は目の前にある桜材のタンスを見つめるふりをして、そう言った。いよいよ蛙の話など出来ない状況になっていた。だが、ソラチャイはなおもしつこく食い下がろうとする。

「思い出してよ。かっこいいじゃん、絶対」

「だから、忘れたんだよ。その……かっこいい話を。いつかな、いつか思い出したら教えてやる」

「ずるいよ。こう見えても、僕も解体屋の一員なんだよ。くわしく教えてよお」

答えずにベッドから降りると、ソラチャイは解体屋の背中を叩いた。

「ケチ！」

そのまま、家具の砦を出た。ソラチャイが追いすがってきた。その時、ソファの横のテーブルの上で電話機が光を放った。

「ソラチャイ、電話だぞ」

解体屋はほっとして、そう言った。ソラチャイはぶつぶつと文句を言いながら、電話機に走り寄った。受話器を取る。

「ハロー、はいはい。うん、出かけてたんだよ。それで？　うんうん」

スクワッター・グループからの連絡らしい。解体屋はソファの横を通り、濃紺のカーテンの隙間から外を見た。空は黒い雲に閉ざされ、下界は激しい雨で白く煙っていた。振り返ってキッチンを覗くと、掛け時計の針は五時をさしていた。こりゃまた、えらく長いこと失神していたもんだな。あるいは、あの川をめぐって数時間もの戦いを続けていたのか。いや、ほとんどの時間をヌルヌルに費やしていたのかも知れない……。

ダイニング・テーブルの脇にある椅子に座ろうとして、解体屋は少しよろけた。ひどい疲れだ。煙草が吸いたい。ああ、知香に買ってきてくれるように言えばよかったな。そう思った直後、解体屋は大きな声を上げていた。

「あ！」

電話を切るところだったソラチャイが、びくっと体を震わせた。受話器を持ったまま、解体屋に聞く。

「出るの？」

解体屋は急いで立ち上がって言った。

「そうじゃなくて、留守番電話にしてたろ？」

「そうだよ。邪魔になると思ったから」

「いや、それはいいんだけどさ。早く聞かなきゃ、そのメッセージを。知香が何か報告してきてるかも知れないから。危険な目に遭ってちゃまずい」

解体屋の言葉の途中で、すでにソラチャイは録音テープの巻戻しボタンを押していた。

「七件、入ってる」

電話機を見降ろしたまま、ソラチャイは短く言った。解体屋は再び椅子に座り、

「飛ばし飛ばしじゃ聞けないのか？」

と、ソラチャイを焦らせた。それを無視したソラチャイは、ソファの上から紙とサインペンを拾い上げた。シャーッというテープが動く音が、雨音と混じって解体屋の不安をかきたてた。

何事もないだろうと思って送り出したものの、急に今になってこれほど心配になるのは何故だろう。解体屋はそう思い、耳を覆《おお》うような形で頬《ほお》づえをついた。予感……？　馬鹿な。

最初のメッセージが再生され始めた。

〝こちら、ダーティ・ニードルスのジミーです。連絡、よろしく〟

そして、その後に気味の悪い女の声が、メッセージ収録の時間を告げる。ソラチャイは急いでメモを取った。解体屋は貧乏ゆすりをしながら、いらだって言った。

「ジミーだとよ、日本人が。おい、ソラチャイ。早回ししろよ。そんな無軌道な若者たちの声なんか、俺は聞きたくないね。その電話機にＩＱテストのシステムが付けられたらいいのにな。低い数値の相手は絶対にアクセス出来ないように」

「うるさいなあ。いい？　これはあんたにとって大事なことなんだよ。誰が味方についてるか、どこのグループが敵か。重要な情報なんだからね。どうしたんだよ、急にチカのこと言い出した

りして？　あ、好きになったな」

　そう言って、ソラチャイは二番目のメッセージに集中した。またスクワッターからの連絡だ。何とかいうグループの動きがおかしい、といった内容だった。ソラチャイはふうむとうなって、紙の上に大きなバツをつける。

　解体屋は黙り込んでいた。ソラチャイの最後の言葉が気になっていたからだ。好きになった？　俺が知香を、か。まあ嫌いじゃないことは確かだが、要するに長い禁欲生活の反動だろう。女と見れば、つい興味をそそられる。つまり、性欲の対象に過ぎないよ。

　いや、待て待て。解体屋は貧乏ゆすりをやめて、じっとカーテンを見た。すべての恋愛は性欲の表現だというのは、解体屋のセオリーだからな。フロイト大先生の教えであるからには、知香もそう考えているに違いない。……そうか。知香、か。

　あっと声に出しそうになって、解体屋は一人顔を赤らめた。何が〝そうか。知香、か〟だよ。もともと知香のことを考えてたんだから、知香に決まってるじゃないか。うん？　何が決まってるんだ？　いや、だからね。俺は知香のことを考えてたわけだよ。従って、改まって〝知香、か〟ってことはない。

　解体屋はその論理の帰結に満足して、つい口に出してこうつぶやいてしまっていた。

「そうかあ……知香、か」

「そうだよ、あんたがお待ちかねのチカだ」

　ソラチャイに言われて、一瞬狼狽した解体屋だったが、すぐに電話機の近くに移動した。

〝もしもーし、いないの？　あたしです〟

　知香の声だった。解体屋は赤い顔をソラチャイに見られないように座り込みながら、その明るい調子に思わず安心してにやけた。だが、知香はそのままの声でこう言った。

〝たぶん、あのCDの持ち主だと思うんだけど、どうやらその人があの工場に監禁されてるらしいの。前から怪しいと思ってたアナウンス室の奥の部屋を調べてたら、そこの責任者と若い人が来てね。あたし隠れて聞いちゃったんだけど、錠前屋《プロテクター》はPWの手に渡ったって。工場の中に縛りつけてあるから、これで誰も邪魔は出来ないだろうって。そう言って笑ってたの〟

解体屋の顔はにやけたままの形で凍りついた。般若《はんにゃ》のような形相だった。

〝あ、人が来ました。じゃあ、お薬の方はお渡し出来ると思いますので、また後ほど御連絡いたします。……お大事に〟

知香はそう言って電話を切った。錠前屋《プロテクター》が、俺のマスターが巻き込まれた。あの予感は知香の危険を知らせるものじゃなかったんだ。胸騒ぎはマスターの危険を告げてたんだよ。

解体屋は唾を飲み込もうとしたが、うまく喉が動かなかった。イライザ暗号の中で錠前屋《プロテクター》が言っていたことを思い出す。この勝負に負けたら、監禁されて奴隷になるだろうよ。あるいは死刑か。そして、最後のあの一言。……お前に百万ドル。

行かなければならない。今すぐに行って、マスターを助け出さなければならない。あの人を巻き込んでしまったのは俺なんだ。そうつぶやいて、解体屋は腫れた人差し指を噛《か》んだ。それまでぼんやりとした痛みしかなかった指の節に、確かな激痛が走った。舌の先に燃えるような熱を感じた。

殺してやる。全員の脳みそをひっかき回して、二度とこんな汚いことが思いつけないような頭にしてやる。俺が、だ。俺がそうするんだ。俺が殺す。解体屋はさらに強く指の節に歯を当てた。ひきちぎれそうな熱い痛みが自分の輪郭をはっきりさせる。俺はもう自分を見失うことはない。

この指の痛みを錠前《プロテクト》にして、どんな野郎が襲ってきても必ず壊す。

解体屋は目を上げた。ソラチャイはしゃっくりのように体をケイレンさせ、息をのんだ。その解体屋の凶暴な目が、もはや敵味方の区別さえつかない手負いの獣のようだったのだ。

「ソラチャイ、スクワッターを狂わせろ。思いっきりたきつけて暴れ回らせるんだ。もうノビルもくそもない。血みどろのゾーンの中で、俺もあの工場にいるやつらを全部壊してやる。ほら、早く電話しろ。そこら中に電話しまくれよ、ソラチャイ」

解体屋は喉からしぼり出すような声で、ソラチャイに迫った。だが、ソラチャイは首を振った。

「今のあんたにはそんな力がないよ。絶対にない。乗り込んだところで一発でやられるね」

「馬鹿言え！　俺がやられるわけがないだろう。俺は壊せるよ。いくらでも、どんな相手だろうと俺は壊してやる！」

解体屋が叫べば叫ぶほど、ソラチャイは冷静な顔をした。それが解体屋の気にさわった。

「おい、お前から解体《デプログラム》してやろうか？　今ここで五分もかからないうちに、お前がそんな偉そうなツラをしてられないようにだよ」

興奮している解体屋には、ソラチャイの足が震えていることがわからなかった。

「どうなんだよ、ソラチャイ？　お前は俺の敵なのか？　壊されたいのかよ？」

「あんたのＩＱが急激に低くなってるのがわかって、すごく悲しいよ。そんな単純な頭で解体屋がつとまるのかね？　もしも、本当に洗濯屋《ウォッシャー》と戦いたいなら、ベランダに出てその頭を冷やした方がいい。ちょうど雨が降ってるよ」

解体屋は言い返す言葉を見つけ出せず、少しとまどってからサイドテーブルを蹴りつけた。電話機が床に落ちた。コードが抜けたのか、充電を要求するアラームが鳴り出した。

「落ち着くんだ、解体屋。クールになって錠前屋《プロテクター》を助ける作戦を練ろう。あんたがそんな調子じゃ、錠前屋《プロテクター》も僕もやられる。だから、落ち着いて考えよう」

ソラチャイは低い声で続けた。解体屋は何度も太い息を吐き出しながら、ソラチャイをにらみつけていた。次第に柔らかい風に包まれていくような感触があった。戦闘者《ハッカー》が感じたあの風だった。

「解体屋はクールじゃなきゃ駄目だ。かっとなってもいいことはない。クールに構えて、どんな時でも冗談が言えるようじゃなきゃ。それがあんたの凄いところじゃないか」

ソラチャイは笑顔になって、そう言った。解体屋は複雑な表情でうなずき、まだ怒りの残る声で言った。

「お前は俺のなんなんだ？　お母さんか？　それとも担任の教師かよ。ガキが偉そうに」

「その調子、その調子」

そう答えながら、ソラチャイは電話機を拾い上げ、コードを差込み直した。すると、次のメッセージが自動的に流れ始めた。

〝ミナ？　あたしです。知香です。しばらくミナと会えそうもないの。ごめんね。しつこい男がいてさ、いやだっていうのにデートに誘われちゃいそうでね〟

解体屋とソラチャイは同時に目を合わせた。知香は息を切らせていた。脅えている様子にも聴こえた。しかも、ミナという言葉で暗号文を作っているからには、電話する場所を選ぶことの出来ない状況に違いなかった。

〝しばらく旅行に行こうって、あたしいやなんだけど無理やり連れてかれそうなの。たぶん、おじいちゃんと会うことになりそう。彼が会わせたがってるのよ。でも、心配しないでね。帰ったら……帰ったらまた電話するから。じゃあね、ミナ。バイバイ……好きよ〟

涙声のようになって、知香は電話を切っていた。強がりながらも脅えている知香らしい声。その余韻《よいん》を、機械女のたどたどしい音声が消してしまう。ジュウ……サン・ジ・サン……ジュウ・ヨン・フン・デス。

キッチンの時計からすると、電話があってからもう三時間半以上は経っていた。錠前屋《プロテクター》に続いて、知香ももうあの工場にいるに違いない。解体屋はそう思って、ぼう然とした。

「殺してやる」

そう言ったのはソラチャイだった。

「全員、皆殺しにしてやる。ギッタギタにぶっ壊してやるからな」

二人は追いつめられた気持ちで残りの電話を聞いた。だが、知香からの連絡はなかった。ソラチャイは再び、殺してやるとうめいたが、今度は解体屋が冷静になるように言った。解体屋とソラチャイは、まるで双子のように互いのバランスを取り合う関係になっていたのだった。いや、双方の勢いを助長せず、逆に抑え合うという点では、精神分析医と患者の良好な関係に近かった。

ソラチャイは歯をくいしばりながら、暴発しそうになる自分を制し、スクワッターからのメッセージを書きとめることにした。

その作業が終わるのを待つ間に、解体屋は玄関で靴を選んだ。外は雨だ。しかも、戦闘を前にしている。滑りにくく、しかも攻撃力の大きなものでなければならなかった。あれこれと手にしているうちに、てごろなゴルフシューズが見つかった。底にラバーのスパイクがついている。

その白地に黒のラインが入った靴をはき、解体屋は何度も床を踏みしめてみた。サイズは少し大きかったが、きつく紐を縛りつけていれば脱げることはなさそうだ。目の前の壁を洗濯屋《ウォッシャー》に見立てて、思いきり足を上げてみる。蹴りは見事に洗濯屋《ウォッシャー》の顎に入った。その動きを繰り返しながら、解体屋はさらにクールになっていく自分を感じた。これだ。この状態こそ最も凶暴な人間の心理そのものだ。解体屋は微笑みさえ浮かべそうな顔で、壁の一点を狙い続けた。

ソラチャイがスクワッターの状況を把握し終わったらしいことを見て取ると、解体屋は何も言わずに玄関から外に出た。ソラチャイもすぐに後を追った。エレベーターに飛び乗る。一階で重い扉が開くと、二人は小走りにエントランスを駆け抜けた。自動ドアが開ききるのも待たずに、肩から表に出ていく。叩きつけるような雨が降っていた。ソラチャイは斜め後ろを走りながら、左手をさした。タクシーが拾える場所は坂の下にあるらしい。

解体屋はうなずきもせずに、そちらに向かって走り出した。ソラチャイはピタリと後ろにつけ、全速力で坂を下った。だが突然、解体屋が棒立ちになった。止まりきれなかったソラチャイは、解体屋の背中に激突した。

「どうしたんだよ？」

ソラチャイは低い鼻をさすりながら言った。解体屋は振り向いて、ソラチャイの顔を覗いた。

「金あるか？　タクシーに払う金だよ」

「あ、ない」

答えを聞くやいなや、解体屋は坂を駆け上がっていく。ソラチャイは大声を出した。

「部屋にもないよ！　乗り逃げしようよ！」

解体屋は少し振り向いて、そこにいるようにと手で合図をし、そのままマンションに入っていった。ソラチャイは豪雨の中で首を傾げながら、解体屋を待った。

二分としないうちに、解体屋は走り出てきた。上げた右手の先に紙幣がある。ソラチャイは手を打ってから、また大きな声で言った。

「わかった！　ミナだ！」

雨音のせいで聞き取れなかったのか、解体屋はもう一度右手を振り、金があることを示した。

ソラチャイは解体屋が近づくのを待ってから体を翻《ひるがえ》し、先に坂を走り降り始めた。

「どうだ、俺の魔術は？」

ソラチャイに追いつくと、解体屋は降り注ぐ雨に顔をしかめて叫んだ。ソラチャイはわざと幅寄せして、解体屋の体にぶつかりながら答えた。

「わかってるよ、ミナでしょ？」

「そうだ。ミナの威力だ。あのおやじだって、愛しい知香のためなら惜しくはないだろうよ」

解体屋は息を切らせてそう言い、またぶつかってくるソラチャイの腹を打った。ソラチャイは仕返しに尻を蹴り上げる。

「チカのためだぞって言ったの？」

「言ったよ。もしも、俺たちの留守に知香が帰ってきたら、心配しないで待っててくれって。そう伝言するように言っといた」

「そうなるといいね」

そう叫んで、ソラチャイは雨雲をつかむような仕草をしながら飛び上がった。その隙を狙って、今度は解体屋が体をぶつけた。よろけたソラチャイは、それでも走ることをやめずに笑い出し、解体屋を抜き去ってから再び大声で叫んだ。

「そうなるといいね！」

ルームミラーに映るずぶ濡れの二人組を、運転手は苦い顔で覗いていた。一人は伸び放題の髭《ひげ》に、どう見ても似合わないゴルフ・ウェアを着た男。残る一人は東南アジアの少年。しかも、二人は何かよからぬことばかりを話している。〝今の状態でいくと、今夜中に相当大きな襲撃がそこら中で始まるはずだ〟とか、〝侵入には十人ばかり味方がいれば助かる〟とか、まるで革命組織の打ち合せのような話だった。何度も無線で本社に連絡しようと思ったが、初老の運転手はじきにそれをあきらめた。何が起ころうと、自分に無関係ならいいのだ。

スクワッター・ゾーンの近くで車を止め、メーターのほぼ一・五倍の額である一万円札をもらった運転手は、やっぱり確実に革命組織の連中だと思いながらも、顔をほころばせて言った。

「お気をつけて。また、ダイショウ交通を御利用下さーい」

そして、景気づけにクラクションを鳴らして車を発進させ、猛スピードで去っていった。

「へええ……釣りはいらないってだけで、あの喜びようねえ」

解体屋は見送りながら、ついつぶやいた。

「しつこく続いた不景気もどん底なんだなあ」

「くだらないことに感心してないで、こっちこっち」

ソラチャイはすでに身をかがめて、あたりに注意していた。解体屋もそれにしたがって気配を消し、ソラチャイの導く細い道に入った。

「アグリー・レインボウはね……」

ソラチャイがささやいた。解体屋は言った。

「おい、また新しい名前かよ。混乱しちゃうよ、俺」

「いいから聞きなよ。アグリー・レインボウは中立を守ってるはずだから、まずそこに行くよ。

しかも、工場に近いビルをスクワットしてるから、僕らの拠点としては最高なんだ」

ソラチャイは忍者のような走り方で、左右をちらちらと見ながら進む。解体屋は馬鹿らしくなってポケットに手を突っ込み、その後ろを歩き始めた。ソラチャイは振り返った。

「何してんだよ？　ここは一番複雑に対立させてあるゾーンなんだぞ」

「はいはい」

仕方なく注意を怠らないふりをして、解体屋はソラチャイの後を追った。

時折、興奮した若者らしき影が見えるようになった。何か叫んでいる者もいれば、アパートの入口で地面にバットを叩きつけている者もいた。自然に緊張が高まった。それらの影がちらつく度に、ソラチャイは敏捷な動きで脇道にそれた。激しい雨も幸いした。二人は誰に襲われることもなく、ゾーンの中心部に入っていくことが出来た。

「よーし。ここまで来れば大丈夫」

ソラチャイは少し声の調子を緩めた。二、三階建てのビルがかたまった一画だ。

「この先にアグリー・レインボウのスクワット・ポイントがある。このへんはもともと対立が少ないから安心だし、特にアグリー・レインボウはあんまりみんなに相手にされてない。だから、ベストなシェルターなんだよ」

「相手にされてないんじゃ弱いんだろう？　そんなやつらを味方につけたって……」

灰色のビルの壁に背をつけて雨を避けながら、解体屋は言った。ソラチャイは答えた。

「弱いからじゃないよ。ガイジンだからだ」

「ガイジン？」

解体屋が問い返すと、ソラチャイは歩き出した。

「そう、ガイジン。アグリー・レインボウって意味、わかる？」

追いかけながら、解体屋は答えた。

「醜い虹だろ。わかるよ、それくらい」

「違う。そういう意味じゃない」

「じゃあ、何だよ？」

「アグリー・ブラック、アグリー・ホワイト、アグリー・イエロー、アグリー・レッド……。日本じゃ、どの色してたって醜いんだ」

ソラチャイはそう言って、横を歩く解体屋の目をにらみつけた。

「いや、俺はそんな風に思ってないぜ。それにさ、まあソラには言いにくいけど、日本人は白いのには弱い。だから、七色ってわけじゃ……」

「そんなことないよ」

ソラチャイはさとすような口調になった。

「ロシア人は貧乏、エストニアンは不気味、カザフの人間は馬鹿……そう思ってる」

解体屋は目をそらして、小さくうなずいた。

「ああ……白いのにコンプレックスがあった分だけ、日本人はそのへんの連中にひどい優越感を持った。ひねくれた優越感を。うん、それは確かだ。十年前から突然そうなったんだよ。でも、俺は違う。そういうコンプレックスのかたまりみたいな日本人は大嫌いだ」

「あんたが嫌いでも、それがこの国のやり方なんだよ。僕らはみんな、そのやり方を肌で感じる」

ソラチャイはそう言ってから、指を立てた。

「何だよ、指きりげんまんか？　俺はレイシストじゃありませんって誓わせるのか？」

「違うって。ほら、ここだよ。アグリー・レインボウのポイントだ」

指の先を見上げると、びっしょり濡れた旗が屋上から垂れ下がっていた。七色に塗り分けられているのだろうが、今は黒一色に見える。唯一の日本人として、差別される側のガイジン集団の中に入ることになると思うと、その黒くみじめに垂れている旗が自分の気持ちを表しているように感じられた。

「ソラチャイ」

と呼ぶ声が聴こえた。目を移す。三階、つまり最上階の一番右の窓から、手を振っている少年がいた。日本人に見える。解体屋は少しほっとしたが、ソラチャイはそれを見抜いたようにこう言った。

「あれは中国系のベトナム人だよ。グエンだ」

解体屋は何も言わずにうなずき、グエンに向かって手を振ってみせた。

「さあ、行こうか。とりあえず、体をあっためなくっちゃね」

ソラチャイは力なく笑ってから、つぶやいた。そして、建物と同じくらいの高さの木で囲まれた狭い入口をくぐり、コンクリートの階段を登り始めた。解体屋は知っている限りの外国語のあいさつを口の中で練習しながら、その後を追った。

解体屋が倒れそうになったのは、濡れた階段で足を滑らせたからでも、あいさつの練習に気をとられてバランスを失ったからでもなかった。誰かが襟首《えりくび》をつかんで引っ張ったのだ。不意をつかれた解体屋はなすすべもなく、後方にそっくり返る形になりながら、ソラチャイと叫んだ。

ソラチャイが振り向いて目をむいたのと、解体屋がかかとに思いきり力を入れたのは同時だった。両腕で頭を守りながら、解体屋は後ろ向きに宙を飛んだ。まだ見えない相手の胸に解体屋の全体重がかかり、そいつも平衡を失って膝を折った。そのまま、二人とも階段を転がり落ちる。

ソラチャイが何か叫びながら、駆け降りてきた。だが、解体屋はすでに二人目の敵のことしか考えていなかった。青いバンダナらしきものを頭いっぱいに巻いた男が、解体屋を見降ろして拳《こぶし》を上げていたのだ。顎が大きく見える。自分の体が逆さまになっているからだった。一度身を縮めてから、その顎を狙って足をはね上げた。バンダナ男はその蹴りを防ごうと、両方の拳を合わせる。うまい具合に蹴りはその拳を突き抜けて、男の顎に命中した。バンダナ男が視界から消えた。

その視界をソラチャイが通過していった。右膝を突き出したまま飛んでいくソラチャイが、メリーゴーラウンドの馬に見えた。

「迫力満点だわ、こりゃ」

自分と階段の間に倒れ込んでいる者が必死にもがきながら、こちらの腹を殴ろうとしているのに気づいた。体をずらし、肋骨めがけて肘を振り降ろす。コンクリートの階段と解体屋の肘に挟まれた骨は、意外なほど軽い音を立てた。プラスチックのおもちゃが触れ合うような音だった。

「近頃の若者にはカルシウムが不足している」

そう言って、解体屋は自分から再び転がり落ち、顔をガードしながら立ち上がった。絞り染めの赤いバンダナに覆われた後頭部が、目の前にあった。ソラチャイをはがいじめにしている。

「諸君、人に会う時は帽子を脱ぎたまえ」

解体屋はバンダナをつかんで頭突きをくらわせた。男は穴に落ちていくかのように、ストンと存在を消した。解体屋の手に赤いバンダナだけが残った。

ソラチャイは二、三人のバンダナたちに素早い蹴りを繰り出していた。だが、敵はみな十七、八といった体格で、とうてい相手にならない様子だった。

「よし、おじさんにまかせてくれ」

解体屋は太い声で言って、ソラチャイの肩をつかんだ。途端にソラチャイが右足を後ろに蹴り上げた。すねに当たる。解体屋はガクンと体を崩しながら、情けない声で言った。

「馬鹿、俺だよ。俺の他に、おじさんなんかいるか？」

すねをさすって立ち上がり、後ろからしがみついてくるバンダナの脱げた男に今度は後頭部で頭突きをすると、解体屋は再び言った。

「ソラチャイ、ここはおじさんに……」

すると、ソラチャイはこちらを見ずに答えた。

「そういう発言は一歩外に出てから言えよ」

「え？　そう？」

ソラチャイの言葉通りに外に踏み出した。周囲には十人近いバンダナ集団がいた。全員、頭の先からまぶたの上ぎりぎりまでをバンダナで包んでいる。解体屋はあわててソラチャイの前に出て叫んだ。

「ほら、俺にまかせるしかないじゃないか！」

「どうするんだよ？」

「逃げるんだ！」

解体屋はソラチャイを階段の方へ押しやって、再び言った。

「早く逃げろ！」

その声を聞いて、バンダナたちが一斉に解体屋めがけて走り寄った。だが、走り寄ったのはバンダナたちばかりではなかった。その背後から様々な肌の色をした少年たちが現れたのだ。

「フリーズ！」

中でも最も背の高い白人が言った。バンダナ集団の一部は驚いて振り返った。だが、残りの三、四人はそのまま突進してくる。解体屋はそのバンダナたちに向けて、

「後ろを見ろ！」

と叫んだ。ようやく、彼らの足も止まる。同時に、すでに後ろを向いていたバンダナ集団の一人が、脅すような低い大声を出した。

「何だよ、毛唐ども」

その言葉を聞いて、アグリー・レインボウのメンバーたちは余裕のある表情を捨て、バンダナたちににじり寄った。一人のアジア人の少年がかん高い声で言う。

「ダーティ・ニードルスはこんな不意打ちをしなきゃ、僕たちに勝てないか？」

解体屋は止まりきらずに目の前に飛び出してきた黄色バンダナの腹を蹴り上げ、横面を張り倒してから、再び両グループの様子に目を向けた。アグリー・レインボウは全部で十五人ほどいた。数の上でダーティ・ニードルスを上回っている。といっても、解体屋が四人を動けない状態にしていたからだった。

「不意打ち？　上等な日本語、使うじゃねえかよ」

「ガイジンはこの国から出ていけ」

「お前らが俺たちを狙ってたんだろうが。やられる前に来てやっただけだよ、毛唐ども」

ダーティ・ニードルスは口々に罵倒した。それは焦りをあらわすものだろう、と解体屋は思っ

た。バンダナを巻いた頭をさかんに動かして、背後にも警戒をしているのだ。ムードの上で勝ちつつあることを感じているらしく、一人の黒人少年がにやつきながら言った。

「この場所に国籍は関係ない。お前たちこそ出ていけ。それとも外務省に訴えるか？」

アグリー・レインボウのメンバーは一斉に笑った。へええ、みんな日本語に堪能らしいな。解体屋は感心して小さくうなずいたが、それは自分にとっての安心を意味する仕草でもあった。

「こんなにやられてさあ」

ダーティ・ニードルスのリーダーらしき体の大きな青年が、こちらを顎で示しながら言った。

煙草をくわえたままだ。

「黙ってられるかよ。しめしがつかねえだろ」

アグリー・レインボウ側は全く反応しなかった。それは我々がやったのではない、と言いたげに解体屋の方を見るばかりだ。つられるようにして、ダーティ・ニードルスたちがこちらを振り向いた。解体屋はおとなしく頭でも下げようと思ったのだが、さっきの黄色バンダナが拳を振り上げて立ち上がったのを見て、仕方なく遠慮がちにもう一度腹を蹴った。バンダナたちは低いどよめきのようなものを上げてから、リーダーの指示を待った。

「ここまでなめられちゃ、やるしかねえべ」

煙草を吐き捨てて、そのがっちりとした体格の男は言った。ひょろ長い背の白人もこう答えて、唾を吐く。

「それじゃあ、こっちもだ」

数秒のにらみ合いが続いた。その緊張を破ったのは黒人少年だった。何ごとか叫んで身を低くし、アグリー・レインボウの輪から飛び出したのだ。

途端に両グループのフォーメーションが変わった。全員が瞬間移動したように見えるほどの素早さだった。数でまさるアグリー・レインボウは余った人数を背後に置いてダーティ・ニードルスに襲いかかり、バンダナ集団の方は中心に固まるようにして彼らを迎え撃つ。どちらも訓練を受けた軍人の集団のようだ。

解体屋はまたも感心してうなずきながら、しばらくその戦いぶりを見ていた。アグリー・レインボウに囲まれたバンダナたちはなかなか手ごわかった。引っ張り出される仲間をすぐに輪の中に戻しては、逆にアグリー・レインボウのメンバーを引き入れる。雨に足をとられがちなだけに、固まっている方が強いらしい。

アグリー・レインボウの何人かは、バンダナの輪の中央で転倒し、まるでスクラムの中のラグビーボールのように踏まれ、蹴りつけられた。助けようと飛びかかる者が群がる手に体をつかまれ、新しく輪の奥に吸い込まれる。かわりに放り出されるアグリー・レインボウのメンバーは、雨のたまる地面に血を吐き出して転げ回った。

これはガキの喧嘩《けんか》じゃない。解体屋は静かに進む戦闘を前に唾を飲んだ。普通なら興奮して散るはずの戦線を、両者ともに一定に保っているからだ。丸く固まったバンダナ集団とそれを囲んで手を出し続けるアグリー・レインボウは、まるで細胞の中で戦う細菌と白血球のようだった。解体屋はキョロキョロと目を動かして、ソラチャイの位置を確認した。どうやら、まだやられてはいないらしい。

不意に解体屋の右足を蹴りつける者がいた。思わず膝から倒れた。その背中に熱い衝撃が走った。泥の中で体を転がして壁のそばに移動し、肘を上げて次の攻撃を避けながら相手を見る。階段で倒した男らしい。握った拳に赤いバンダナを巻いている。立ち上がろうとした足が滑った。

まともに尻を落とす。揺れた後頭部がコンクリートの壁に当たり、瞬間つぶったまぶたの奥に赤い光が見えた。

すぐにまた横に転がって、蹴りをよけるのが精いっぱいだった。動き続ける解体屋の顎を狙いながら、赤バンダナが片方の爪先を上げたままでにじり寄ってくる。肩が木の根元に触れた。それ以上は移動出来なかった。

「死ねよ、ゴルフおやじ」

赤バンダナはそうつぶやいて、解体屋を見降ろす位置に立った。両肘の間から見ると、右手に巻いたバンダナの中に石を持っていることがわかった。足元は当然安全靴。どちらにやられても、ひどいことになる。解体屋はかっと血の昇る頭でそう判断した。

「いくらカルシウムを取ってたって、あんたはタツよりひどい目に遭うぜ」

階段で骨を折った少年のことを言っているのだろう。そこが唯一の隙だ、と解体屋は思った。

「タツはどうした？　どこにいる？　タツはどこいっちゃったんだ？」

解体屋は早口で言った。相手をあわてさせるような勢いだ。赤バンダナは一瞬とまどい、左に目を向けた。そこで解体屋は前に体を滑らせ、一方の足を赤バンダナの左足の後ろにからませた。同時にもう一方の足のかかとで、思いきり膝頭を蹴った。錆《さ》びた釘《くぎ》を無理やりに引き抜くようなきしみが、解体屋の足に伝わってきた。赤バンダナは言葉にならないうめきを上げて後方に倒れ、右足をばたばたと動かした。解体屋が狙った左足は全く動かなかった。

「悪かったな」

解体屋は落ち着いて立ち上がりながら、そう言った。

「たぶん、筋が痛んだだけだろう。勘弁してくれ。今回はカルシウムとは無関係だ」

蹴られた足をひきずりながら、解体屋は急いで階段の方に戻った。だが、赤バンダナも同じように足をひきずったまま、その解体屋の背中に追いすがってきた。雨で長い髪のまとわりついた顔は、激しい怒りと痛みのために歪んでいた。解体屋は黙って頭を振った。しかし、赤バンダナは拳を上げ、解体屋を殴ろうとするのみだ。

仕方なく解体屋は相手の左足を軽く蹴りつけようとした。その瞬間を待っていたかのように、赤バンダナは力いっぱいに飛び上がった。解体屋の蹴りは対象を失って止まり、逆にバランスを崩してしまう。男の腕が解体屋の首をつかんだ。もう一方の手の先には石を巻きつけた拳があった。

解体屋は相手の両方の手を振り払うようにして体を左側にねじり、そのまま左腕の肘を赤バンダナの横顔に打ち込んだ。男の体は頭から壁に激突した。そして、そのまま地面に落ちていく。顔は壁についたままだ。

うつぶせになった赤バンダナの背中を見つめて、解体屋は頬をひきつらせながら、その場に座り込んだ。

「やだよ、俺は、こういう悲惨な感じ」

アグリー・レインボウは、なるべく輪から離れた位置から攻撃するようにフォーメーションを変えていた。逃げ場を失っているダーティ・ニードルスは勢いをそがれていた。殴られ続け、蹴られ続けているのだから、勝負は時間の問題と思われた。すでに頭を抱え、腹を押さえて倒れ込んでいる者が輪の中央に見える。しばらく、その状況が続いた。

ダーティ・ニードルスのリーダーらしき男が何かかけ声をかけた。それで戦いは終わった。バンダナたちは輪を解き、そのまま走り去っていった。傷ついた者たちが水たまりのあちこちに残ったが、アグリー・レインボウは彼らには手を出さなかった。それがスクワッター・グループ間の数少ない倫理のひとつなのか、アグリー・レインボウならではの態度なのかは判断がつかなかった。

ともかく、戦闘は終了だ。解体屋はそう思って顔を上げ、降りしきる雨に向かってため息をついた。体中のあちこちに痛みがあった。もはや人差し指どころの話ではない。目の端に、赤バンダナが激突したあたりの壁が見えた。すりつけられた血と反吐が、壁を伝う雨に流されている。赤と黄色と茶の液体が溶け出して、暗灰色のコンクリートの上に太い帯を作っていた。

「アグリー・レインボウってのは、これのことじゃないのかね。……こんな虹がこれから幾つもかかるのかと思うと、俺まで反吐を吐きそうだ」

視線を落とすと、そこには醜悪な虹を吐き出し終えた男のみじめな肉体が横たわっていた。

第十二章

徹底操作

パーフェクト・リリース

「イッツ・ア・スモール・ワールド」

　と言って、ライと呼ばれる小太りのチャイニーズが笑いかけてきた。一瞬とまどったが、解体屋はすぐにその冗談の意味を理解し、あたりを見回してからおおげさにうなずいてみせた。

　ライはディズニーランドのアトラクションの名を言ったのだった。解体屋が導かれた二階の部屋には、確かに世界中の人種が集まっているように思われた。濡れた床に座り込んだそれぞれが、寡黙に自分の怪我の手当てをしている様子は、新国連軍キャンプにも似ていたが、解体屋にはそのことを即座に伝えるエネルギーが欠けていた。黙ったまま、ライの顔を見る。

　曖昧に微笑む解体屋を無視して、ライは蛍光灯に照らされた室内のそこら中を指さしながら、アグリー・レインボウのメンバーを次々に紹介し始めた。マールトフ、エストニアン。ピョング、コリアン。ベルト、フィリピンからきた。ティトはケニア……。解体屋はそのいちいちに軽く頭を下げたが、あまりの早さと情報の多さに混乱するばかりだった。

　アーチに見えなくもない形に穴をぶち抜かれた壁の向こうにも、ライの指は伸びた。テーブルを囲んで、数人のメンバーが会議をしている様子だ。おそらくグループの中心になっている人物たちだろう。ライはまずソラチャイを示して、知ってるでしょうと笑い、その後でゆっくりと続けた。

「スラヴォイ、ラシアン。そして、アーギリはウクライナ人」

そこでいったん間をとってから、ライは解体屋の顔を覗き込んだ。

「あなた、覚えた？」

解体屋は正直に頭を振り、ノーと答えた。周囲からドッと笑いがおきた。ライも目を大きく見開いて、苦笑する。

「あなたは日本人ですか？」

右の眉を押えながら、白人ともアジア人とも思える青年が言った。指先はまだ血にまみれているが、明るい表情だ。

「イエス」

そう答えて、解体屋は痛む体をさすった。

「病院の人？」

今度はアフリカ人が質問してくる。ティトと紹介されたケニアの少年だ、と思い出していると答えが遅れた。ティトはすかさず言った。

「それとも、ソラチャイの恋人ですか？」

また笑いがまきおこった。

「いや、病院の人間じゃない。それから、残念ながらソラチャイには嫌われてるよ」

解体屋は言った。すると、眉を切った青年が再び口を開いた。

「じゃあ、失礼ですが、あなたは何者？」

「何者かって言われると難しいけれども、ええと、君は……？」

問い返すと青年は急にはにかんだ表情になり、そばかすの浮いた額だけをこちらに見せて言った。

「学生でしたが、もうやめました。国がなくなってしまったから」

解体屋は何も言えず、また体をさすった。

「国もないし、家族とも離れたし、勉強する気もなくなったし、日本で頑張ること出来ないし……。僕は何者でしょうね？」

「ニコライ。ニコライ・アグリー」

ライが言い聞かせるように言った。

「僕はライ・アグリー、ティトはティト・アグリー。新しい家族がいるよ、ニコライ」

そのいかにもチャイニーズらしい発想が、ニコライと言う青年を勇気づけた様子だった。顔を上げてニコライは言った。

「サンキュー、ライ。で、あなたは？　あなたは何をやる人ですか？」

解体屋は再びそう質問された。

「俺は解体屋。名前は言えない」

「カイタイヤ？　何、それ？」

ティトが青い唇を突き出して言った。

「君たちにわかりやすく英語で言えば、デプログラマーだ」

言った途端に解体屋は後悔した。まわりの空気が一変してしまったからだった。宗教が生活の中にしっかりと根づいている国々の人間にとって、デプログラマーはいまだに悪魔同然の存在なのだ。

「俺はア・プログラマーって言ったんだけど」

解体屋はあわててごまかした。だが、アグリー一家の目は厳しく光ったままだった。

「もし、あなたがデプログラマーなら、あなたの仲間は私の国で神を殺そうとしたよ」

それまでこちらに背を向けていたアジア人が、体をねじ曲げるようにして解体屋を見ていた。唇がはれあがっている。

「いや、ザ・プログラマーって」

「神は脳みそのバグ・システムだと言って、私の国の偉いシンガーをアンチ・クライストの……」

その後の言葉はなまりの強い英語に変わり、さらに母国語と思われるものへと変化した。最初は耳を傾けていたメンバーも、そのフィリピン語らしき言葉を追いきれなくなる。

「アグリー・レインボウはバベルの塔だね」

解体屋が言うと、興奮したアジア人以外のメンバーは空気が漏《も》れるような声で笑った。

「解体屋」

と、ソラチャイが呼んでいた。状況を素早くつかんで助け船を出したのだろう。解体屋はすぐに腰を上げて、内部から鉄骨が這《は》い出している壁の穴をくぐった。背後ではまだアジア人が声を震わせて、何か演説していた。

「彼がこのグループのリーダー、アーギリだ」

ソラチャイはそう言って、窓際の青年を指した。痩《や》せぎすで長身の白人。確かライがウクライナ人と言っていた男だ。

「はじめまして」

解体屋は日本語でそう言い、頭を下げた。英語で挨拶《あいさつ》しようものなら、ペラペラとしゃべられてしまうだろうと思ったからだ。

「ようこそ」

アーギリはクールな調子で答えた。

「アーギリはラストネームだけど、ニコライが二人いるんであなたもそう呼んで下さい」

自分の紹介もしなければならない流れだったが、解体屋は本名を名乗ることばかりでなく、職業を言うことも出来なくなっていた。躊躇《ちゅうちょ》していると、アーギリは滑らかな発音でこう言った。

「大丈夫。ソラチャイから事情は聞いてるから。あなたは神の敵ではない。ただ、ここに長くいてもらっても困ります。ここには、ベルトみたいにデプログラマーを嫌っている人間が多い」

ベルトというのは、まだ向うの部屋で何か叫んでいる少年のことらしい。解体屋は片方の眉を軽く上げてうなずいた。

「ただ、ウォッシャーを嫌っている人間はもっとたくさんいる。もしも、あそこにウォッシャーが入り込んでいるなら、僕たちとしても放っておくわけにはいきません。まあ、どちらにもかかわりたくないというのが本音ですがね」

ソラチャイは黙って席を立ち、騒ぐベルトをなだめている集団の方へと歩き出した。解体屋もアーギリもしばらくその後ろ姿を見ていたが、一度ソラチャイがこちらを向き、話を進めるよう合図するのでまたお互いに顔を突き合わせた。アーギリはテーブルの上に置かれた一本の煙草を取り上げ、それをねじるようにもてあそびながら解体屋の目を見た。

「しかし、相手がＰＷならあなた方に協力したいという人間がいます」

そう言われて、解体屋はようやく口を開くことが出来た。

「ＰＷなら？」

「妹がウォッシュされた。だから、許せない」

突然、奥の方から低い声が上がった。

「スタンリーです」

アーギリはそう紹介したが、解体屋にはまだ相手が見えなかった。テーブルの向こうで床に腰を降ろしているらしい。解体屋はキョロキョロと首を動かした。

立ち上がったのは髪の長い大男だった。肌の色は褐色《かっしょく》から赤に近い。ポテトチップスの袋を持ったまま、スタンリーと呼ばれる男は解体屋をにらみつけた。『カッコーの巣の上で』に出てきたネイティブ・アメリカンの大男に似ていた。

「あ、どうも」

解体屋はおじぎをした。自分が商社マンか何かになったような気がした。相手は映画スター、俺はサラリーマン。日本人のコンプレックスは、そう簡単には抜けないものらしい。

「ちなみに、スタンリーはイヌイットです。あなた方はエスキモーと言うらしいけど」

と、アーギリが言った。ドキュメンタリーか何かでしか見たことのない人種が、目の前でポテトチップスのかすを食っていることに、解体屋は当惑した。

「日本人は彼を珍しいと思うようだけど、つまり温帯には生息していないはずのトカゲを見るような気分でしょう」

「い、いや、そんなことないよ」

あわてて答えたが、アーギリは制止した。

「嘘《うそ》を言ったって仕方ない。それが日本人の悪い癖ですよ。珍しいなら珍しいと言えばいいんだから。ただ、スタンリーの家族は昔から日本にいたし、僕たちもそれほど珍しいとは思わないけど」

「そんなことはどうでもいいよ」

スタンリーは指についた油を赤いTシャツでふきとりながら、部屋中に響くような声で言った。

「俺の妹はロサンジェルスに留学してる時、ＰＷにウォッシュされた。地元のカルトってことになってたが、後ろにいたのはＰＷだった。妹は南アフリカにいった。おやじが追いかけた。会えなかった。それっきりだ」

解体屋は身を乗り出して言った。

「南アフリカ？　それ、いつのこと……だ？」

語尾の使い方にとまどったが、思い切って対等に聞いてみると、スタンリーはすぐに口を開いた。どうやら機嫌を損ねたわけではなさそうだ。

「二年前。おやじはまずリアル・ライフのセンターをたずねた。そのカルトに直接関係してたからだ。でも、その裏にＰＷがいることがわかった。それはアメリカのデプログラマーたちが教えてくれたことだ。妹を連れていったのはＰＷだった」

「何のために？」

「え？」

「何のためにＰＷは人を集めてると思う？　それもわざわざ南アフリカにさ。つまり、だ」

解体屋はしゃべり出した。

「洗濯屋《ウォッシャー》自体は宗教組織じゃない。言ってみれば、ありとあらゆる宗教組織から洗濯《ウォッシュ》だけをうけおっている専門集団だ。そのサイコ・テクノクラートみたいなやつらが、なぜ君の妹さんを本拠地に連れ出したのかってことだよ」

スタンリーはおおげさに眉を上げてみせてから、ゆっくりと答えた。

「あんた、デプログラマーのくせに何も知らないんだな。そのありとあらゆる宗教何とかをインテグレートしようとしてるんじゃないか。リアル・ライフのデビッド・ジョーンズがPW側についたのも、新国連の中で急に南アフリカの地位が上がったのも、みんなそのせいなんだぜ。PWは新しい世界宗教を作ろうとしてる。ありとあらゆるブレイン・ウォッシュのテクニックを持ったニュー・ヴァティカンを、やつらはケープタウンにおったてる気なんだ」

そこまで言って、スタンリーは空になったポテトチップスの袋を後ろに放った。解体屋は口を大きく開いたまま、そのスタンリーの紅潮した頬を見つめた。いつの間にか、アーギリの横にやはり東ヨーロッパ系だろうと思われる青年が立っていた。極度に薄い唇をこすり合わせるようにして、その青年がしゃべり出した。

「と、スタンリーは主張していますよ。それがこの半分の年の間、世界のクリスチャンたちの恐ろしい気持ちになってるそうですよ。僕たちは信じていませんけれども、変なことが日本でも多いですから、ひょっとしたらスタンリーは正しいかも知れません」

「変なこと……日本でも？」

溶けて芯だけが残ったロウ人形みたいな容貌の青年に向かって、解体屋はささやいた。答えたのはアーギリだった。

「スラヴォイが言ってるのは、日本の議会が今になって突然国際的なロビイストを迎え入れ始めたりしていることです。あるいは、大きな宗教会議がこのところ盛んに東京で開かれたりしている。しかも、ちょうど僕が日本にきた頃、十年前くらいから、マスコミがしつこく新興宗教《カルト》を叩き出した。それがこの半年、さらにすさまじい。まあ、スラヴォイが不満なのは、近頃の日本ではロシア正教まで異端扱いだってことですが」

アーギリはそう言って笑ったが、スラヴォイと呼ばれる青年は鋭く細めた目を解体屋に向けたままだった。

解体屋には洗濯屋《ウォッシャー》のその大胆な方針転換が信じられなかった。だが、と解体屋は唾を飲んだ。錠前屋《プロテクター》から送られてきたイライザ暗号には、確かにケープタウンを差し示す言葉が組み込まれていたからだった。錠前屋《プロテクター》が伝えようとしていたのは、ＰＷの世界宗教戦略だったのかも知れない。そう思って、解体屋は固く目を閉じた。

お前に百万ドル……。錠前屋《プロテクター》の最後のメッセージが耳の奥に蘇《よみがえ》ってきた。でかい賭けというのが、もしもその世界宗教戦略との戦いだったとしたら、とても俺にはたち打ち出来ない。そもそも、百万ドルじゃ命が安過ぎる。

マスター、俺に何が出来るっていうんです？　解体屋はひからびた喉の中でつぶやいた。こんなスモール・ワールドに飛び込んだだけで焦っちまう俺が、世界をまたにかけたＰＷの思惑に抵抗出来るはずがない。聞いて下さい、マスター。英語やら中国語やらが飛びかうこの部屋の様子を。俺はこの異言語の小さなるつぼにいるだけでびびってるんですよ。ザット・デプログラマー・イズ・ナット・ジ・エネミー・オブ・ユア・ガッド……。ほら、聞こえるでしょう、マスター？

しかし、聞こえているのはソラチャイの声だった。それに気づいて、解体屋は思わず振り返った。壁の穴の向こうで、ソラチャイがさっきのフィリピン人を説得しているらしかった。アノヒトハ・キミノアタマ・ヲ・コワス・ツモリ・モ・ナイ。ソラチャイは他のメンバーの注意さえ集めて、激しい身ぶりをまじえながら解体屋の弁護をしていた。時折上がる抗議の声には必ず対応し、ソラチャイはそちらにはっきりと指を向けて、早口でしゃべる。

「日本語は言語化した永遠の翻訳である、か」

解体屋は軽く頭を振って、ジャック・ラカンの名文句を口ずさんだ。何を表現しようが、それが日本語である限り、冗談や非真実にしかならないのだ。他言語ではそんなことは起きない。一つの表現には、確定した唯一の意味が厳然と存在する。だから、日本語の通用する者だけを相手にしていた俺は、いわばコンニャク問答に終始するデプログラマーなのかも知れない。そして、ソラチャイは唯一神を持つエリアの言語を操りながら、その唯一神を解体することが出来る解体屋だ。

まいったな。解体屋は再び頭を振った。ソラチャイはそれに気づかず、周囲の者たちの抵抗をなんなく破り、説得していく。やっぱり、あのガキはとんでもない解体屋になる。解体屋はそう思って、唇をなめた。やつはいつか世界に目覚めを告げる鳥になるのかも知れない。

「ソラチャイがいたスクワッテッド・ポイントに、英語をしゃべる日本人がいた」

解体屋の背中にアーギリが話しかけてきた。

「俺は見ていないけど、スタンリーは確かに見かけたそうだ」

「それが……？」

解体屋は意味がわからず、首だけを後ろに向けて言った。スタンリーが椅子に座りながら答えた。

「あれはボーア人の英語だった。オーストラリアなまりみたいな。たぶんあの日本人は南アフリカで英語を覚えたんだ。きっと、俺の妹をウォッシュしたやつらの仲間だぜ」

解体屋はテーブルに体を振り向けた。

「じゃあ、そいつがボスかも知れないな。本当に日本人だったのか？」

「ああ、そうだ。日本人の女だった」

「女……？」

解体屋はそう問い返すのがやっとだった。

「女だ。昨日見たよ。そんなに年寄りじゃない。白っぽいスーツを着てた。ＰＷのウォッシャーを従えて、あの工場の中に入っていった」

「いや、それはウォッシャーじゃない。やつらにつかまった俺の友達だ」

解体屋は叫ぶように言った。だが、スタンリーは緩慢に首を振る。

「つかまった？　冗談じゃないぜ。お迎えのガイジン・ウォッシャーの中をエレガントに歩いていった。俺は門の横にいて、そいつの言葉を聞いた。ホープ・ユー・ケプト・ア・グッド・アイズ・オン・ズィ・オールド・マン。微妙になまってたよ、女王様みたいに」

「ズィ・オールド・マンはもちろんあなたのもう一人の友達だろう。スタンリーの話を信じるなら、そっちの御老人をあなたは裏切ってはいないらしいね」

アーギリは煙草を深く吸って言った。解体屋は覚えている限りの知香の言葉を思い出そうとしていた。だが、そこに洗濯屋《ウォッシャー》の影があったとは、とうてい考えられなかった。

「アーギリ、いやスタンリー、そのことをソラチャイに言ったか？」

解体屋は目を鋭く光らせてそう言った。スタンリーは口をへの字に曲げて頭を横に振った。

「それじゃ、そのことは黙っていてくれ」

「わかった」

スタンリーは髪をかき上げながら短く答えた。理由など聞こうともしない。

「それで御老人の方は大丈夫なんですか？」

アーギリは言った。

「どういうじいさんか知らないけど、ウォッシャーズに見張られるような人なんでしょう。僕としても興味がある」

「じゃ、俺と一緒に会いにいくか？　たぶん、ウォッシャーの何人かは、もうその人の手下になってると思うよ」

解体屋は知香のことで混乱はしながらも、唇の端を持ち上げて強がってみせた。

「あの人の前に五分立っていれば、もう終わりだ。脳みその中に忍び込まれて自由がきかなくなる。そういうじじいさ。会いたいだろ？」

すると、アーギリは握手を求めて立ち上がった。

「会いたいね。でも、アグリー・レインボウはそれどころじゃないんですよ。本当は僕もあなた方を助けるつもりだった。いや、僕たち全員がその気で待ってた。ところが、さっきの騒ぎだ。残念ながら、自分たちを守るので精一杯になってしまった。ただ、スタンリーはあなた方についていくそうです。ウォッシャーを、それもＰＷを殴れるんなら地獄までいくと言っている」

アーギリの手を握り返して微笑むと、解体屋はスタンリーに向かって言った。

「君がいれば百人力だ」

「ヒャクミン……？」

「ああ、すごく頼りにしてるってことだよ」

一瞬眉をひそめた後、スタンリーは顔が割れたのかと思うような表情をしてニヤリと笑った。

アーギリもそれに合わせて再びあいそ笑いをし、解体屋に向かって言った。

「それから、その服はスクワッター・ゾーンには似合いませんね。目立ち過ぎるし、そのままじゃウォッシャーと戦う前に風邪をひいてしまう。奥の部屋に行って、何でも適当に着ていって下さい。どうせ教会のバザールにでも出そうと思ってたものばかりですから遠慮しないで大丈夫」

「ありがとう。色々と与えられるものが多くて助かったよ」

そう返事をして、解体屋はスタンリーの太い腕を叩き、奥の部屋までついてきてくれるように促した。小さな木製のドアを開いて、スタンリーは道を譲る。解体屋は軽く会釈をして、中に入ろうとした。アーギリが声をかけてきた。

「あなたに与えられるものが、その部屋の中にもう一つありますよ」

「ありがたいね。棺桶かなんかかな？」

「いや……」

言い淀んでアーギリはソラチャイを呼んだ。

「ソラチャイ、彼をグエンに会わせてあげてくれ。スタンリーは出かける準備もあるだろうし」

ソラチャイは説法を即座に打ち切り、走るようにして解体屋のそばまできた。スタンリーはすっとその場を去る。それきりみんなが黙ってしまうので、解体屋は何も聞かずにドアをくぐって暗い部屋に足を踏み入れた。

六畳ほどの広さの部屋は倉庫のような有様になっていた。段ボールが積み上げられ、服やら本やらがひしめいている。棒状の蛍光灯は切れかかっており、光がまたたいては消えた。グエンはその雑然とした部屋の奥に座っていた。一番最初に声をかけてきた中国系のベトナム人だ。小窓を背にしている。

横縞模様の半袖シャツからむき出しになった細い腕はゆるやかにカーブし、あぐらをかいた足の上で組まれていた。さっきとはうって変わった大人びた様子で、グエンはこちらを見すえている。短く刈った髪の毛の印象もあって、どこかの高僧のようにさえ見えた。

「あ、失礼。瞑想《めいそう》中でしたか」

解体屋は思わず腰を落として頭を下げた。すると、グエンは表情を一切変えずに首を横に振り、か細い声を出した。よく見ると、白目をむいている。

「どうぞ、近くへ」

「いや、どうぞと言われましても、かなり不気味ですから。その、オナニーか何かしてらっしゃる現場に踏み込んじゃった方がまだましといいますか……。ええと、その白目はどうにかなりませんかね」

「やめろって、そういう言い方は」

ソラチャイの膝が解体屋の脇腹に食い込んだ。

「だって、お前、俺は服を借りにきたんだぜ。こんな霊能者みたいなやつに呼ばれても困る」

「みたいなじゃなくて、グエンにはそういう能力があるんだよ。未来が見える。みんな、グエンには何度も助けられてるし、今日の襲撃のことだって昼間グエンが当てたんだって。彼はアグリー・レインボウの大事な予言者なんだよ」

解体屋は顔をしかめた。ソラチャイがそんなことを信じているとは思わなかったからだ。解体屋はグエンに背を向けて服を選び始めながら、ソラチャイに言った。

「お前はたぶん偉大な解体屋になる人間だから、今から教えておく。俺たち解体屋は占いには頼らないんだ。むしろ、有害なものだと考えておいた方がいい。その、まあ、グエン君には申し訳ないけど」

するとグエンがかん高い声で笑った。

「信じるかどうかは、あなた次第ですね。でも、見えるものはありますよ。あなたはこれから一番の危険に出会いますね。それは暗闇です。まぶしい光もあなたなら大丈夫。炎にも我慢をします。けれども、ただの暗闇が一番危険ですよ。暗くて前が見えない。人間は泣きますね」

ソラチャイはすくんだようになって、グエンを見つめていた。解体屋はそれを完全に無視して、つかんだトレーナーを背後に投げ捨て、鼻歌をうなり出した。

「泣きますねえ、泣きますねえ、か」

ソラチャイの膝が今度は解体屋の胸を狙った。素早くよけて、解体屋は再び別の服をみつくろい始める。

「グエン、それで僕たちはどうなるの？　その暗闇に勝つの？」

グエンは一度おかしな咳払いをしてから、地を這《は》うような調子で言った。

「難しい。けれども勝てないことはないですね」

それを聞いた途端、解体屋は真面目な顔になって、アーミーパンツをつかんだままグエンの前に進み出た。

「どうやれば勝てる？　僕には勝つか負けるかなんてことはどうでもいい。もしも勝つ可能性があるなら、どうやって勝つんだ？」

突然態度を変えた解体屋に驚いて、ソラチャイは気配を消した。グエンは目を閉じ、滑らかな黒髪に手をやってから答えた。

「耳と鼻を大切にした時は勝ちますね。暗闇で頼れるものは目ではないね」

解体屋は大きく息を吸って、その場にひざまずいた。そして、顔を伏せて静かに言った。

「ありがとう、グエン。そのアドバイスを忘れずに旅だちます。本当にありがとう」

そのまま丁寧におじぎをすると、解体屋はアーミーパンツと格子縞のシャツ、フード付きのグレーのトレーナーを抱きかかえて外に出ようとした。すると、ソラチャイがたしなめるような小声で話しかけてきた。

「あんた、占いは信じないって言ったじゃないか。なんだよ、いきなり」

そのソラチャイの顎をつかんで、解体屋は目を覗き込んだ。そして、しっかりと言い聞かせるようにこうささやいた。

「予言には唾を、暗示には微笑みを」

ソラチャイは無言でこちらを見返す。解体屋はソラチャイを引き寄せて、言った。

「自己暗示《セルフ・ウオッシュ》に必要だと思ったら、なんでも利用するんだ。勝つと言ってくれたんなら、それを脳みそに叩き込め、だが、単なる予言だったら無視していい。それが世界の未来を言い当てるものであってもだ。なぜなら」

そこでいったん言葉を切ってから、解体屋は顎を持つ手に力を入れ、さらに早口になって言った。

「予言はしょせん与えられた暗示に過ぎないからだ。それは俺たちの脳《システム》に浸透し、いつか行動を支配するようになる。だけどな、ソラチャイ。俺たちはいつでも暗示を操作する側に回り込まなきゃならないんだ。操作される側に足をとどめたら終わりなんだよ。暗示を与えられたら、その瞬間から徹底的に自己操作しろ。たとえ相手が神だったとしても、だ」

あまりの勢いに気圧されて、ソラチャイは抵抗もせずに立ちすくんでいた。解体屋は突然、その大きな瞳の表面にふっと息を吹きかけた。不意をつかれたソラチャイは、仮死状態の虫のように体を硬直させる。あわてて開いた目は解体屋以外の存在を見ていなかった。最も暗示の効きやすい意識レベルに導かれてしまっていたからだった。ソラチャイは解体屋の思い通りに徹底《パーフェクト・》操作《リリース》されていたのだ。

「修業が足りないな、ソラチャイ。なぜ俺の暗示を素早く逆操作しようとしないんだ？　お前も解体屋なら、俺の言葉ぐらい即座に殺せ」

答えを失っているソラチャイを放して、解体屋はもう一度グエンに向かって深いおじぎをし、ドアのノブに手をかけた。そして、小雨のように粒立ち、また優しくあたりにしみ通るようである声でこうささやいた。

「中国の禅マスターがこんな風なことを言ってる。仏に逢っては仏を殺し、父母に逢っては父母を殺し、僧に逢っては僧を殺し、ダルマに逢ってはダルマを殺す。だから……グエン、ありがたく君の言葉を利用させてもらうよ。ただ、予言に逢っては予言を殺す。それが俺たち解体屋だ」

すると、グエンが天を仰いで言った。

「あなたはやっぱり神の敵ですね。でも……」

解体屋は振り向かずに続きを待った。グエンは顔をゆっくりと下げ、黒い目で解体屋の背中を見つめてから言った。

「悪魔ではない」

解体屋はすぐに言い返した。

「ありがたい御言葉と言いたいところだが、それじゃ何を言ってることにもならないぜ、グエン。今のは無意味な暗示でしかない。君がもし本当の予言者なら、もう少し言葉の修業を積んだ方がいいな。少なくとも、言葉の魔法を使うことにかけちゃ、俺とお前はライバルじゃないか。それなら、もっと手ごわいライバルが欲しいね」

グエンは不意をつかれたように短く息を吸った。解体屋はそうやって小さな予言者を殺し、静かに部屋の外に出た。言わないでもいいことを口に出してしまったのは、知香が裏切ったかも知れないと思い続けていたいらだちのせいだった。だが、その混乱ばかりはソラチャイにいやしてもらうわけにいかなかった。

「知香に逢っては……」

解体屋は正面の黄ばんだ壁を見つめて、そっと口に出してみた。

「俺は知香を殺せるかな」

その迷いを徹底操作《パーフェクト・リリース》する余裕は与えられていなかった。次なる敵がアグリー・レインボウの拠点を攻撃してきたからだった。

第　十三　章

意味細菌

ミーニング・ウィルス

窓際の壁の向うでカツッ、カツッという音がしたかと思うと、アーギリの背後にあるガラス窓が砕けた。破片はまるであふれ出す流氷のようにアーギリを襲った。解体屋は反射的に身を伏せた。ガラスから最も遠い位置にいたのだが、それでも顔に細かなガラスの粉が当たる。直後に重たいものが床を直撃する音がした。奇妙な物体が目の端を転がっていくのが見えた。

入口に近い部屋からもガラスの砕け散る音が響いてきた。罵声《ばせい》とも嬌声《きょうせい》ともつかない叫びが、あちこちから聞こえた。ソラチャイをかばいながらテーブルの下に移動する。投げ込まれた物体はそこにあった。硬球ほどの大きさの木の塊。そのあちらこちらに釘《くぎ》が打たれている。ウニの化物のようだ。

「アーギリ、大丈夫か？」

解体屋は靴でガラスの破片をはらいのけながら窓際に近づき、顔を覆ったまま座り込んでいるアーギリの腕をつかんだ。我に返ったアーギリはすぐに立ち上がり、はねるような動作で窓の横に身を隠した。壁に背中をつけ、割れたガラスの間から下を覗く。

「暗くてわからないだろう？」

解体屋がそう言うと、アーギリは振り向いて英語で何か叫んだ。向こうの部屋にいたメンバーの数人は、階段の方へ走った。だが、降りてはいかない。出撃の命令を待っているのだろう。残った者たちは脅《おび》えた様子で必死に窓から遠ざかる。

ウニは次々にガラスを食い破っていた。それは破片をより細かく散らし、しかも投げ込まれた後で中にいる者の肉を裂こうと転がった。

「ソラチャイ、グエンを連れ出せ。あいつ、窓際にいたぞ」

解体屋は足元で回転するウニをよけながら言った。ソラチャイはすぐに奥に向かう。アーギリはそこで初めて解体屋の存在を思い出したように、テーブルの下に目を移した。

「あなたはスタンリーと一緒に裏から逃げてくれ」

アーギリはそう言って、もう一度大声でメンバーに指示を出した。反撃の用意をしろ、と言っている。解体屋はあわてて叫んだ。

「馬鹿か、お前。たぶんやつらはまだウニ爆弾を持ってる。あんなもの振り回されてみろ。こっちの顔がはじけちまうぜ」

「あなたは関係ない。早くスタンリーと階段の右手へいけ」

「いいから、ここにいろ。みんなにもそう言うんだ」

解体屋はアーギリの目の前に立ちふさがった。アーギリは紅潮した頬をふくらませて、解体屋をにらみつけた。

「何するんだ。どいてくれ。このままじゃやられる」

メンバーを飛び出させる命令を出そうとアーギリは顎《あご》を上げ、口を大きく開いた。その瞬間、解体屋はわざと窓の正面に立って、ガラスの割れ目から顔を出した。

「危ない！」

アーギリは叫んだ。解体屋はのんびりと外の様子を見る老人のような顔で振り返り、一歩だけアーギリに近づいて首をすくめながら言った。

「確かに危ないのがきた」

言い終わらないうちに、ウニが背後のガラスに命中した。そのまま、テーブルに突き刺さる。アーギリは信じられないといった表情で解体屋を見た。解体屋はその目をとらえて言った。

「俺はどうすればいいか知ってる。負傷者を最小限にとどめて、なおかつ敵に大ダメージを与えるやり方だ。しかも簡単。だから君から伝えてくれ」

階段の方から口々に命令を促す声が届いた。アーギリはそちらに顔を向けたが、短く息を吐いてまた解体屋を見た。

「君からの命令じゃないと、みんな聞かないだろう」

解体屋は落ち着いた様子で繰り返した。アーギリはあきらめたように黙って首を振り、身ぶりで解体屋を促した。

「まず、ガラスが全部割れるまで待つ。その間にグエンの予言ルームへいって、ありったけの衣類を引っ張り出す」

そこまで言って、解体屋は訳すようにと目で合図した。アーギリはとまどった。もう一度、合図をする。仕方なくアーギリはそれを英訳して伝えた。解体屋は急いで次の指示を出した。

「みんなは出来る限りの厚着をする」

さすがにアーギリは眉を寄せた。向こうの部屋から悲鳴が聞こえた。ウニが誰かのそばに転がっていったのだろう。

「早く伝えろ」

解体屋はクールに構えたままで言った。アーギリはやけになって、その命令を英訳した。冬じやないんだぜと叫び返す者がいた。だが、解体屋はかまわず続けた。

「次に、よい子の皆さんはウニを回収する。ま、潮干狩の要領でやるといいかもな」

そのへんでアーギリの表情が変わった。命令を伝達する声にも熱が入り始める。

「潮干狩も終わった頃、調子に乗った敵が残りのウニを持って階段を昇ってくる。だが、残念ながら、こっちはやつらよりたくさんのウニを持ってる。しかも、我々はしっかりと厚着をしてぃる状態だ。さらに都合のいいことに床はガラスだらけだから、あわてて敵を殴る必要はない。服をはぎ取って、そのへんに転がせば泣いて喜ぶだろう。以上だ」

察しのいいメンバーはすでに自分から奥の部屋に走り込み、あれこれと服を身につけていた。

アーギリは途中から笑い出していたが、解体屋の作戦を伝え終わると、すぐに真顔に戻って言った。

「あんたを尊敬するよ」

「そりゃ変わってるね、君も」

「そのおかしなやり方が成功するかどうかはわからないけど、みんな急に落ち着いた顔になった。あんたがユーモアを武器に変えたからだ。そういう人間を僕らは尊敬する」

しつこく続いているウニ爆弾の中で、アーギリは微笑んだ。

「後は僕たちがやってみるよ。だから、早くスタンリーを連れて逃げてくれ。あんたには他に戦うべき相手がいるんだから」

「ありがとう。御礼にガラス代を振り込んどくことにしよう。口座番号を聞いてる暇がないのが残念だけどな」

解体屋はそう言いながら、ソラチャイを探した。グエンに服を着せてやっている。

「ソラチャイ、いこう」

解体屋は身をかがめながら、階段に向かった。アーギリに促されてソラチャイも後を追った。スタンリーは踊り場に立っていた。上がってくるはずのスクワッターを見張っていたらしい。クチャクチャとガムを嚙んでいる。

「アーギリが君と一緒に逃げろと言ってる」

そう言うと、スタンリーは無表情なままで答えた。

「その前に二、三人は張り倒しておきたかったけど……しょうがないか。それじゃ、お客さんを裏口から案内しよう」

スタンリーに導かれて、狭い廊下を右手に行く。行き止まりに古ぼけた銀色の扉があった。スタンリーはそれを内側に開いた。だが、向こう側には隣の建物の壁が立ちふさがっているだけだった。踊り場さえない。解体屋はおそるおそる首を伸ばして下を見た。

「何が裏口だよ。どうしてこんな無意味な設計をしたのかね。このまま出ていったら、まっさかさまに落ちるだけじゃないか」

ソラチャイが解体屋の尻を押すふりをしながら答えた。

「だから、今から三人で飛び降りるんだよ」

「じゃあ、パラシュートを貸せ」

解体屋は怒ったように言った。すると、スタンリーが無言のままで、体を宙に倒した。

「馬鹿、やめろ」

解体屋はスタンリーを支えようとしたが、その時にはすでに彼の大きな手が向こう側の壁についていた。スタンリーはそのまま片方の足を壁に押しつけ、建物の隙間にはさまるようにして少しずつ体を下に落としていく。図体にはそぐわないほどの早さだった。

「さあ、次は解体屋だ。僕は最後にいく」

ソラチャイはあっけにとられた解体屋を見上げて言った。解体屋は頰を歪ませた。

「いや、雨で滑るんじゃないかと……」

「この狭さだから落ちることはないって。早くしないとウニ爆弾を頭に落とされることになるよ。ね、早く早く」

そうせかされて、解体屋はつぶやいた。

「アグリー・レインボウってのは、全員ボーイスカウトの卒業生なんじゃねえのか」

ソラチャイは答える。

「憎まれ口はいいから急げ」

「わかったよ、隊長」

解体屋は思いきって向こうの壁に足をつけ、それからずるずると滑るようにして建物の間を降りていった。ソラチャイは慣れた身のこなしで壁の両側に挟まり、素早く扉を閉めた。

何度もソラチャイに追いつかれ、頭を蹴られながら、解体屋はようやく地に足をつけることが出来た。膝をこすりながら頭上を見ると、ソラチャイが足を広げて降りてくる。

「ソラチャイ、よくも俺の頭に泥を塗ってくれたな」

解体屋はソラチャイの尻を親指で思いきり突いた。ソラチャイは思わず尻をすぼめ、バランスを失って手を滑らせた。だが、落下地点は解体屋の顔の上だった。解体屋はソラチャイの尻に潰されるようにして、その場に倒れ込んだ。背中があたりの泥にまみれた。スタンリーが笑いをこらえて言った。

「背中の泥はあんたが自分で塗ったんだぜ」

解体屋はむくれ顔で起き上がりながら、言い返した。

「よかったよ、着替えを置いてきて。無駄はよくないからな。俺はエコロジストだからさ」

ソラチャイの方はまるで意に介した様子もなく、すぐに左に移動した。スタンリーに肩を押されて、解体屋もしぶしぶ従う。尻に泥がしみてきていた。いい年をして大便をもらしたようなみじめな気分がした。それを伝えてソラチャイを笑わせようと思った途端、その姿が右に消えた。あわてて覗くと、そこにはさらに狭い建物の隙間があった。

体を横にしてその中に入り、あちこちに苔やらカビやらが繁殖した黒っぽい壁に背中をつけた。動くとそれをこすり落とすような格好になる。解体屋は顔をしかめて、ひたすら横移動を続けた。

あと少しで脱出というところで、ソラチャイが止まった。こちらに顔を向ける。

「この道の向こうに倉庫があるでしょ？」

「ああ、そこでシャワーでも借りるのか」

「倉庫にそんなものないよ」

ソラチャイは早口で言った。解体屋はもみあげのあたりを軽くかいて、反省の意を示した。ソラチャイは続けた。

「あの倉庫の右にまた狭い道がある。そこをつっきれば目的の工場に着けるんだけど、あのへんは今頃スクワッターだらけかも知れないんだ。僕、見てくるから、ここにいて」

止める間もなく、ソラチャイは走り出した。ついていこうとすると、スタンリーが後から解体屋の体を引っ張った。

「ここにいてって、ソラチャイが言っただろ。あいつの判断なんだ。尊重してやれよ」

雨はますます激しくなっていた。細かい粒がもやのようにあたりを包んでいる。ソラチャイはスクワッターだらけかも知れないと言ったが、耳を澄ます限り雨音以外には何も聞こえなかった。不思議なことに、背後のアグリー・レインボウの拠点からも音がしない。すべてが嘘のようだと解体屋は思った。だが、横には確かにイヌイットが立っている。

「なあ、スタンリー。エスキモーは雪の種類を何百って単位で見分けるんだろう？　今日のこの雨は、なんていう種類の雪に近いんだ？」

解体屋がそう聞くと、スタンリーは目を細めて雨を見上げたまま静かに答えた。

「あんたはジャパニーズだよな？　どっちの方角にフジヤマがあるのか教えてくれないか」

解体屋は空気を漏《も》らすように笑って言った。

「悪かった。謝るよ」

「いや、別に。ところで、デプログラムについて少し聞いていいかな？」

「どうぞ」

「もしも、俺の妹が見つかったとして、あんたにデプログラムしてもらうとする。そうすると妹は元に戻るのか？　すっかり昔みたいになるのかってことなんだけど」

妹のことを話す時のスタンリーがひどく優しい顔になるのに気づいて、解体屋は真剣になって答えた。

「昔通りにするのは難しいんだよ、スタンリー。徹底的に解体《デプログラム》したままでは人間は生きていけない。ええと、君はコンピュータはやるか？」

スタンリーは眉を上げてうなずいた。

「じゃ、こういうことだ。解体《デプログラム》された状態は、つまり出荷したばかりのフロッピーみたいなもんだ。初期化……わかる？」

　スタンリーはまたうなずく。

「初期化して基本的なシステムを組み込んでやらないと、そのフロッピーは何も記憶しないし、作動も不可能だ。ただの磁気の塊に過ぎない。解体《デプログラム》された人間も同じだ」

「じゃあ、あんたたちデプログラマーは人間を壊しっぱなしってことになる」

「……まあ、そうも言えるね。だから、解体《デプログラム》した途端に、今度はプログラマーが必要になるんだ。それは家族なり、新しい信仰なりってことでいいんだが、そこまでは俺たちは面倒見ないんだよ。例えば新興宗教《カルト》が人を洗濯《ウオッシュ》する。俺たちが外す。だが、すぐに次のシステムで洗濯《ウオッシュ》してやらないと、初期化されたまま放っておかれた人間はまず狂ってしまうだろうな」

　スタンリーはうつむいて何か考えていたが、やがて顔を上げた。まつ毛のあたりが光っているのが雨のせいなのか、涙を流しているからなのかはわからなかった。

「ジュリーがかわいそうだ。取り返したとしても、脳みそを洗ったり漬け直したりされるだけじゃないか」

「別に新興宗教《カルト》に関わったからかわいそうなわけじゃない。人間はみんなそうなんだ。俺の立場から言えば、洗濯《ウオッシュ》も解体《デプログラム》も表裏一体だ。ひょっとしたら、と思うことがあるよ。どうせ再洗《ウオッシュ・》濯《リプレイ》するなら解体《デプログラム》する必要がないって」

　今度は解体屋がうつむく番だった。自分に向かってつぶやくように、解体屋は言った。

「だけど、洗濯屋《ウオッシャー》も同じだとも思う。やつらは一度解体《デプログラム》してから洗濯《ウオッシュ》するんだからな。つまり、どっちが先かって問題で俺たちは争ってる。俺は洗濯《ウオッシュ》されてた人間だからデプログラマーになった。それだけだ」

そのまま黙り込んでしまった解体屋を見て、スタンリーは話題を変えようとした。

「ソラチャイには絶対に言わないけど、あの日本人の女はあんたの恋人なのか？」

しかし、その話はさらに解体屋を沈ませた。

「違う。知香は……いや、知香とは限らない。まだその女が誰かはわからないだろ？　たぶん、そいつはノビルという少年にくっついた解体構築屋《ディコンストラクショニスト》だとは思うけど」

「ディコンストラクショニスト？」

「ああ。だから、ノビルってやつは、きっとすさまじいデプログラマーなんだ。その横にいて、解体《デプログラム》された人間をすぐに洗濯《ウオツシユ》する役が解体構築屋《ディコンストラクショニスト》だよ。まあ、洗濯屋《ウオツシャー》はみんなそれをやるから、別に区別することはないんだけどね。俺たちの間じゃ、そう呼ばれてる。徹底解体《シャットダウン》には必ず立ち会うんだ。洗濯屋《ウオツシャー》のエリートってとこだな」

「ディコンなんとかはいいとして……ノビルとかいうやつはウォッシャーだったんじゃないのか？　だって、あの工場にいるんだろ、その、そいつは？」

スタンリーは混乱している様子だった。

「洗濯屋《ウオツシャー》側にいるから洗濯屋《ウオツシャー》と呼んでるだけさ。俺はそれと戦っているからデプログラマーだ」

解体屋がそう言うと、スタンリーは首を傾げながらつぶやいた。

「あんたたちはまるでわからない。おんなじように人の頭をいじくるやつらのくせに、ウォッシャーだのデプログラマーだの言って内輪もめしてるんだ。俺にはそう見える」

スタンリーはそこで口を閉じ、再び雨を見上げた。解体屋も答えることをせず、足元の泥に埋まった空きカンを見つめた。

「逃げろ、逃げろ」

と、叫ぶ声がした。ソラチャイだった。急いで建物の間から顔を出すと、ソラチャイが全速力で走ってくるのがわかった。

「グレーテスト・ヒッツだ。逃げろ」

とまどう解体屋の背をスタンリーが押した。目の前を走り過ぎるソラチャイを追って、解体屋とスタンリーは飛び出した。振り向くと五、六人の若者が奇声を発してついてきていた。暗いのでわかりにくいが、前面に大きくGと刺繍《ししゅう》された黒いキャップがユニフォームらしい。

ソラチャイは最初の角を右に曲がって待っていた。解体屋はあわてて足を止めて、

「何してるんだ？」

と言った。すでに後ろではスタンリーが戦闘の構えをしている。

「あの人数なら勝てる」

ソラチャイはそう言ったが、解体屋はすぐに否定した。

「かまってる暇はない。逃げるんだ」

ソラチャイは返事のかわりに走り出した。スタンリーも続く。解体屋は逆に逃げ遅れた。

「……あ」

結局、グレーテスト・ヒッツのメンバーと鉢合せになったのは、解体屋一人だった。

「この野郎、何をチョロチョロしてんだよ」

「ぶっ殺すぞ、てめえ」

黒キャップは口々に言いながら、解体屋を囲もうとした。解体屋は急いで中年風の猫背になって言った。

「いや、すいません。子供と遊んでたら迷い込んでしまいまして」

「あれが子供かよ？　あんなでかいガキがいるわけねえだろ？」

「お前らもファクトリー、狙ってんだろ？」

その言葉を聞いて、解体屋は即座に方針を変更した。

「そのファクトリーを、ええと何だっけ、そうサイゴン・トラストがぶん取るって息まいてましたよ」

「何で、お前が知ってんだよ？」

「いや……子供たちが聞いたそうです。サイゴン・トラストってのが何か、僕は知らないけどね。とにかく、ファクトリーを取ったスクワッターがゾーンを仕切ることになるって。あそこはゾーンの重要なポイントだからって。そう言ってるらしい」

スタンリーは急いで戻ってこようとしていた。それを背中で隠した手を振って止め、解体屋は続けた。

「あと十分もしたら、サイゴン・トラストが抜打ちでファクトリーとかいう場所に突撃するそうですよ。皆さんも早く逃げた方がいい」

「嘘を言え。お前こそどっかのスクワッターだろ」

「僕が？」

解体屋はとぼけた声で言った。

「僕みたいな中年がスクワッターなわけないでしょう？」

グレーテスト・ヒッツのメンバーはすぐに納得したらしかった。最も年少と思われる少年が、急いで戻ろうと言いだした。こんなオヤジとガイジンなんか放っておいて、早くサイゴンのやつらを潰さなきゃと主張する。

「オヤジ、もううろつくなよ」

そう言い残して、黒キャップたちは小猿のように素早くきびすを返し、あっという間に姿を消した。

「オヤジっていうのは余計だぜ、バカども」

解体屋がため息をついていると、ソラチャイとスタンリーが近づいてきた。

「どうやって追い返したの？」

ソラチャイが言った。

「あのぐらいのガキなら簡単に倒せたのに」

スタンリーは心底残念だといわんばかりに、ガムをクチャクチャやった。解体屋は答えた。

「いや、ちょっと意味の細菌を注入してやったのさ。六人ばかり殴っても仕方ないからな」

「意味の細菌？」

と、ソラチャイが問い返した。

「そう、あの工場がスクワッター・ゾーンの中で一番重要なんだって。そういう意味のことを言ってやった。ついでにサイゴン・トラストが十分後に抜駆けするぜって嘘も交えてね。この意味の細菌をばらまけば、スクワッター連中も俺たちどころじゃなくなるだろう。みんな大あわてでファクトリーとやらに突撃してくれる」

「ああ、なるほど。デマのことね」

ソラチャイは腕を組んでうなずいた。そして、スタンリーの方を見て得意そうに言った。

「この人、表現が面白いんだ。詩人みたいでしょ、意味の細菌なんてさ」

だが、スタンリーは少年たちを殴れなかったことを悔やんで、つまらなそうにガムを噛《か》むばかりだった。

工場の裏手の壁までたどり着く間に、解体屋たちは何組ものスクワッターたちに出会った。その度、ソラチャイもスタンリーも解体屋の指示に従って逃げた。そのかわり、追ってくるスクワッターとは違うグループの名を叫び、それが工場に突入するとわめいた。十分後に抜駆けが起きるぞ、と。

意味の細菌は迅速に伝染し、スクワッターたちの目をますます工場へ向けさせるはずだった。単にPWの排除が主目的だった各スクワッター・グループは、それぞれ本気で工場を制圧しようとし、それが出来なければゾーンでの力を失うような気になって焦るに違いなかった。

実際、工場の周囲の雰囲気は変化していた。うろついていたスクワッターたちは、たった十分ほどの間に組織的な動きを見せるようになっていたのだ。あちこち走り回った解体屋は、そのことに確信を得ていた。

後はどこかのグループが先陣を切ってくれるだけでいい。あるいは、俺たちが大騒ぎしながら工場に入り込む。それをきっかけにして、そこら中からスクワッターたちが工場内部に突入するだろう。こっちはうまく知香と錠前屋《プロテクター》を助け出すことを先決にすれば……。

と、そこまで考えて、解体屋は目を閉じた。スタンリーの言う白い服の女は知香かも知れないのだ。いや、少なくともスタンリーが見たのは知香に間違いないだろう。問題は洗濯屋《ウォッシャー》たちに味方として迎えられたのか、それとも敵として連れ込まれたのかだった。スタンリーが言った英語はニュートラルに考えれば二通りに解釈出来たからだ。

〝あのじじいをきちんと見張っておいたでしょうね〟か、あるいは〝その老人を注意深く扱っていて下さい〞か。だが、と解体屋は濡れた髪をかき上げた。その英語は南アフリカ風になまっていた、とスタンリーは言っていたのだ。知香の口調には、そんな特徴はなかった。少なくとも、俺の敏感な耳は、それを感じなかった。解体屋は指を振って、雨のしずくを払った。

「動かないね、どこのグループも」

何も知らないソラチャイはそれほど高くはない壁によじ登って、あちこちを見ながら解体屋に話しかけてきた。

「あ、色んなやつが壁の上から中を覗いてるよ。暗いけど、よく見ればわかる。こっちはほら、壁際のビルの隙間だから、相手からは見にくいはずだよ」

ソラチャイは自分の選んだ場所を誇った。工場に隣接した低い建物の狭間。人が一人ようやく通れるかどうかという狭さだが、おかげで他のスクワッターがくる可能性も低い。

「ＰＷの方はどうだ？　外に出てるか？」

解体屋はソラチャイがぶらつかせる足をつかんで言った。

「ええと、ちょっと待ってね。こっちは工場の裏側だからさ、向こうが庭っていうか、つまりね」

「いいから、よく見ろよ」

ソラチャイはさらに体を乗り出して、壁に囲まれた工場の敷地内を見回した。

「あ、やばい」

ソラチャイは無理な体勢でこちらを振り向いた。

「やばいよ、解体屋」

「何がだよ？」

「たぶん、ブラスター・ビーツだ。十人くらいが壁を越えた。それ見て、他のスクワッターも動き出してるみたい」

解体屋は短く息を吸ってから、ソラチャイとスタンリーに声をかけた。

「よし、俺たちもいくぞ。いいか、スクワッターは無視しろ。やつらは味方みたいなもんだ。なるべく利用して洗濯屋《ウォッシャー》を襲わせろ。その間に俺たちは工場の右端、つまり隠し階段につながった部屋に直行する。そこから中に入って錠前屋《プロテクター》と……」

そこで解体屋はスタンリーを見た。スタンリーは新しいガムを口に放り込みながら、抑揚なく言った。

「チカを助け出す」

解体屋はスタンリーの腕を叩いてうなずいた。ソラチャイはすでに壁の上に立っていた。

「いくぞ、解体屋。ぶん殴れ、スタンリー」

そう言って、ソラチャイは飛び降りた。解体屋も壁によじ登る。スタンリーが尻を強く押した。おかげで解体屋は、荷物のようにドサリと向こう側に落ちることになった。

文句を言おうと立ち上がったが、あちらこちらから工場に近づく黒い人影を見て、解体屋はあわてて口を閉じた。こりゃ大変なことになるぞ。いくら洗濯屋《ウォッシャー》でもかなうはずがない。リンチ同然の目にあうだろう。意味の細菌がすさまじい勢いで伝染したのはいいが、おかげで人質救出が難しくなってきやがった。

突然、遠くで奇声を発する者がいた。途端に、そこら中から同じように声が上がる。黒い人影のすべてが、まるでその奇声を待っていたかのように激しく動き出した。どの影も工場に向かって突っ走る。戦闘の開始だった。

「ソラチャイ、走れ」

解体屋もそう怒鳴った。早くも一番乗りしたスクワッター・グループが、工場のシャッターを殴りつけ始めた。こちらからは見えないが、暴力的な音が響き渡る。

右手から走ってきたスクワッターたちが投石を始めた。窓ガラスが割れる音と、工場内部からの罵声が入り交じって聞こえた。解体屋は身をかがめたまま、ソラチャイの後について走った。隠し階段から外に出るための小さな扉が見つかるのは時間の問題だった。一刻も早く侵入しなければならない。

ソラチャイが扉の前にたどり着いた。だが、勢いが止まらず泥に足をとられて転がる。投石していたスクワッターがそれに気づき、起き上がろうとするソラチャイ目がけて石を投げた。当たらないとみると、突進してくる。解体屋は飛ぶようにして、そのスクワッターの前に立ちはだかろうとした。しかし、スタンリーはそれよりさらに早く、落ちていたボルトを拾い上げていた。思いきり投げる。金づちほどの大きさのボルトはクルクル回りながら、スクワッターの胸を直撃した。

何も気づかないまま扉に手をかけていたソラチャイは、それを見てうなった。

「さすがだね、スタンリー」

解体屋が振り向くと、スタンリーは小さくつぶやいた。

「これは〝エスキモー〟ってやつの得意技じゃないぜ。メジャー・リーグの影響だ。ただし、日本のケーブルTVのおかげだけどな」

解体屋はひゅうと唇を鳴らす。

「こっち、こっち」

ソラチャイが開いた扉から、こちらを手まねきしていた。スタンリーは大きな体をかがめて、中に入ろうとした。背後のスクワッター連中に見られていないかが気になって、解体屋は振り向いた。同時に、ソラチャイの悲鳴が聞こえた。スタンリーの罵《ののし》るような声が続く。見ると、ソラチャイが後ろからはがいじめにされていた。スタンリーはその腕をつかんで、ソラチャイを引っ張り出そうとする。

「洗濯屋《ウォッシャー》め」

解体屋はそう叫んで、スタンリーの股の間に滑り込んだ。靴の先が洗濯屋《ウォッシャー》らしき男の足にからんだ。

「スタンリー、手を放せ。ソラチャイ、後ろに飛べ」

言われた通りに、ソラチャイは後方に飛んだ。足をかけられたままの洗濯屋《ウォッシャー》は重みに耐えられず、見事に倒れ込んだ。

「スタンリー、突撃だ」

ソラチャイの体の上を避けて、スタンリーが中に突進した。ソラチャイを殴ろうとしていたもう一人の洗濯屋《ウォッシャー》の顎に、スタンリーのアッパーが決まった。ソラチャイも背中にはりついた洗濯《ウォッシ》屋《ャー》の胸を肘で突く。解体屋は起き上がりながら、スタンリーに言った。

「俺の滑り込みは、ねっからの日本野球仕込みだぜ」

だが、スタンリーは答える余裕がなかった。隠し階段につかまって、洗濯屋《ウォッシャー》が次々と降りてきていたからだ。

「畜生。みんな、俺の話を聞けよ」

解体屋は中に入って扉を閉めた。あたりは完全な闇になる。数人がもみ合う音を聞きながら、解体屋は腹に力を入れてこう叫んだ。

「もしも、きみらが錠前屋《プロテクター》と出会っているなら、この言語鍵《ワード・キー》を聞いて硬直しないはずがない」

ソラチャイが闇の中で罵った。

「あんたは前置きが長いよ、馬鹿。作戦があるなら早くやれ」

「はい」

解体屋は素直に答えて、言語鍵《ワード・キー》を口にした。

「秘密の百合の花」

だが、効果があるようには思えなかった。スタンリーとソラチャイの間をくぐり抜けてきた洗《ウオ》濯屋《ツシヤー》が、解体屋の胸にぶつかってくる。その首を腕の中にねじ込んで押えたまま、解体屋は再び言った。

「じゃあ、これはどうだ。シャット・ダウン・ザ・セサミ！」

すると、もがいていた洗濯屋《ウオツシヤー》の体から急激に力が抜けた。解体屋は続けた。

「そうか、今回はこれを使ったか。洗濯屋《ウオツシヤー》諸君、聞きたまえ。シャット・ダウン・ザ・セサミ……シャット・ダウン・ザ・セサミ」

ソラチャイが信じられないといった調子で呼びかけてきた。

「ねえ……みんな、ヘナヘナになったよ」

解体屋は人形のように動かなくなった洗濯屋《ウオツシヤー》を放して答えた。

「錠前屋《プロテクター》の口にガムテープを貼っておかなかった罰だ。いい気分になってるうちに言語地雷《サイコ・マイン》を埋め込まれてたんだよ。ソラチャイ、スタンリー、洗濯屋《ウオツシヤー》がかかってきたらまずこの言語鍵《ワード・キー》を叫べ。効かなかったやつだけ殴ればいい」

「じゃ、効いたやつは殴っちゃいけないのか」

と、スタンリーが不服そうな声を出した。

「いや、そういうわけじゃないけど」

そう答えると、闇の向こうからくぐもった音が一発聞こえてきた。

「さあ、上にいこう」

スタンリーは上機嫌でそう言った。

ノビルの部屋までなんとか上がっていくと、そこには誰もいなかった。ソラチャイは裸電球をつけて、次のドアを開けた。だが、そこにも誰もいない。解体屋は自分が寝ていたベッドの下を覗いた。段ボールの箱が積まれている。引き出して中を見ると、白い錠剤がどっさりと詰まっていた。すべて向精神薬だろう。数シートをポケットに突っ込む。

「ソラ、向こうはどうだ？」

ソラチャイはさらに次のドアの前に立っていた。それを開ければ、後は空中の四面に吊られた廊下しかない。ソラチャイは一度耳を澄ましてドアの向こうの様子を探った。激しい音が響いている。ガラスの割れる音、嬌声や罵声だ。スクワッターの多くがすでに内部に入り込んでいるのだろう。スタンリーは警戒して、その背後にぴたりと立つ。ソラチャイはノブを回して、首だけを外に出した。

「廊下には誰もいない。でも、下はスクワッターだらけだ。ＰＷみたいなやつらと殴りあってるみたい。やばいよ、チカがあの中にいたら」

解体屋は急いで廊下に出て、下を覗いた。たくさんの錆びた自動車の間でスクワッターがもみ合っていた。確かにＰＷらしき者の姿もあったが、いずれも体格がよく戦闘部隊みたいなものだろうと思われた。いわば首脳部はいないのだ。解体屋は部屋に戻り、髪の毛をむしるようにしながら言った。

「逃げられたんだ。錠前屋《プロテクター》も知香もここにはいないんだよ。下にいるはずがない。やられた。畜生、どこに逃げたかわからないんじゃ、助けようがないじゃねえか」

廊下に出ていたスタンリーが振り向いた。

「おい、スクワッターが上がってくるぜ。どうする？」

その時、奥の部屋からかすかな物音が響いた。すかさず、ソラチャイが走った。解体屋はその後ろ姿を見ていることしか出来なかった。ソラチャイはドアの前で止まった。解体屋はぶっきらぼうな声で聞いた。

「誰だ。知香か？」

すると、ソラチャイは目だけを部屋の中から離さずに、顔を振り向けて言った。

「院長だ。天井に隠れてたんだ。オーガスティンの院長だよ」

聞いた直後、解体屋の頭に血が昇った。

「逃がすな、ソラチャイ」

ソラチャイは中に飛び込んで、隠し階段から下に降りようとする院長の背広をつかんだ。

「スタンリー、そこから誰も入れるな」

そう言って、解体屋はソラチャイの加勢をして、その壮年の男の白髪を握りしめた。兎を穴から引き出すようにして、その髪を思いきり引っ張る。かっぷくのいい体が抵抗してバタバタと動いた。だが、解体屋は力を緩めず、さらに強く髪を引っ張った。自由を奪われた男の顎が上がる。

男は脅えた顔で解体屋を見上げた。

「お前が俺を監禁してた毒ガス野郎か」

解体屋はクールな調子で言った。ソラチャイはあわてて解体屋の腕をつかんだ。

「殺しちゃだめだよ」

「殺さないさ」

解体屋は男に目を注いだまま、静かに答えた。男は肉厚の鼻の穴を震わせ、唾を飲んだ。

「ただ、頭の中は壊させてもらうよ。あんたは俺を病院のベッドに縛りつけて、いかれた頭の中を笑いながら覗いてたんだろう？　今度は俺があんたの脳みその奥に入り込む番だ」

背後ではスタンリーがスクワッターを蹴りつけていた。だが、解体屋は振り向きもしない。じっと、灰色がかった壮年の男の目を見つめるばかりだ。

「ソラチャイ、こいつが隠れてた場所を確認してくれ。誰かがいるかも知れない」

そう言うと、男は初めて口を開いた。

「そこには誰もいない。君が探してる連中は、我々の手で他の場所に移した。それがどこか知りたいなら、手荒な真似はやめたまえ」

男は急に表情を変えていた。脅《おび》えて震える人間のそれから、威厳をもった病院長の顔になったのだ。まるで魔法のようだ、と解体屋は思った。自信を回復させた者は、まるでコンピュータ・グラフィックスのようにあらゆる筋肉を変化させる。

「その偉そうな態度はかよわい患者の皆さんにしか通用しないぜ。あるいは、お前が洗濯《ウォッシュ》したペット諸君にしか」

「君はあの老人を救いたくないのか？　真崎知香がどこにいったのかを知りたくないのかね？」

院長は引きずり出された体を動かして、立ち上がろうとした。解体屋はそのすねを蹴りつけ、白髪を引き回した。院長の膝は折れ、女のように横座りする格好になる。それを嫌って、男は痛みをこらえながら足を尻の下に寄せた。解体屋は数歩下がり、再び院長に屈辱的な体勢を強いる。

「どこにいったかなんて教えてもらわなくてけっこうだ。貴様の脳《システム》を壊してる間にわかることだからな。黙っててくれた方が、こっちも解体《デプログラム》のしがいがあるってもんだ。ソラチャイ、お前はその穴から誰も上がってこられないようにしてくれ。五分ですむ。こんな汚い野郎の脳《システム》に五分もジャック・インするかと思うと吐きそうになるがね」

そう言うと、院長は必死にもがいた。なりふりかまわず、解体屋の腕に噛みつこうとする。解体屋はその首の付け根を殴りつけた。それでも院長は拳を振り回した。彼はパニックを起こしていた。その顔はもはや尊厳から最も遠かった。すでに解体《デプログラム》は始まっていたのだ。

「くそっ、くそっ」

院長は裏返る声で叫んだ。解体屋は一気に徹底解体《シャットダウン》するために、落ち着いて大きく息を吸った。

院長が何か言った。悲鳴のように聞こえた。

「誰なんだ、あの連中は、お前を動かしたのは何の組織だ、我々を囲んで、あんな不良どもがなんで解体屋の味方をする、何の組織を動かした、どこの被害者ネットワークだ、くそっ、くそっ」

解体屋はふっと微笑んだ。

「どうせ五分後には何も覚えてないだろうが、これも情けだ。教えといてやるよ、この暴力に飢えた組織の名前を。意味細菌《ミーニング・ウィルス》っていうネットワークさ」

そう言うと、院長の目が一瞬意味をつかみかねてこちらを見た。最後の正気を示すはずのその瞳に向かって、解体屋はゆっくりと言い直した。

「いや……失礼。無意味細菌《ナンセンス・ウィルス》だ」

第十四章

意識下の戦争《サイキック・パンク》

「ナンセンス……ウィルス？」

と問い返す院長の声を聞いたのは、操作者《マニピユレータ》だった。戦闘者《ハツカー》は精神映像《サイ・ビデオ》の中に飛び込んでいた。早くも解体《デプログラム》のモードに入っていたのだ。

マザーコンピュータが選び出した仮想世界《フリーダム》は、伝染病のはびこるスラムだった。中央に設営されたテントに向かって、無数の患者たちがのろのろと歩み寄っていくのが見える。その顔や腕や腹は黒くただれ、溶けて変形していた。裸体の表面からは、まるでしたたる雨のように液体が垂れ続けている。それが汗なのか、それとも膿《うみ》なのかがわからなかった。むせるような匂いが鼻孔の奥をつく。

戦闘者《ハツカー》は勇んでテントの中に走り込んだ。そこに院長がいた。脅《おび》えて体を震わせながらも、威厳を保とうとして籐椅子に座り、こちらを直視している。戦闘者《ハツカー》は焦点の定まらないその目を見降ろして、ニヤリと笑った。テントを囲む患者たちの雄叫《おたけ》びが地鳴りのように響いた。籐椅子に張りついたままの男は、臆病さを見せまいと歯をくいしばる。

操作者《マニピユレータ》は現実の院長に向かって、次から次へと脅迫の言葉を吐き、罵倒の矢を浴びせかけていた。それにしたがって、スラムの様子はさらに悪化していく。白かったテントはみるみる変色して穴だらけになり、内部の湿度はサウナのように上がり、卵が腐ったような臭いがたちこめる。

マザーコンピュータが急げと指令を出していた。だが、戦闘者《ハッカー》は院長の前に立ちはだかったままで微笑みを続けた。

こいつには恨みがある。たっぷりと復讐を楽しみたい。戦闘者《ハッカー》はマザーコンピュータにそう伝えた。十分いたぶってから殺させてくれよ。しかし、マザーコンピュータはそれを許さなかった。『操作者《マニピュレータ》に危険の可能性あり』と信号を点滅させる。

どんな危険があるっていうんだ？　この男は立ち上がることだって出来ないじゃないか。戦闘者《ハッカー》がそう思うと、マザーコンピュータが現実映像《モニタリング・ドグマ》を送ってきた。操作者《マニピュレータ》の背後でスタンリーとスクワッターが戦っていた。ソラチャイも加勢している。なるほど、と戦闘者《ハッカー》は顔をしかめた。無意味細菌《ナンセンス・ウイルス》には敵も味方もないわけだ。

マザーコンピュータは徹底解体《シャットダウン》をあきらめるように伝えた。戦闘者《ハッカー》も同意せざるを得なかった。籐椅子にしがみつく白髪の男に近づいて、戦闘者《ハッカー》は悔しそうに指を突き立てた。運のいい野郎だな。だが、このテントだけはぶっ壊させてもらうぜ。貴様の自我の殻をそのままにしておくわけにはいかない。

破壊催眠《ホワイト・アウト》をするぞ、と操作者《マニピュレータ》が壮年の男を脅し始めた。同時に戦闘者《ハッカー》ははね上がり、すでにすり切れた繊維の束としか見えないテントの生地をつかんで切り裂いた。その裂け目からドロリとした液体がしたたり落ちて、髪を振り乱した院長の頬を覆った。現実映像《モニタリング・ドグマ》の中では、それは操作者《マニピュレータ》の吐いた唾だ。

コワレルヨ、アンタハコワレル。ダカラ、シャベルンダ。コワサレタクナケレバ、シャベレ。操作者《マニピュレータ》はそう言っていた。戦闘者《ハッカー》は休むことなく、ナイフと化した腕を振り回す。壮年の男は必死に動くまいとするが、切り裂かれたテントの向こうからは病原菌の塊が押し寄せてきていた。

生地の隙間から骨の露出した腕が差し込まれ、ウジの湧いた顔が覗き、腫れ上がった足が踏み入ってくる。男は大きく口を開き、声にならない叫びを上げた。

今だ。戦闘者《ハッカー》はすかさずその喉の奥に侵入した。ぬめぬめした内臓の感触に寒気がしたが、それでも戦闘者《ハッカー》は強引に体をねじ入れる。

入りきってしまうと、中は暗闇だった。血液中に忍び込んだ細菌のように、戦闘者《ハッカー》はまず流れに身をまかせた。周囲に何があるか見えないほどの高速度で、戦闘者《ハッカー》は進む。少しすると遠くに光が見えた。車のヘッドライトだった。それもライトバンだ。中に数人いる。

マザーコンピュータは操作者《マニピュレータ》の様子をダイレクトに中継してきた。ダレダ？　と操作者《マニピュレータ》は尋問していた。ヤツラハ、ドコニイル？　答えはすぐに返ってきた。PWのコマンド部隊だ。ノビルの子孫と名乗るやつらのことだろう。場所は工場の南。ソラチャイとタクシーを降りたあたりらしいことがわかる。

よし、忍者どもをちょいとぶん殴っとくか。戦闘者《ハッカー》がそうつぶやいてバンの扉を開けようとすると、マザーコンピュータから禁止命令が伝わってきた。『知香と錠前屋《プロテクター》は乗っていない、それを探すのが先だ』というのだった。戦闘者《ハッカー》は身をひるがえしながら文句を言った。何だよ、俺の出番がないじゃないか。

途端にマザーコンピュータは精神映像《サイ・ビデオ》を変えた。そこが聖オーガスティン病院の敷地内であることは、いわば夢を見ているようにして戦闘者《ハッカー》に理解された。ぼんやりとした森のイメージの奥に教会が立っていた。戦闘者《ハッカー》はとまどったが、すぐにその意味を知った。知香と錠前屋《プロテクター》の居場所を、操作者《マニピュレータ》が探り当てたのだ。戦闘者《ハッカー》は森に分け入って教会の前に立った。畜生め、すぐに情報を吐き出すやつが相手なら、操作者《マニピュレータ》だけで十分だぜ。解体《デプログラム》させてくれないんじゃな……。

戦闘者《ハツカー》はそうつぶやいて、高く天を刺す尖塔を見上げた。

その瞬間、戦闘者《ハツカー》の体はかすかに凍りついた。ほとんど反射的に動きの鈍い体を宙に浮かせながら、戦闘者《ハツカー》は目を閉じた。尖塔の上に見えるものを否認したかったのだ。

同じように、操作者《マニピユレータ》も微妙な動揺をみせていた。口ごもるようにしてこう言うのが、戦闘者《ハツカー》に聞こえてきた。……ソウカ、ヤッパリナ。それは納得の言葉だった。被解体者の示す意味をそのまま受け取り、返答したことになる。操作者《マニピユレータ》には禁じられた行為だ。しかも、マザーコンピュータはその反応を遮断せず、戦闘者《ハツカー》に伝えてしまっていた。

解体《デプログラム》のバランスが崩れたことを知り、三者はそれぞれに独立して行動した。戦闘者《ハツカー》はあわてて体勢を立て直し、森の上まで飛び上がってから無理やりに目を開けた。尖塔の頂点には知香が立っていた。錠前屋《プロテクター》の首を後ろからしめ上げている。戦闘者《ハツカー》は操作者《マニピユレータ》の言葉をそのまま繰り返した。……そうか、やっぱりな。

その間に、マザーコンピュータは緊急ジャック・アウトの指令を出していた。もう知るべきことは知った、と判断したのだ。その時すでに、操作者《マニピユレータ》は院長の口をねじ開けていた。ベッドの下で手に入れた向精神薬を服用させるためだった……。

精神の三分割を終えた解体屋は床に膝をついたまま振り返り、急いでソラチャイの様子を見た。横長のテーブルを倒してバリケードを作っている。院長との会話は聴こえていなかった様子だ。解体屋は安心して立ち上がった。

スタンリーは次々に廊下から押し入ろうとするスクワッターを蹴散らし続けていた。だが、もう限界がきていることは、スタンリーの緩慢な動きが示していた。

解体屋は濡れた布団のようにぐったりと重くなり始めた院長の体を離し、大声を上げた。

「スタンリー、時間を取らせて悪かった。ここにはもう用はない。院長連れて次の場所へ行こう」

スタンリーにはこちらを向く余裕もない。

「次の場所ってどこだよ？」

迷彩服を着たスクワッターから木刀を奪い取って、スタンリーはそれを振り回した。扉の外に群がるスクワッターは一瞬ひるんで、二、三歩後ろに下がった。スタンリーはその機を逃さずに扉を閉め、鍵をかける。

「ソラチャイ、そいつでふさいでくれ」

言われるまでもなく、ソラチャイはテーブルを前に押し出した。横に飛んだスタンリーはあたりに置かれた荷物をつかみ、そのテーブルの後ろに放り投げ始めた。解体屋も手伝いに急いだ。

「初めっからこうしとけばよかったじゃないか」

そう言うと、スタンリーはぶっきらぼうに答えた。

「扉をぶっ壊されそうになったから開けたんだよ。あんたがいつまでもそのおやじと遊んでるからさ」

「そうか、申し訳ない」

解体屋はスティールで出来た事務用の棚を倒した。スタンリーはそれをテーブルの足の間に引きずり込んで言った。

「で、どこへ逃げるんだって？」

解体屋が答えようとして口を開いた時、ソラチャイが背後から叫んだ。

「知香と錠前屋《プロテクター》のいるところにだ」

解体屋は思わず振り返り、ソラチャイを探した。ソラチャイは隠し階段の穴に頭を突っ込んで、下の様子をうかがっていた。

「聞いてたのか、ソラチャイ?」

解体屋は小さな声で言った。ソラチャイは何も答えずに同じ姿勢を続けた。

「おい、聞いてたのか?」

今度は声を張る。ソラチャイは顔を隠したままで怒鳴り返した。

「何が聞いてたのかだよ! あんたが聞かせたんじゃないか! でも僕は知香を助けるからね。きっと、だまされてるだけなんだから」

黙り込む解体屋の横で、バリケード作りを終えたスタンリーがつぶやいた。

「いずれ、わかることだったんだ。それで焦ってるようじゃ、あんた甘過ぎるよ」

そして、解体屋の肩を叩いてウィンクする。

「ソラチャイは知るべきことを知った。あんたとしちゃ、息子が女を覚えちまった夜みたいな心境かな? 寂しいか、ダディ?」

「いや、もしそんな夜なら寂しくないね。俺だったら、息子と一緒にその女に会いにいくだろう。で、チャーミングだったら譲ってもらう」

そう答えると、スタンリーは笑った。

「それじゃ、俺もついていくよ。ひょっとしたら、俺にもチャンスが回ってくるかも知れないだろ?」

解体屋たちは隠し階段から下へ降りた。洗濯屋《ウォッシャー》たちはすでに姿を消していた。ドアから外を覗く。遠くの壁際でスクワッターにいたぶられているのが彼らだろうと思われた。這うようにして逃げ出したのに違いない。不運なやつらだ。解体屋はそう思った。スクワッターたちは隠し階段につながるこの小さな部屋に、まるで興味を持たなかったからだ。

「どうやって脱出する？」

院長を肩にかついだスタンリーがささやいた。毛布でもひっかけているような調子で軽々としたものだ。ソラチャイが簡潔に答える。

「堂々と歩く」

解体屋とスタンリーは無言でうなずいた。そのまま扉をくぐり、ゆっくりとした歩調で前に進む。後ろからソラチャイが声をかけた。

「左だよ」

「左って、お前、正門じゃないか」

解体屋は唇をとがらせたが、ソラチャイはすでにそちらに向かっていた。スタンリーが後に続く。解体屋は息をつめて二人を追った。

途中で何人ものスクワッターとすれ違うことになったが、彼らは一様に上機嫌でこちらを襲う気配など見せなかった。周囲のビルから漏れる薄い光の中で笑いかけてきた者さえいたほどだった。しかも、工場の中からはまだ戦闘の音が聴こえていた。

「お祭り気分ってことなのかな？」

すでに何本かの鉄柱がひしゃげている正門を通り過ぎながら、解体屋は言った。

「さあね。とにかく、こういうもんなんだよ」

ソラチャイにはとりつくしまもない。

「こういうもんって、どういうもんだよ？」

解体屋はあたりに漂う一定のスピードを崩さない程度に、声の調子を上げた。ソラチャイは立ち止まって振り向いた。

「知らない。ただ、僕はこういう感じに慣れてるだけだ。ベトナムやカンボジアや……そういう感じだよ。うまく言えないし、言う気もないけど、ひとつ戦いが終わった後はみんなこんな風に歩く。ただし、走ったり叫んだりするやつがいれば、敵でも味方でもすぐにやられる。それこそグッシャグシャに。そういうのが……こういうもんっていう意味だ」

　スタンリーはよくわかるというように大きくうなずいた。再び歩き出すソラチャイのやせた背中を見つめながら、解体屋もわかった気分になってこくりとうなずく。その時初めて、解体屋は雨が上がっているのに気づいた。

　しばらくはソラチャイの導くテンポで歩き続けた。右に左にと道を折れ、ふらふらと進む姿はまるで無為な男たちの散策に見えたはずだ。だが、スクワッターの影が少なくなると、解体屋が我慢出来ずに走り出した。ソラチャイを追い越してからすぐに振り向いて、早く案内しろと激しい手まねで示す。ソラチャイは唇に指を当てて、解体屋が大声を出さないようにしながらささやいた。

「すぐそこだよ」

「何でそんなに落ち着いてるんだよ」

　解体屋は叱るように言って、また小走りになった。

「落ち着いてるわけじゃないよ。下手に動くとスクワッターの標的にされるから、気をつけてるだけだ。それに、知香たちはもう教会に行ってるんだよ。さっき、院長が言ってたじゃないか」

「だから、そこに洗濯屋《ウォッシャー》どもが加勢する前に倒しておくんだ。で、車を手に入れてすぐに教会に向かう」

「向かうって、今、免許証持ってるの？」

解体屋につられて早足になりながら、ソラチャイが言った。解体屋の足が止まった。

「いや……今どころか俺は運転が出来ない」

「大馬鹿野郎」

ソラチャイは即座に言った。解体屋はうつむいた。だが、顔を上げると、スタンリーが無言で自分の胸を指していた。後ろ向きで進みながら、ソラチャイが解体屋の顔を覗き込んで言った。

「スタンリーと僕だけで教会に行った方が話が早いんじゃないかね」

スタンリーがそのソラチャイの胸ぐらをつかんで引き寄せた。

「やつらがいた。たぶん、あの車だ」

スタンリーは短くそう言って、ソラチャイの身をかがめさせ、素早く道の角から斜め右側をすかし見た。解体屋は尋ねた。

「どうだ、洗濯屋《ウォッシャー》はぎっちり乗ってるか？」

「ダーク・グラスでわかりにくい。でも、ステーション・ワゴンってわけじゃないからな。多くはないと思う」

ソラチャイもアスファルトに膝をつけて、バンの中の様子をうかがう。

「だけど、ちょうど長い道のまん中に止めてるよ。どこから近づいても、こっちは丸見えになる。あそこは普通の車も通るから、街灯がついてるんだよ。気づかれて走りだされたら、もうおしまいだ」

聞き終わらないうちに、解体屋はスタンリーに言った。

「悪いけど、そいつをしょったまま一人で行ってくれないか？」

ソラチャイは意味を理解しかねて、首を傾げた。何も言わずに立ち上がるスタンリーの目を見て、解体屋はゆっくりと言葉を選んだ。

「やつらが待ってるのは、その院長先生だ。しかも、洗濯屋《ウォッシャー》どもは君の顔を知らない。なるべく、その先生がよく見えるようにして君は車に近づく。そして、相手がドアを開けたら運転席をスクワットしてくれ。必ずすぐ助けにいくから、とにかく誰も運転席に座らせるな」

スタンリーはポケットから四角いガムを三個ほど出して、無表情なまま口に放り込んだ。それが了解の仕草なのか、怒りをあらわすものなのかが、解体屋にはわからなかった。

「うれしいねえ」

スタンリーは一言だけそう答えた。

「うれしい？」

「うれしいよ。さっきはきちんとウォッシャーを殴れなかった。相手はスクワッターばっかりだったんだぜ。今度は違う。全員がウォッシャーだ。しかも……」

歯ぐきをむいてガムをふくらませてから、スタンリーは言った。

「あんたはここって時にいいアイデアを出す。俺はあんたが好きだ。気にいった人間のために働くのは誇りだぜ。だから、俺はうれしい」

解体屋は唇の端を持ち上げて微笑んだ。

「よくそんなすかしたことが言えるな」

スタンリーはクールな目で解体屋を見降ろし、ガムを噛《か》みながら言った。

「嫌いか、俺が？」

解体屋は真剣な顔で答えた。

「いや、好きだ」

「じゃあ、いってくる」

スタンリーは簡潔にそう言って、肩に乗せた院長を抱きかかえるように持ち替えた。そのまま、すたすたと歩き出していってしまう。

「あいつが味方になってくれたのは天の御加護かも知れない」

解体屋は誰にともなく言った。

「あんたが天を信じる人とは思わなかったね」

すかさずまぜ返したソラチャイは、釣り具屋の角からスタンリーの様子を覗き見た。解体屋はその後ろで首を鳴らし、出動の用意を始めた。

「あ、もうドアが開いちゃった。やばいよ。人が迎えに出てきた。あれじゃ、車に近づけない。スクワット出来ないよ」

ソラチャイはささやき声で報告したが、解体屋はまるで気にせず精神集中を続けながら答えた。

「大丈夫、スタンリーなら何とかする」

「本当だ。そのままズンズン歩いていっちゃう。でも、回りを五人ぐらいに囲まれてるよ」

「それなら今頃、大喜びだろう。殴れる、殴れるって舌なめずりしてるはずだね」

そういなした直後、ソラチャイが叫んだ。

「よし、スクワット！」

同時にソラチャイはダッシュした。解体屋も大声を張り上げて走り出した。

「解体屋参上！」

スタンリーは二、三人に首をつかまれながら、それでも巨体をバンの中に押し込んでいた。しかも、院長の体を左腕で抱えたまま離さない。バンの後部座席にいた洗濯屋《ウォッシャー》は、おそらくその院長を救おうと必死に運転席につめかけているはずだった。

驚いて口を開けている洗濯屋《ウォッシャー》の股ぐらに蹴りを入れたソラチャイは、素早く体を回転させて前に進んだ。股間を押えてうずくまる洗濯屋《ウォッシャー》の後頭部に肘打ちを入れて、解体屋は後を追った。目の前ではすでにソラチャイが、バンの横の扉を思いきり引いている。解体屋は飛ぶようにして中に突っ込んだ。頭が誰かの顎に激突した。解体屋はうなり声を発した。

「いてえじゃねえか、馬鹿」

その解体屋の首を女の爪がひっかいた。見ると、確かにいつか見た顔だった。ノビルの子孫よ、とうれしそうにまぶたを震わせた女だ。吊り上がった小さな目を見開いている。

「この際、男女同権でいかせてもらうよ」

解体屋はその太った女の横隔膜に拳を入れた。何かおかしな歌でも始められたら困る、と思ったからだ。ソラチャイは背後の隙間から手を伸ばし、その吊り目の女をバンの外に引き出した。解体屋はソラチャイに活躍の場を譲るように、右側に移動した。スタンリーの髪の毛をつかんでいる大柄な男の背中があった。

「離せ、離せ。この野郎」

と、女のような声で叫んでいる。

「離すのはお前だろ」

解体屋は言いながら、男の脇腹に膝頭を打ち込んだ。男が後ろに倒れてくる勢いで、解体屋はバランスを失った。その隙をついて、肋骨を狙う爪先が見えた。やばいと思った瞬間、その爪先をソラチャイの右肘がはね上げた。足は虚しくバンの屋根に当たる。ソラチャイは残った左の拳でそのすねを殴った。

後部座席にはまだ六人ばかりいた。半分が女だ。勝ちは見えていた。解体屋は背中を丸めてそちらを覗きながら言った。

「ノビルに何を仕込まれたか知らないが、こう強引な暴力が相手じゃ洗濯技術《ウォッシュ・テク》も使いようがないよな。皆さん、残念でした」

その時、背後で鈍い音がした。スタンリーのうめきが続く。振り返ると、スタンリーが運転席につっぷしていた。あっけにとられた解体屋の耳に、聞き覚えのある声が入り込んできた。

「解体屋さんよ、強引な暴力ならこっちが上でしょう？」

口唇期性欲の虜《オーラル・マニアックス》。あの青いスキー帽の声だった。声は続いた。

「でっかいガイジンさんが一人増えただけで、どうして舞い戻ってこれると思ったのかねえ」

「スタンリーを助けろ」

ソラチャイにそう指示して、解体屋はドアの外に飛び出した。口唇期性欲の虜《オーラル・マニアックス》の四人がすぐ目の前に立っていた。思わず解体屋は顔をしかめた。逃げ場がない。

ハンマーを持った青帽子が舌でゆっくりと唇をなめた。

「こないだはバンをだまくらかしてくれて、どうもありがとう。しかし、お前の強運もここまでだ。この車を見て、バンって名前を思い出さなかったんだろうからな」

「それじゃ、これは……」

「俺の車だよ、くそったれ」

バンと呼ばれる青年が、金属バットでアスファルトを殴りながら叫んだ。目の下にくっきりと黒いあざが出来ている。制裁をくらったのだろう。

そして、今度はこっちがリンチされる番だ。解体屋は首を振った。

「スタンリーの頭から血が出てるよ」

ソラチャイの泣きそうな声が聞こえた。

「ねえ、早く病院に運ばないと死んじゃうよ」

「そりゃ、ちょうどいいじゃねえか。この車は聖オーガスティンにいくんだからな。ただし、三人とも死体安置室に直行だ。血のしたたる生肉の状態でね」

そう言って、青帽子は唇を噛んだ。洗濯屋《ウオツシヤー》たちは大きな声で嘲《あざけ》るように笑った。

「そのガイジンどもを放り出して、全員車に乗って下さい。すぐに御安心していただけるようにしますんで」

と、黄色帽子が洗濯屋《ウオツシヤー》たちに指示を出した。その丁寧な言葉遣いが妙に慣れたものであることに、解体屋はぞっとした。最初に彼らに会った時と同じ、プロフェッショナルな暴力に対する恐怖だ。

ソラチャイはスタンリーから引き剝《は》がされて、解体屋の横に並ばされた。車の外にいた連中は嘲りの笑いを続けながら、二人に近づいてくる。

だが突然、その洗濯屋《ウオツシヤー》の一人、あの太った女の体がふわりと宙に浮いた。赤帽子が鉄の棒をアスファルトの上に投げ出したのは、その一瞬後だった。カランと寂しい音がして、今度は赤帽子の体が崩れた。何が起こったのかと目を見張る解体屋の前に、紺色の制服を着た中年男が立っていた。

「管理人……」

周囲の者すべてがぼんやりと見ているしかないほど、管理人の行動は素早かった。落ちた鉄の棒を拾って解体屋の方に投げるやいなや、その低い姿勢のままで横に足刀を繰り出す。それはバンという青年の脇腹にくいこんだ。管理人は股を軽く開いた形になって、もう次の標的を定めようとしていた。きっちりとかぶった紺の制帽は、いくら動いてもずれもしない。

その真剣なまなざしを追ううち、解体屋は思わず吹き出してしまった。とにかく異常に強いのだ。なぜか青帽子も笑い出しそうに唇を歪めているのがおかしくて、解体屋はゲラゲラと笑った。

「何を笑いますか？　早くそのエモノを取って下さい」

早口で管理人は言い、さっと構えを変えた。

「エモノ？　時代劇じゃないんだからさ、せめて武器とかさ」

解体屋はうごめく下腹を押えられなかった。もはや爆笑に近い状態だ。

その不可解なほどの笑いは口唇期性欲《オーラル・マニアックス》の虜を動揺させていた。ハンマーをかざす青帽子、そして金属バットを振り上げる黄色帽子は、いまや最も強い敵となった管理人に神経を集中出来なかった。解体屋の顔を横目でうかがいながら、迅速に動き続ける管理人に正対するのが精いっぱいなのだ。

そのことに気づいた解体屋は、ソラチャイから鉄の棒をひったくった。すぐさま運転席の横に身を移す。スタンリーを守り、管理人とともに口唇期性欲《オーラル・マニアックス》の虜をはさむ形だ。

バンの中の洗濯屋《ウォッシャー》たちが一斉に低い合唱を始めた。溶けるような低音の上に、電気信号に似た高音が混ざっていた。青帽子がすっと首筋を立てるのがわかった。口唇期性欲をかきたてる歌なのだろうか。それとも、と解体屋は思った。俺たちの筋肉を支配する旋律……？

ソラチャイがバンの横の扉に手をかけた。扉はレールの上を滑って、重たい音を立てながら閉まった。焦った洗濯屋《ウォッシャー》たちは歌のボリュームを上げながら、運転席に近づいた。中の一人がスタンリーの体を車から落とそうと、シート越しに手を伸ばす。解体屋は振り向いて、その若い白人の胸に鉄の棒を突き込もうとした。

黄色帽子がバットを振り降ろした。バットをよけた解体屋はアスファルトの上に倒れた。口唇期性欲《オーラル・マニアックス》の虜はここぞとばかりに勝負をかけてくる。黄色帽子が倒れた解体屋に突進してきた。管理人はそれを阻止しようと片足を上げた。青帽子のハンマーがその管理人めがけて水平に打ち込まれた。

青帽子の背中に突進し、思いきり頭突きをくらわしたのはソラチャイだった。体勢を崩した青帽子のハンマーは空を切った。その間に、管理人の蹴りは黄色帽子の膝に真横から命中した。黄色帽子の体と金属バットは、斜めになったままバンのバックミラーのあたりに激突した。

スタンリーの背中をつかんだ洗濯屋《ウォッシャー》は、シートを乗り越えて運転席に座ろうとしていた。車を発進させようというのだ。だが、スタンリーの太い指はハンドルに巻きついていた。金髪の洗濯屋《ウォッシャー》はその指を外そうと必死になっていた。

「無理だ。俺はハンドルを離さない」

スタンリーがうめくように言った。

「大丈夫か、スタンリー」

そう呼びかけながら、解体屋は若い洗濯屋《ウォッシャー》の髪をつかんだ。力いっぱいに引き上げ、そのままフロントガラスめがけて金色の頭を振り降ろす。若い洗濯屋《ウォッシャー》の額はフロントガラスを割るかと思われた。

「心配いらない。あんたとの約束は守る」

「もうすぐ終わるから我慢してくれ」

解体屋はスタンリーの後頭部を見た。黒い髪が血でべとついている。

「危ないですよ」

と、管理人が怒鳴った。首をすくめて振り返ると、青帽子の背中が近づいてきていた。管理人とソラチャイがその前面にいる。解体屋は鉄の棒を振り上げた。だが、青帽子は後ろも見ないまままで、ハンマーの柄を突き入れてきた。少し丸くなった柄の先が、解体屋のみぞおちに命中した。息が止まる。

その瞬間、管理人はクルリと回転した。青帽子はあわててハンマーを持ち直そうとしたが、すでに遅かった。管理人の回転後方蹴りが顎の付け根にめり込んでいたのだ。青帽子はよろける体を立て直そうと、左手で車のバックミラーをつかんだ。がらあきになった胴を狙って、すでに管理人の背中が飛んでいた。着地と背後への肘打ちは同時だった。体重のすべてがかかった肘は、青帽子の胃を突き刺していた。

管理人がすっくと立ち上がると、青帽子は腰を落とした。背中を車にもたせかけたままずるずると滑り、静かに横たわる。まるでカンフー映画だった。

再び雨が降ってきたように解体屋は思った。だが、それは拍手の音だった。いつの間にか車を遠巻きにしていたスクワッターたちが、管理人の強さに思わず賞賛の拍手をしていたのだ。

管理人は拍手の中でもなお油断せず、新たな構えでクルクルと体を回転させ、スクワッターを威嚇した。そのポーズにスクワッターはさらに拍手をする。管理人はいっそう緊張した面もちで、構えを変えた。スクワッターはどよめき、より大きな拍手を捧げる。しばらく、その繰り返しが続いた。痛む腹を押さえながら、解体屋は大声で笑うばかりだった。

スタンリーは聖オーガスティン病院にいくことを拒んだ。洗濯屋《ウォッシャー》のいる病院になど世話になりたくないと首を振り、アグリー・レインボウに戻ると言い張ったのだ。幸い、殴られた後頭部の骨は折れていないように思われた。仕方なく、解体屋はアグリー・レインボウの拠点に車を移動させることにした。

スタンリーのかわりにハンドルを握ることになった管理人に向かって、ソラチャイが指示を出す。管理人は自分の強さを忘れてしまったかのように、ソラチャイの命令のいちいちに丁寧な返事をした。

アグリー・レインボウのスクワッテッド・ポイントに着くと、アーギリたちが飛び出てきた。作戦は成功した、とアーギリは言った。ほぼ全員がウニを持った状態で待ちかまえているのを知って、相手はすごすごと逃げ出したのだという。解体屋はわけも話さずに、ノビルの子孫たちを監禁しておいてくれるようにとアーギリに頼んだ。うなずきもせずに、アーギリはバンの扉を開けた。

管理人が促すと、洗濯屋《ウォッシャー》たちはおとなしくバンを降りた。少しでも声を出そうとしたら殴れ、と解体屋はアーギリに言った。それが洗濯屋《ウォッシャー》であることがわかると、アグリー・レインボウのメンバーはいきり立ち、乱暴な扱いで建物の中に引き込んだ。眠ったままの院長だけを車に残して、洗濯屋《ウォッシャー》たちは去った。

ガラスの粉が散るアスファルトの上に落ちてくるものがあった。解体屋が選んだひと揃いの服だった。見上げると、幅の狭い窓からグエンが身を乗り出していた。手を振って礼を言い、拾い上げる。トレーナーの中には、ソラチャイの分の着替えまで詰め込んであった。ソラチャイも何か叫んだが、グエンは微笑むばかりで何も答えず、やがて窓の奥に引っ込んでしまった。

「解体屋が失礼なこと言ったのに、グエンはこんなに心配してくれてる」

ソラチャイは聞こえよがしの独り言をつぶやいて、もらったばかりのシャツを広げながらバンに乗り込んだ。それを無視して解体屋はスタンリーの方に歩み寄った。アーギリに支えられたスタンリーは、解体屋を見送ろうと待っていたのだ。

必ず救急病院にいってくれとスタンリーに言いふくめてから、解体屋はその厚い手を握った。節くれだってはいるが、柔らかい指をしていた。何も言わず、ただ握った手に思いきり力を入れて別れを告げると、スタンリーも無言でポケットを探った。ニヤリと笑って、ガムを差し出す。解体屋は手のひらにそれを受け取り、もう一度スタンリーの目を見つめてからバンに乗り込もうとした。

「なあ、キャプテン」

スタンリーが小さな声で呼びかけてきた。

「お前もタフなやつだなあ。俺から見れば、立ってるだけで奇跡なんだぜ」

「いや、ちょっと聞きたいことがあってね。もしもなんだけど、もしもオーガスティンに妹がいたら……いや、絶対いないな」

スタンリーはそう言って、頭を振った。

「いたら、必ず俺が連れて帰る。これは約束だ。スタンリーに似た女なら、どこにいても目立つだろう。きっと、すぐにわかるよ」

解体屋が励ますように言うと、スタンリーは顔を歪めた。痛みがひどいのか、照れているのかはわからない。スタンリーは再び口を開いた。

「もしも……もしもばっかりで悪いけど」

「もうしゃべるなよ、スタンリー。わかってるって。もしも妹さんが見つかったら、俺が責任持って解体《デプログラム》を引き受ける。安心してくれ。なにしろ、代金を前払いでもらってるからな」

解体屋は指でつまんだガムをちらつかせながら言った。スタンリーはゆっくりうなずいてから右手を振った。行け、というのだ。そのそっけないやり方がいかにもスタンリーらしいと思いながら、解体屋は丁寧におじぎをしてみせた。それから、スタンリーによく見えるようにガムを口に放り込む。

「解体《デプログラム》の新規御契約ありがとうございました。この御契約は永遠に続きますので、いつでも秘書に御連絡下さい。十年後でも二十年後でも、私は必ずスタンリー様のお役に立ちます」

スタンリーは笑い顔を見せた。秘書と言われたソラチャイが、眉を上げて言った。

「それじゃあ、出発しよう。管理人さん、ぶっ飛ばして下さい」

管理人は制帽をかぶり直し、首が折れるかと思うような勢いでうなずいた。同時に、バンが急激に走りだした。今度は解体屋とソラチャイの首が折れそうになった。

管理人の運転は荒かった。特に高速に乗った直後から、まるで無謀な若者のようなハンドルさばきをする。後ろからそれを責めると、管理人はまた制帽をかぶり直して言った。

「一刻も早く行きませんと……知香さんが危険なんでしょう？」

解体屋とソラチャイは黙った。管理人は深いしわのある口を開けて笑った。

「わかっておりますよ。言わんでもわかっております。あたしは心配出来る立場じゃありませんからねえ。すけべえおやじですから」

解体屋は何も話さないことに決めて、シートに背中をもたせかけた。管理人は続けた。

「ただ、あたしはいい年をして、知香さんに恋をしておりました。それでおかしな真似をしてしまった。あなたに叱られて、あたしも反省しました。もう何にも聞きません。ただ、命じていただければ、この空手五段の腕を御披露いたします」

「空手……五段、ですか？」

解体屋の口調が急に丁寧になった。だが、管理人はそれが自分の強さに対する恐れだとは思わないらしい。恥ずかしそうにうなずいて、管理人はつぶやいた。

「ええ。ですが、すけべえおやじですから」

あまり調子よくつながった思考とは言えないが、ともかくあの盗聴を恥じていることは好都合だ。解体屋は答えた。

「そのすけべえってのはやめた方がいいですよ。余計にいやらしく聞こえますから」

「あ、そうでしたか。すると、あれですか、あのお……エッチとか言った方がいいですかね？」

解体屋はあきれて黙った。

「ああ、そうか。そうですか。これからは断じてすけべえはやめます。心して、エッチと言うようにしますよ」

「いや……心しなくていいんですけどね」

「は、そうですか。しかし、気をつけませんと、またあなたに気合いをかけられますから」

「気合い？」

管理人は背筋を伸ばして、強くうなずいた。

「あなたは気合いの名人ですから。あの気合いであたしは丸一日の間、自分が誰やらわかりませんでした」

助手席のソラチャイが吹き出して、振り返った。

「解体屋の後催眠《スリープ・オン》も本人に気づかれてるようじゃ、まだまだなんじゃない？」

ソラチャイはいたずらそうな目で、解体屋を見た。解体屋はむくれて横を向きながら、教会での戦いのことを考え始めた。

知香と錠前屋《プロテクター》がいるのなら、そこにノビルがいないはずがなかった。ノビルの子孫を名乗るPWの洗濯屋《ウオッシャー》たちも、まだ何人残っているかわからない。だが、それを確かめようにも、院長は薬の効果で眠りの中をさまよっていた。もちろん管理人の強さはあてになるが、と解体屋は遠くにぼんやりとにじむネオンを見つめた。いつまでも腕っぷしが通用するとは思えない。

解体屋はスタンリーを真似てガムをふくらませ、小さなつぶやきを吹き込んですぐに潰した。

……今度は必ず意識下の戦争《サイキック・パンク》になる。

そのつぶやきの混ざったガムが、少し苦みを帯びたように感じられた。

第　十五　章

不可知の静寂

サイレント・コントロール

聖オーガスティン病院の正門には警備員がいた。古い石造りの門の横にバンをとめ、解体屋は白い詰所の奥に声をかけた。

「すいません。ちょっと手を貸してもらえませんかね？　おたくの院長が酔っぱらっちゃいまして、その、俺の病院に寄れってうるさいんですよ」

管理人はすでにドアを開け、詰所から漏れる光の中に歩み入っていた。解体屋はぐったりとした院長の体を抱いたまま車を降り、管理人に合図を送った。あわてて制帽を脱いだ管理人は、解体屋のかわりに言葉を継いだ。

「あたしは同窓生なんですけども、おたくの院長としこたま飲みましてね。こいつ、すっかりつぶれちゃったもんだから、今日は家に帰らんぞなんて言い出しまして」

急患ではないと知ったからか、若い警備員はのんびりした調子で外へ出てきた。院長を見て顔をしかめる。

「いやあ、院長先生がねえ。酒はやらないって聞いてたんだけどなあ」

管理人は頭をかくふりをしてごまかした。

「そうなんです。院長は酒を一滴も飲めんのですがね、あたしが無理やり飲ませたんですわ。あたしらは、そのお、同郷でしてね。ええと、県人会仲間で、まあその、福岡県人ならば飲めんはずがないと脅《おど》しましてな。あの、お前も小倉で陣太鼓を叩いた男だろうが、ああと、その、ちゃんぽんを一緒に食った青春のあの日を忘れたか、とか、ええと……」

警備員が疑わしそうな表情になって、詰所の中に戻ろうとした。

「早瀬さん、ちょっといいですか。ちゃんぽんって長崎の名物でしたよねえ？」

解体屋は舌打ちをして管理人を黙らせた。かわってしゃべり出しながら、院長を管理人の腕に預け、早足で警備員の後を追った。

「あの人も酔っぱらってるんですよ。さっきから何が何やら、言ってることがでたらめで」

「そんな人に運転させちゃまずいじゃないですか。あなたはどういう御関係の方です？」

若い警備員が言うと、奥から早瀬と呼ばれた中年が現れた。あきらかに警戒している。

「僕は飲み屋の店員ですが、おたくの院長先生が……」

「ちょっと外へ出なさい。ここは入っちゃ困る。警備員室だから、ちょっと出て下さい」

あわてて制服のボタンを止めながら、中年が荒々しく手を振った。解体屋はその中年に向かって走り、みぞおちに当て身をくらわした。すぐに振り向いて若い警備員のすねを蹴りつけると、両腕をつかみ上げる。

「ソラチャイ、通信器を探せ」

管理人の背後に隠れていたソラチャイは、暴れる警備員の尻ポケットから緊急連絡用の小型機械を抜き取った。同時に解体屋は若い警備員の腹に膝蹴《ひざげ》りを入れ、気を失わせる。

「あんたがちゃんぽんとか陣太鼓とか、わけのわからないことを言うからだ。かわいそうに二人とも……」

管理人は目を伏せて、反省の色を示した。

「いや、院長さんは九州男児かなという気がしていたものですから、この眉毛の太さとか……なんとなくなんですがね。そうじゃないかなあ、と。それで陣太鼓の話を……」

「そんな大ざっぱな推測でものを言ってどうするんだよ。そもそも、陣太鼓は赤穂浪士だろ？九州なら小倉太鼓じゃないか。急患用の門から入ろうとしてたら、罪もない看護婦を殴らなきゃならないとこだったんだぜ。まあ、おかげで警備員が二人いることがわかったからよかったけどさ」

慰めるようにそう言って、解体屋は倒れた警備員を奥の部屋にひきずっていった。管理人は託された院長を投げ捨てて、解体屋を手伝った。脱がせた制服で管理人が器用に警備員たちを後ろ手に縛る間、解体屋は錠剤を細かく砕《くだ》いた。そして、小さな冷蔵庫からビールを取り出して、二人に白い粉をふくませた。

院長をかつぐようにと管理人に命じ、解体屋は一度バンに戻って武器を手に取った。口唇期性《オーラル・マニ》欲《アックス》の虜から奪ったものだ。ソラチャイに鉄の棒を渡し、自分はハンマーを選ぶ。管理人は無言で首を振った。いらないというのだ。確かに下手なものを持たせるより、素手の方がよほど強いのだろう。

解体屋は先に立って、鈍い銀色に塗られた鉄の門をくぐった。ソラチャイと管理人も続く。迷っていると、ソラチャイが右を示した。こんもりとした森が黒い影になっている。解体屋はうなずいて走り出した。

森の内部は闇に包まれていた。背の高い木の間に、左手の病棟から漏れる薄い光が差す程度だ。道もない。だが、ソラチャイによると、教会には森を抜ける以外にたどり着く方法がないのだという。突き出したハンマーで足元を確認しながら、解体屋は中へ進んだ。

雨上がりの森が作り出す暗闇には、体内に侵入したような感覚を呼び起こすものがあった。あたりは一面湿気に覆われており、風が軽く吹くだけで森全体がうねる。下草や木々から垂れた葉に体をなめられながら、解体屋はその柔らかな内臓を横断した。

森は予想外に大きかった。歩いても歩いても教会は見えてこない。しかも、時々ソラチャイがささやく方向指示の他には、声ひとつたてられなかった。どこに敵が潜んでいるかわからないからだ。次第に、自分たちの足音だけに神経が集中するようになる。寂しさが非現実感につながり、何のためにここにきたのかが不明瞭になるような瞬間があった。おまけに、闇が自分の体の輪郭を溶かしている。

気をつけないと、自然に表面洗濯《ハンド・ウォッシュ》されちまいそうだ。解体屋は立ち止まって、深呼吸をした。自己の把握がおぼろげになっている状態では、とても洗濯屋《ウォッシャー》とは戦えないのだ。着替えたアーミーパンツから残りのガムを取り出して、口の中に入れた。化学物質のくどい甘さが舌の上に広がった。その甘さにすがりつくようにして、解体屋は自己確認をした。

再び前に進もうとすると、ソラチャイがトレーナーのすそを引っ張った。

「右って言ったじゃないか」

闇の中であわてて首を振るが、そんな指示は聞いた覚えがなかった。

「言ったか、そんな……」

と答えた瞬間、語尾が消えてしまう。解体屋は口を開いたまま、耳に指を入れた。まるで高い山に登ったような気分だった。首を傾げる。またソラチャイがこちらを探して、手を伸ばしてきた。襟を思いきり引っ張られる。バランスが崩れて、解体屋はソラチャイを抱く格好になった。

耳元で声がした。

「……っただろ」

今度は語尾しか聴こえなかった。

「なんて言ったんだ、お前？」

そう聞いたつもりだったが、ソラチャイにも半分しか伝わっていないらしい。頭を強く振っているのがわかった。あわてて解体屋は体勢を立て直し、大声で怒鳴った。

「気をつけろ、洗濯屋《ウオツシヤー》が歌ってる」

きれぎれの声を聞いたソラチャイは解体屋に抱きつき、体をよじ登るようにして耳に口を押し当ててきた。

「なんでうまく聴こえないの？　洗濯屋《ウオツシヤー》？」

ソラチャイの言葉が振動になって伝わった。解体屋はすぐにソラチャイの頭をつかみ、同じようにその耳に唇を当てて答えた。

「ノビルか、ノビルの子孫が歌ってる。俺たちの声を消す歌だ。管理人に敵がいると伝えろ。あいつは気配で倒せるかも知れない」

振動からどれだけの意味をつかんだかはわからなかったが、ソラチャイは闇の中に飛び降りた。解体屋は必死に耳を澄まして、洗濯屋《ウオツシヤー》の歌を聴き取ろうとする。だが、森がざわめくような音以外には何も聴こえなかった。さらに神経を尖らせる。すると、木々の触れ合う音に似た軽い震えが感じられた。

「これか……？」

そう言ってみる自分の声が遠い。しかし、そのつぶやきの調子に合わせて、一瞬空気の振動が変わるのがわかった。おそらく、ノビルの子孫たちはこちらの声を聞き、瞬時に歌の高低をコントロールしているのだ。解体屋は金切り声で叫んだ。

「ソラチャイ、こっち……」

すぐに言葉を切って、歌の調子を確認する。同じような高さの雑音が急激に低くなるのが、今度はよく聴き取れた。やはり、そうだ。やつらは俺たちの声を反復記憶《サンプリング》し、それを音の壁のように発しているのだ。

柔らかなものがぶつかってきた。すかさず殴りかかろうとして、思いとどまった。ソラチャイの感触がしたからだ。

「管理人に伝えてきたよ。でも、殺気はないですって怒鳴ってた」

ソラチャイは解体屋の首にかじりつき、まるで頬にキスでもするような形になっていた。あまりの重さに首を回した解体屋は、はっとして目を閉じた。

「ソラチャイ、首は動いてないか?」

触れた頬と頬の間に、小さな振動があった。かも知れない、と言っているのだ。ノビルたちが命令旋律《コマンド・メロディ》を奏で始めているのか。解体屋は太い息を吐いた。早く逃げなければ危ない。そのままでいたら、頭に入り込まれてしまう。

「管理人を連れてこい。走るぞ」

急いでそれだけ言って、解体屋は大声で歌を歌い出した。旋律があれば、相手も反復記憶《サンプリング》した音を出しにくいと思ったのだ。

「アールプース、一万尺、こやりのうーえで、アルペン踊りを、さあ踊りましょ、ラーンラララ、ラララ、ラーンラララ、ラララ……」

驚いたソラチャイは走りかけて、また解体屋の体に飛びついた。

「しっかりしろ、解体屋」

ソラチャイは解体屋の後頭部をペタペタと殴りつけた。払いのけて、また歌う。

「アールプース、一万尺、こやりの……」

ソラチャイは闇の中から腿を蹴りつけてきた。歌を続けながらその胸ぐらをつかみ、解体屋は耳元で怒鳴った。

「俺だって好きでこんなのんきな歌を歌ってるわけじゃないよ。やつらの命令旋律《コマンド・メロディ》をどうにかしなけりゃならないんだ。お前も歌え」

「そのアルプスの歌を？　僕が歌うの？」

「何だっていいよ。いや、あれを歌ってくれ。あのタイの歌だ。俺の防衛旋律《ディフエンス・メロディ》をやってくれ」

ソラチャイは歌い出した。解体屋も山男になりきって、乱暴な声を上げた。二人の声はよく聴こえた。敵も旋律までは消せないらしい。

だが、その解体屋の安心は長く続かなかった。ソラチャイが遠ざかるにつれ、自分の声が聴こえなくなってきたのだ。

ふっと目の奥が白くなるのを感じた。戦闘者《ハッカー》が雪景色の森のまん中に立っていた。マザーコンピュータからは、ジャック・オフの指令が出ている。だが、戦闘者《ハッカー》の足は雪に埋もれて動かなかった。冷たい吹雪が目の前に現れた。マザーコンピュータの指令がサイレンに変わったが、その空をかき切るような高音は細かい雪に吸い込まれてしまう。戦闘者《ハッカー》は途方にくれてしゃがみ込み、足元の雪を少しずつ手にすくっては脇に投げた。寒かった。震えが止まらない。

強制没入《オーバーラン》が起こっていた。解体屋自身は精神を分裂自己《スプリット・セルフ》に手渡したつもりはなかった。戦闘者《ハッカー》とマザーコンピュータだけが、操作不能のままで動いているのだ。解体屋は頭を振って、切り離された自己を統一し、再び大声で歌った。

何も聴こえなかった。すぐに分裂自己《スプリット・セルフ》が働き出す。

戦闘者《ハツカー》はまだ雪の中にいた。森の高い梢を見上げる。もみの木だろうか。梢の先は交差し合い、まるで格子のように思えた。あるいは柵だ。柵……。ふと錠前《プロテクト》のことを思い出し、戦闘者《ハツカー》は不安になった。ここは森の中などではなく、あの精神の川の上流なのではないか。戦闘者《ハツカー》は急いであたりを見回した。水の底に俺はいるのか。もう一度、梢を仰ぐ。あれが柵だとしたら、もう蛙の粘液はついていない。

「自己暗示《セルフ・ウオツシユ》しちゃだめだ！」

解体屋は自らの内部にそう叫んだ。

「これは不安誘導による自己暗示《セルフ・ウオツシユ》なんだぞ！」

だが、叫びは森の奥へと消え、耳にはただ木々の揺れる音だけが響く。それは戦闘者《ハツカー》だけを呼び出す旋律のように聴こえた。マザーコンピュータさえ眠り込み、もはや覚醒しているのは自分のみだ。戦闘者《ハツカー》はそう思った。

散る雪片を顔に受け、戦闘者《ハツカー》は横たわったままでいた。見えるのは柵と白い空だけだ。あの柵の向こうには俺の言葉が聞こえないんだろうな。戦闘者《ハツカー》は足を抜くのも忘れて、ただただ雪を見た。ここで何か考えても、あの柵を通ればすべてが他人のテクストになる。他者の言葉になって漏れ出すだけだ。

いや、違う。戦闘者《ハツカー》は頭を左右に振った。頰の両側が冷たい雪に触れた。俺はここを抜け出さなければならない。戦闘者《ハツカー》は起き上がり、固い雪に包まれた足を動かそうとする。まったく動く気配がなかった。マザーコンピュータからの指令はとだえていた。戦闘者《ハツカー》はどうすればいいのかと自分に問いを出した。足が抜けない。だが、俺は飛ばなければならない。どうする、どうするんだ？

戦闘者《ハッカー》は足を切り捨てようと思った。しょせん、俺が生きているのは仮想世界《フリーダム》なのだ。足の一本や二本なくなっても、いずれマザーコンピュータが補ってくれるに違いない。飛ぼう。足がちぎれても、あの柵の向こうに飛んでいくのだ。

少し腰を落として準備を整えた戦闘者《ハッカー》は、ぐっと顎を上げて空を仰いだ。いくぞとつぶやいた時、禁止命令が伝わってきた。どこから聞こえたのだろうと首を振る。骨の内部からだった。背骨が震え、その振動が戦闘者《ハッカー》を思いとどまらせる。震えはこう言っていた。それは罠だ。戦闘者《ハッカー》が自滅するように仕向けられているのだ、と。

ソラチャイの歌が骨をジンジンと揺らしていた。暗闇の中で、解体屋はその歌い手の小さな体を抱きしめていた。ソラチャイは歌をやめない。解体屋はソラチャイに覆いかぶさるようにして、その頬に唇を当てた。

「遅かったじゃないか、ソラチャイ。もう少しで深層催眠《ディープ・カット》にかかるとこだったんだぞ」

ソラチャイは短く答えた。

「反応がないから、立ったまま死んだのかと思ったよ」

そして、また歌い出す。だが、それはあの防御旋律《ディフエンス・メロディ》ではなかった。まったく違う歌だ。

……そうか。ソラチャイの狙いを理解して、解体屋は思わず体を抱いた手に力を入れた。目覚めの鳥は旋律をなぞられないように、洗濯屋《ウオツシヤー》が知らない歌を次々にさえずっているのだ。精いっぱいの大声を出し続ける鳥の背中をなでながら、解体屋はソラチャイがいとおしくてならなかった。

その解体屋の頬《ほお》にゾリッという感触があった。煙草くさい息がこちらの鼻にかかる。管理人がヒゲ面を寄せてきているのだった。こちらはいとおしくもなんともない。

「あたしの声は聞こえやすいんですがね。どうしましょうか？」

なるほど。ノビルたちは管理人の声をほとんど知らないのだ。反復記憶《サンプリング》の素材が少ない以上、この声を利用しない手はなかった。管理人の頰に唇をつけるのはあまりいい気分ではなかったが、この際仕方がない。解体屋は伝えた。

「俺たちの知らないような……軍歌とかそういうやつをどんどん歌ってくれ」

「あたしは軍歌は好きじゃないですよ。そんな年じゃないですしね」

「そりゃよかった。俺も大嫌いだ。とにかく、古い歌をがなりながら、森を抜けよう」

すると、ソラチャイが歌を中断した。

「いや、この人は気配で相手の位置がわかるっていってる。それに僕も、だいたいどこに散らばってるかが何となくわかるんだよ」

解体屋は歌を再開するソラチャイの頰に言葉を響かせた。

「敵はあのノビルの子孫だぜ。気配なんか完璧に消しちまうやつらだよ。それが何でわかるんだ？　俺にだけわからないのか？」

ソラチャイは答えた。

「やつらも動いてるんだ。管理人さんはそれに敏感なんだと思う。それにね、実は百合の匂いがあちこちからするんだよ」

錠前屋《プロテクター》だ、と解体屋はつぶやいた。たぶん、あの老賢人がノビルたちに匂いをつけていたのだ。

闇の中に解体屋の微笑みが溶けた。

「相手の命令旋律《コマンド・メロディ》を遮断しようとしたのが間違いだった。もう歌は歌わなくていい。思いきり耳を澄ますんだ。こっちが動けば、相手も移動する。気配も匂いも音も変わるだろう。森を抜けながら、相手に近づいたら……倒す」

ソラチャイと管理人にそう伝えて、解体屋はハンマーを拾い、力をこめて握り直した。

森は静まり返っているように思えた。だが、これは不可知の静寂《サイレント・コントロール》だ。意識下ではとんでもない旋律が奏でられている。気をつけろ。恐れるな。耳をふさがずに、相手の出す雑音を聴き取るんだ。解体屋は自分にそう言い聞かせながら、ソラチャイに手を引かれたまま、闇を分けて進んだ。

まるでオーガスティン病院から逃げ出した時のようだった。盲目の王と暴力王子の大脱出。しかし、今回は空手五段の侍従が背後で我がマントの裾をつかんでいる。それに前方には老賢人が待っているのだ。まいったな。ユングの世界じゃないか。解体屋は苦しそうな顔で笑った。

戦闘者《ハツカー》の姿が何度もひらめいた。不可知の静寂《サイレント・コントロール》は狂えと命じていた。その度、頬を叩いてつぶやく。

「俺には目覚めの鳥と錠前屋《プロテクター》がついてる」

そして、ソラチャイが歌うあの防御旋律《ディフエンス・メロディ》を頭の奥で鳴らす。

「この旋律を覚えている限り、俺の簡易錠前《ソフト・プロテクト》は破られない」

解体屋は必死に自己暗示《セルフ・ウオッシュ》を続けながら、同時に周囲の音に神経を集中した。

首の後ろが張っていた。だが、解体屋は決してそれを動かさないようにした。首を振ってしまったら、相手の命令旋律《コマンド・メロディ》がさらに深く自分をとらえてしまうからだ。解体屋の額からは汗が流れ出していた。雪の中に足を埋め込んだ戦闘者《ハツカー》が見える。その戦闘者《ハツカー》の姿を上からとらえているうちは安全だ。戦闘者《ハツカー》自身の目から世界を見始めた時、俺は自滅の道をたどるだろう。

ガムを耳に詰めてしまいたい、と思った。何も聞こえないようにしろ、そのためにガムをやったんだぜ。スタンリーがそう言っているような気がする。

解体屋はソラチャイの手を強く握りながら、自分に向かってつぶやいた。スタンリーはそんなことを言っていなかった。絶対に言っていない。

混乱が頂点まで高まるかと思われた時、管理人の気配が消えた。思わず闇を振り返る。頭上から悲鳴が聞こえた。ドサリと重いものが落ちてくる。すぐに煙草の匂いがした。

「まず一人、倒しましたよ」

その偉業を称えようと管理人の肩に触れる。生温かい塊があった。気味が悪くて手を引っ込めたが、すぐに院長だったと思い出した。

「そんなもの、もうかついでなくていいんだぜ」

管理人は次の獲物を狙う緊張感を漂わせながら、答えた。

「この人は利用価値があるようですから。あたしがへたばるまでは運びますよ」

ソラチャイが手を強く引いた。近づくと、耳元でささやく。

「左から百合が匂う。別々の動きだよ」

解体屋は気配に耳を澄ました。すかさず戦闘者《ハッカー》がちらつくが、無理やり精神映像《サイ・ビデオ》にフリーズをかける。低い息が聴こえた。確かに二つある。解体屋は手で右を狙えと伝えた。ソラチャイはわかったとばかりに握り返す。

管理人の指をトレーナーから外して、解体屋は身を低くした。息のありかに突進する。頭が相手の胸にぶつかった。ためていた拳を繰り出す。敵は痛みに耐えて、解体屋の体をつかみ、もろともに倒れ込んだ。解体屋がとまどっていると、相手は強い調子で旋律を響かせた。急いでその腹を殴る。だが、距離が近過ぎてダメージが少なかった。耳をかじるような勢いで、敵は旋律を吹き込んでくる。

戦闘者《ハッカー》が呼び出されるまで一秒とかからなかった。すでに宙に飛び上がろうとしている。解体屋はなりふりかまわず、旋律の源を殴った。拳の先で歯の折れる音がした。それでも、歌はやまない。体を重ね合わせている分、歌は振動となってよく響いた。戦闘者《ハッカー》の恍惚《こうこつ》とした表情が浮かんだ。

「意識下の戦争《サイキック・パンク》！」

かろうじてそう叫んで、解体屋は相手と頬を合わせた。旋律は頬骨から脳に直接波動を送ってくる。だが、解体屋も死にもの狂いで自己を分裂させていた。強制没入《オーバーラン》に対抗して、自分からジャック・インしたのだ。

操作者《マニピュレータ》は敵が女であることを知り、薄い胸をつかんで相手を罵倒していた。マザーコンピュータは精神映像《サイ・ビデオ》を雪景色から泥沼の戦地に変えた。戦闘者《ハッカー》の足は泥に深く埋まっていたが、それはすぐに抜けた。目の前には骸骨《がいこつ》のようにやせた難民がいた。戦闘者《ハッカー》はその骸骨と組み合っているのだった。戦闘者《ハッカー》はいったん骸骨から離れて宙に浮いた。

マザーコンピュータが操作者《マニピュレータ》の様子を伝えてくる。まるで女を犯すようにして、性器をなでていた。聞きとれないほどの速度で、相手に言葉を浴びせかけている。体の反応は逐一マザーコンピュータによって計算されていた。コンプレックスや不安、あるいは相手にかかっている錠前《プロテクト》のありかまで、マザーコンピュータは一気にはじき出そうとしていた。戦闘者《ハッカー》はにやりと笑ってこう言った。俺もそっちの役を引き受けたかったぜ。なにしろ、こちらのお相手は骸骨だからさ。

骸骨の背後には雪景色が広がっていた。そこに引き込まれないように注意しながら、戦闘者《ハッカー》は泥沼の上に立った。マザーコンピュータはその目の前にいくつかの地雷を埋めていた。骸骨は気づいていない様子で、戦闘者《ハツカー》に飛びかかってきた。いつの間にか、こちらの右腕にはハンマーがつながっていた。そのハンマーで骸骨の恥丘を狙った。外れてハンマーは自分の体をよろけさせた。おそらく、操作者《マニピュレータ》が言語操作《マインド・コントロール》を誤ったのだろう。

戦闘者《ハツカー》は泥に片足をついた。それはずぶりと沈み、戦闘者《ハツカー》の動きをとめてしまう。骸骨がハンマーの先を握り、雪景色の方に引っ張り込もうとした。戦闘者《ハツカー》は腰を落として抵抗するが、足場がぬかるんでいて思うようにいかなかった。

畜生、地味な白兵戦だぜ。戦闘者《ハツカー》は唾を吐いた。骸骨は優勢と知って、さらに力を入れた。タイミングよく、戦闘者《ハツカー》はハンマーを手離した。骸骨は尻もちをついて倒れた。

マザーコンピュータが小さな円状の映像を送り込んできた。軍用機のパイロットがヘルメットの内部につけているような、コンピュータ映像が映っていた。それは戦闘者《ハツカー》の眼球にはまり、緑の電子線の中で骸骨の右腿を赤く光らせた。

なるほど、あそこが狙い目か。戦闘者《ハツカー》は冷静につぶやいて、骸骨が起き上がるのを待った。

ところが、近づいたら打とうと構えている戦闘者《ハツカー》の前で、骸骨は一歩も動こうとしなかった。眼の回りはくぼみ、ハンマーを持った腕はベンジャミンの枝のように細く、立っているのがやっとに見える。そんな人間を壊そうとしている自分が、不意に憎らしく思えた。出来れば戦いたくない。戦闘者《ハツカー》の戦意は減退していた。だが、マザーコンピュータが戦闘者《ハツカー》の脳に電流を流した。『同情旋律《シンパシー・メロディ》が働いている』というのだ。戦闘者《ハツカー》は強く息を吐いて、相手のコントロールから逃れた。

冷たい風が吹きつけてくるのに気づいて、戦闘者《ハツカー》は目をこらした。相手の骨の隙間を雪が通り抜けているのがわかった。みるみるうちに泥沼が凍り、足元が白くなっていく。おそらく、再び相手が旋律を変えたのに違いなかった。

マザーコンピュータはその映像変化をとめようと力を尽くしていた。だが、努力も虚しく、あたりは雪景色になっていく。戦闘者《ハッカー》はマザーコンピュータに向かって悪態をついた。これは俺のせいじゃないよ。そっちがきちんとセットアップしてくれなきゃ、俺だって戦えないぜ。

ふと見ると、横にも骸骨が立っていた。そちらからも雪景色がせめてくる。戦闘者《ハッカー》は眉をひそめた。そうか、現実世界《ドグマ》で二人がかりじゃ、仮想世界《フリーダム》のコントロールも大変だよな。よし、いちかばちかだ。こっちの攻撃が功を奏すのが先か、その前に吹雪に巻き込まれるか。戦闘者《ハッカー》は自ら前方に体を倒した。そのまま目の前に立つ骸骨に向かって飛ぶ。骸骨は腕を伸ばし、戦闘者《ハッカー》を一気に雪景色に引きずりこもうとした。相手も捨身だった。

戦闘者《ハッカー》は空中で地雷をつかんでいた。それをやせさらばえた敵の右腿に叩きつける。もちろん同時に、操作者《マニピュレータ》は組み敷いている女に最終通告《ラスト・ワード》をささやいたはずだった。

戦闘者《ハッカー》の耳に爆音が聞こえた。熱が顔や腕を焼く。マザーコンピュータが一瞬だけ現実映像《モニタリング・ドグマ》を伝えた。女は悲鳴のような声を上げて、泣き出していた。お前たちは人間の頭を粉々に砕く鬼だ。何人の無抵抗な人間を解体《デプログラム》して殺したかわかってるの？　女はそう叫んでいた。その言葉は解体時《ジョブ・タイム》にほとんど必ず投げかけられる火花だったが、それでも戦闘者《ハッカー》は皮膚の表面が焦げる、いやな匂いをかぐことになった。

操作者《マニピュレータ》はすぐにもう一つの百合の匂いめがけて言葉を吐いていた。戦闘者《ハッカー》は肉片と化した女から目をそむけ、横を向く。マザーコンピュータは新たな敵をどのように精神映像化《サイ・ビデオ》するかの判断に苦しみ、とりあえず骸骨のままで戦闘者《ハッカー》の前に立たせていた。

だが、その骸骨はあっけなく消えてしまった。ジャックアウトの命令通り、戦闘者《ハツカー》も瞬時に姿を消す。

起き上がる解体屋の耳元に管理人の声が響いた。

「合わせて五人。でも、どうもおかしいですよ。さっきから目まいがするんですわ」

解体屋はすぐに答えた。

「五人もぶん殴れば気分も悪くなるさ」

しかし、と解体屋は思った。戦闘の間に、管理人の頭が命令旋律《コマンド・メロディ》を受け入れちまったとしたら、こいつは逃れられないだろう。ソラチャイと違って、相手のやり方を何にも知らないからだ。

解体屋は即座にガムを吐き出し、管理人の右耳に詰めながら言った。

「事情は後で説明する。これでも気配はわかるかどうか、答えてくれ」

「はあ……何とかわかると思いますが。しかし、また不思議なことをしますなあ。これは最新式の耳栓ですか？」

解体屋はうなずいた。まさかガムだとはいえない。そんなことをいったら、管理人は一撃で解体屋をのしてしまうに違いなかった。

「もっと気分が悪くなって、俺やソラチャイを張り倒したくなったら言ってくれ。つまりね、敵はおかしな気合いを使うんだよ」

「ははあ、やはりそうですか。みな、妙ちきりんなうなり声を出してるんですわ。あれは悪いお経です。あたしらを呪っておりますよ」

変な理解だが、間違えてはいない。解体屋は黙って管理人の腕を叩き、ソラチャイを探した。

その時、自分たちの声がよく聞こえていたことに気づいた。反復記憶《サンプリング》の声の壁は、ひとまず消えたのだ。

近くでうめくような声が聞こえた。たぶん、ソラチャイだ。管理人を制してそちらににじり寄っていきながら、解体屋はふと足を止めた。まさか、ソラチャイを装ったノビルだったら、と思ったからだった。一度短く息を吸って、解体屋はそのソラチャイの声のあたりに呼びかけた。

「ソラチャイ、ソラチャイか？」

「うん、大丈夫だよ。蹴りをくらっただけ」

思いきって手を伸ばすと、腹を押えているらしい右手に触れた。途端にソラチャイだとわかった。もう何度となく握り合ってきた手を間違えるはずがなかった。柔軟な筋が張っているソラチャイの手の甲をさすりながら、解体屋は安堵の微笑みを浮かべた。

その解体屋の耳に電気音のような高い響きが入ってきた。残り少ないはずの洗濯屋《ウォッシャー》が歌っているのか、それともノビル自身の声なのかわからなかった。どちらにせよ、すさまじい音量だ。解体屋はソラチャイに背中をつけ、耳をふさいだ。

大きなものが立ちはだかるような風を感じた。拳を握って構える間もなく、肩に痛烈な痛みが走った。すさまじい破壊力を持った蹴りだ。激痛をこらえて転がり、次の攻撃に備えて中腰になった。相手の位置がわからない。解体屋は顎《あご》を引き、両手の拳で顔をガードしたまま、気配を探った。ぎりぎりと空気をねじるような高音は続いている。突然、解体屋は攻撃の相手が誰であるかを理解した。

「ミナ、ミナ！」

一生懸命にそう叫んで、下草の上を転がった。狙い定めた一発をくらえば終わりだ、という肉感的な恐怖があった。風が巻き起こる。解体屋は反対方向に体を転がした。地を垂直に打つ鈍い音がした。

「ミナ、ミナ、ミナ！」

言葉が風の中心に当たったように感じた。解体屋の勘だ。だが、油断せずに上半身を起こし、はねるように後ろに飛ぶ。解体屋の顔面すれすれに風が通り過ぎた。頼む、聞いてくれ。祈るような思いで解体屋は調子を抑え、優しげに呼びかけた。

「ミナ……」

風の上方で小さな別の風が吹いた。管理人の荒い息だった。解体屋はその場を動かずに、再び調子を変えずに言った。

「ミナ、落ち着きなさい」

だが、その母言語《マザー・コマンド》を否定するように高音が響いた。荒い風は一歩近づいてきた。解体屋は腹をくくって立ち上がり、その風に体の正面を向けた。

「ミナ、この声を思い出しなさい。あなたは気持ちがよくなるはずだから。ミナ、ミナ、ミナ……」

すると、風に音が混じった。

「申し訳……ありませんが……体が勝手に暴れるんです……」

ぼんやりとした口調だった。催眠が蘇《よみがえ》りつつあるからか、それとも命令旋律《コマンド・メロディ》の虜になっているからか。まったく判断がつかない。解体屋は息が果てるまで語りかけようと思った。

「ミナ、ほーら、光が見えてくる。あの、管理人室で聞こえた声が、もう一度やわらかーくあなたを包む。ミナ、思い出しなさい。懐しくて気持ちのいいあの声だ。あなたが聞いているキンキンした響きには、邪悪な響きがある。それはあなたの心に合わない。とても気分の悪いものだ。

ミナ、あなたはそれを聞かない」

風が止まった。しゃがみ込んだらしい。しばらく解体屋は様子をうかがった。荒い息が始まるが、それは次第に小さくなっていく。そのうち、風はきれぎれにしゃべり始めた。

「あたしです。管理人です。もう大丈夫……だと思います。あの耳栓をちぎって、もう片方の耳にも入れましたから。あなたの気合いが、その、聞こえないのは申し訳ありませんが」

体中の力が抜けた。解体屋は木に背中をつけたままへたり込んだ。強力な命令旋律《コマンド・メロディ》もやんでいた。それがとだえた瞬間に聴こえた不思議な声だけが、解体屋の耳の奥に残っていた。どう考えてもあり得ない響きだった。無邪気な笑い声だったのだ。

ソラチャイもそれに気づいているのか、何ひとつ言わなかった。静寂があたりを支配していた。しかし、これも不可知の静寂《サイレント・コントロール》なのかも知れない。解体屋は首をがっくりと落しながら、まだ完全には緊張をとけないことに失望した。

本当の静寂の中に安らいでいるのはただ一人。両耳にガムを詰めた管理人だけだった。

第　十六　章

世界暗示

オリジナル・ランゲージ

「ほらね、グエンのいった通りだったでしょ。耳と鼻を大切にすれば勝てる。暗いところじゃ目は何にもならない。グエンの予言が当たったんだよ」

ソラチャイはそう言って、解体屋の手を引いた。まだ森は続いていたが、敵に襲われる心配はないと判断したらしい。

「だから何だっていうんだよ、ソラチャイ。ひとつ戦闘が終わった後でそんなこと言い出したって、なーんにもなりゃしないぜ」

解体屋はしわがれた声が気になって、何度も咳払いをしながら答えた。たぶん、アルプス一万尺の歌い過ぎだ。

「だけど、当たったものは当たったんだから。それは素直に認めなよ」

「いや、俺は自分が暗示を操作したとしか考えないね」

解体屋は喉をさすった。トレーナーのすそを後ろから引っ張る管理人のおかげで、襟が首をしめつけるのも原因かも知れない。

「暗示の操作なんてしてなかったじゃないか」

「したよ。俺は気がつかなかったけど、前意識《セカンド・メモリ》にはグエンから借りた暗示が残ってたはずだ。だから、暗闇の中でも何とかなると思ったんだ。それはお前も同じだぜ。その鼻で何とかなるって暗示を前意識《セカンド・メモリ》に用意していたからこそ、百合の匂いに敏感になった」

草に足をとられて転びそうになりながら、ソラチャイは不服そうにつぶやく。

「セカンド・メモリってそんなに偉いのかね」

「偉くはないけど、利用価値はある。俺たち解体屋には特にね。前意識《セカンド・メモリ》は言葉をコンピュータみたいに忠実に貯蔵する。そこでは、メタファーなんて一切通用しない。だから、本当のことを言えば、暗闇で耳と鼻を大切にしろと覚えさせたら、ただ実際顔についてる耳と鼻を傷つけないように行動するだけだ。わかるか？　聴覚やら嗅覚やらを使って闇に立ち向かおうなんて、そんな高尚な解釈とは無縁なんだよ」

「じゃあ、さっきの戦いには関係ないんじゃないの？」

ソラチャイは振り向いて抗議した。

「だから、俺は暗示を操作しろって言ったんだ。ひとつの暗示を自分で分解して解釈するんだよ。聴覚と嗅覚が自分を救うとか、暗闇でも絶対に負けないとかさ。あるいは、闇って言葉を最悪の状況と言い換えて、俺は最悪の状況でも大丈夫だっていう自己暗示《セルフ・ウオッシュ》に変える。それが操作する側に回る技術のひとつだ。お前だって、あのグエンの言葉を聞いてから、頭の中で色んな解釈をしたはずだぜ。それがいざって時になって、鼻を敏感にした。で、これで勝てるんだと思うことが出来た」

もうソラチャイは何も言わなかった。盲目のマスターに教えを乞う少年僧のようだ。

「戦うことは恐い。でもな、ソラチャイ。その恐さを乗り越えるために、俺たちは常に暗示分解《デコード》をしなきゃならない。生きていくために。それから、グエンの暗示はまだ利用出来るよ。戦いは終わったわけじゃないんだから。あいつは俺たちにこう言った。最悪の事態になってもどうにかなる。そうだろ？」

ソラチャイは解体屋の手を握りしめてから、明るい声で言った。

「今の解体屋の言葉はデコード出来ないね。だって、意味がはっきりしてるもん」

「いや、そんなことはない」

解体屋は胸にひっかかった枝を脇にどけた。

「例えば、最悪の事態になってもってところだ。これはそのまま別の暗示効果を生む。俺たちを待ってるのは最悪の事態に違いないという暗示さ。そうなりゃ何が起こっても最悪だって思っちまう。だから、すぐさま暗示分解《デコード》する。事態は最悪かも知れないし、普通かも知れないし、もしかしたら最高にハッピーかも知れない。その上でもしも最悪のケースに出会ったとしても、俺たちはどうにかなる。そう思うようにするんだ」

ソラチャイがうなずくのが手を通してわかった。うれしそうな調子でソラチャイは言う。

「そうか、それがあの呪文の意味だね。暗示の外に出ろ、俺たちには未来がある」

森の出口が見えてきた。木々の隙間から教会らしき建物の壁が覗いていた。遠い病棟の灯に照らされて黒々と光る冷たい壁は、堅固な要塞を思わせた。解体屋たちは自然に速度を落として進む。感覚をとぎすまし、どんな動きにも対応出来るようにしながら、森の端まで出た。仰ぎ見ると、教会の尖塔は鋭く空を刺していた。解体屋はふとさっきの高音を思い出した。空気を切り裂くようなあの響き。

突然、後ろから太い声がした。

「もういいですかね、耳栓は」

あわててその口をふさぐ。管理人は自分の声の音量を把握していないのだ。

「あ、すいません」

とは言ったが、その声もあたりに大きく響いた。解体屋は仕方なくうなずいてみせたが、なにしろガムだ。急いで指を伸ばし、管理人のかわりにほじくってやる。周囲がべとついてはいたが、塊自体はすぐに抜けた。すぐにポケットに入れてごまかす。管理人は何度も頭を下げて感謝の意を表してから、力強く言った。

「さて、いよいよ敵の本丸をつきますかな」

ボキャブラリーが江戸時代で止まっているとしか思えなかった。一瞬あっけにとられて管理人の目を見つめた。ひたすらに澄んで輝いている。しかも、律儀なことに、まだ肩に院長をかついだままだった。戦いが終わる度に手探りで見つけ出していたのだろう。その真剣な管理人の姿を想像して吹き出しそうになったが、解体屋は必死にこらえてささやいた。

「ああ、本丸をつこう。敵の数はもう少ないと思う。ただ、あのキンキンした声を出すやつが残っている。もしも……」

と、解体屋は管理人に言った。

「また俺を殺したくなったら、急いで耳をふさいでくれ」

「じゃ、耳栓を返して下さい」

「いや……、ええと、そうだな」

解体屋はガムのかすを取り出し、手の中に隠したままで管理人の制服の胸ポケットに突っ込んだ。

「これは特殊な耳栓だから、使う時以外は触らないように。いいね？」

管理人はしゃちほこばって、強くうなずいた。解体屋はすぐに教会の方を振り向き、ソラチャイの肩に手を置いてささやいた。

「さあ、知香を救おう」

ソラチャイはけげんそうな顔をして、口をつぐむ。

「知香はだまされてるだけなんだろ？」

そう言うと、ソラチャイはゆっくりと微笑んだ。解体屋は大きく息を吐き、荘厳な扉に向かって短い階段を登った。

意外なことに、鍵は閉まっていなかった。思いきって大きな扉を開き、中に足を踏み入れる。ひんやりとした空気が頬に触れた。ホールは暗闇に支配されているが、その先の扉の隙間から柔らかなオレンジ色の光が漏れていた。

「俺たちのためにミサでもしてくれてるのか」

解体屋は小さくつぶやいて、さらに扉を開いた。ソラチャイが中に走り込んだ。解体屋も警戒しながら、あとを追った。そこら中にロウソクが立っていた。正面、横、そして背後。それはチロチロと燃え、解体屋たちの影を二重三重にして揺らす。

中央の通路を小走りに進み、再び周囲を見回した。正面にはキリストが半裸でうなだれており、その下のテーブルに銀色の杯とパンがひっそりと置かれている。奥にずらりと並んだロウソクに照らされて、不気味とも荘重ともいえる雰囲気だ。洗濯屋《ウォッシャー》はどんなミサを行うつもりだったというのだろう。

両横には長椅子の列があり、その向こうに等間隔で柱が立っている。左右どちらの柱の裏側も広い廊下。そこにはロウソクの光が届いていない。柱の上には聖者の様子を描写したと思われるステンドグラスが並んでいるが、外からの光がないのでただ表面をてからせているのみだ。振り向くと、中二階にバルコニーがあった。その上にも点々とロウソクが置かれている。

「ノビル、出てこい」

解体屋は機先を制するように叫んだ。自分の声が高い天井にこだまするのがわかった。返事はなかった。三人はそろそろと別方向を探り始める。解体屋は右の柱に近づき、ソラチャイはキリストを仰ぎながら前に進み、管理人は背後のバルコニーに神経を集中する。

どこからともなく、スッと息を吐く音がした。何かの合図のようだ。続けて短い言葉が響いた。

「動けなくなるぞ」

その子供らしい声は左右両側から聴こえた。そして、すぐにあの高く伸びる声に変わった。今度は聖歌のようにも感じられる旋律があった。それはあちこちの壁や柱にぶつかり、天井へと巻き上がって相手の位置をとらえさせなかった。解体屋と管理人はそれぞれ左右の廊下に散った。

ソラチャイは自分からタイの歌を歌い始めていた。アジアティックな抑揚が命令旋律《コマンド・メロディ》とよじれ合うようにして、聖堂全体を震わせる。

オペラにでも出演してるみたいな気分だ。蝶々夫人あたりかな。解体屋はそうつぶやきながら、廊下を突っ走った。誰もいる様子はない。正面の壇に登ろうと床を蹴る。

だが、足が動かなかった。はっとして再び力を入れようとした。しびれが走り、脱力していく感覚だけがあった。動けなくなるぞ、といった声を思い出した。解体屋は迷わずアルプス一万尺を歌おうとして、すぐにやめた。ソラチャイにならって、相手の知らない歌を選ばなければならない。俺しか知らない歌……。

「真っ赤なお屋根に、緑の御門、黄色い砂場にブランコ揺れる」

幼稚園の園歌だった。しかし、すぐにいきづまる。その先を覚えていなかった。

院長を長椅子に横たえて、管理人が走ってきた。耳を指さしている。早くもガムを詰めていた。背中に乗れ、と管理人は身ぶりで示す。意味がわからずに顔をしかめると、今度は耳を指さした。なるほど、耳が聞こえない管理人と足が動かない解体屋が、二人で一組になろうというのだ。

ソラチャイは歌に夢中だった。足が動かなくなっているかどうかはわからない。ただ、上を向いて目覚めの声を響かせるばかりだ。管理人の背中にしがみついて、解体屋は正面の壇に指を伸ばした。管理人は素早く走る。馬のようだった。壇の上にも人影はなかった。そのうち、呼吸が苦しくなってきた。まさかと思って、ソラチャイの歌に耳を澄ました。音量が低くなり始めていた。声帯がうまく動かないのかも知れない。

だとすれば、急がなければならなかった。解体屋は壇の上から、小刻みに目を動かした。だが、声のありかはいっこうにわからない。バルコニーが視界に入った。そうか、あそこだ。あそこからなら、声もよく響く。解体屋はバルコニーに向かうよう、管理人に命じた。

通路を走る間にも、解体屋は胸の詰まるような感触に苦しんだ。喉をさすろうとして右を向いた。その時、柱の横に立ったロウソクの炎がちらりと揺れるのを見た。すごい勢いで走ってるもんだなと感心しかけて、あわてて管理人の首をしめる。馬は速度をゆるめた。

顔をねじ曲げて、ロウソクを見た。やはり、そこだけ炎の動きが違っていた。解体屋はにやりと笑って、管理人にそれを示し、低くつぶやいた。声のありかは消せても、息は消せないぜ。だが、喉が締めつけられて言葉にならなかった。

管理人はまだ理解していなかった。かまわず、ロウソクを指さしそこへ走れと伝えた。もう息が出来なかった。急げ。しかし、管理人はまたバルコニーの方に向かおうとした。解体屋は赤い顔を振って、それをとめた。必死にロウソクをさす。管理人は首を傾げた。

思いきり管理人の脇腹を蹴った。管理人は仰向いた。落ちそうになる。それでも、解体屋はロウソクに向かって指を振った。体勢を立て直した管理人はようやくそちらに突進した。気づかれたのか、ロウソクの炎が大きく揺れた。おかげで管理人にも意味がわかったらしい。廊下に飛び出て、左右を見る。

解体屋はその管理人の首をしめた。管理人は後ろに下がる。ロウソクの列に目を集中した。奥だ。奥に向かって次々に炎が揺れていく。管理人はまた廊下に出て、一直線に走った。血が頭にのぼり、解体屋の耳の内圧は上がっていた。

いき過ぎかけた柱の陰に男がいた。管理人は気づかず先へ走る。解体屋は馬から手を伸ばすようにして、その男の胸ぐらをつかんだ。管理人の背中から後ろ向きに倒れ込んだところを狙って、男は鼻を殴ってきた。しかし、解体屋は手を離さなかった。すかさず戻ってきた管理人が男の鎖骨に手刀を打ちおろした。

声の壁はふっと薄くなった。解体屋は床に仰向けになって、口を大きく開いた。息を吸う。ソラチャイの声が響いてきた。

「解体屋、声が消えたよ。ああ、僕、死ぬかと思った」

解体屋は鼻を押えながら答えた。

「死ぬかと思ったのは、俺だよ。グエンの言う通り……鼻を大切にしとけばよかった」

管理人に抱き起こされたまま、走り寄ってくるソラチャイを待った。鼻に添えた指が温かくなる。ヌルヌルとした血にまみれているのだった。顎《あご》を高く上げて、首の後ろを叩く。

「みっともない。知香に会うっていうのに」

解体屋は管理人の目を見て言った。耳栓をしている管理人には何も聞こえない様子だ。白髭混じりの眉をひそめて、顔を寄せてくる。その時、すぐ近くまできていたソラチャイの足音が止まった。深く息を吸うのがわかった。

「知香……」

ソラチャイは小さくつぶやいた。解体屋ははね起きて、通路に立つソラチャイを見た。バルコニーの方を見上げている。そちらに顔を振ると、確かにバルコニーに人影があった。

「知香か、あれが？」

解体屋は走り出しながら、ソラチャイに言った。答えはバルコニーから聞こえた。

「お願い。もうノビルを解放してあげて」

叫ぶようなその声は、確かに知香のものだった。解体屋はソラチャイの横に立って、再びバルコニーに目を向けた。知香の上半身があった。並ぶロウソクの炎に照らされて、その顔は亡霊のように浮き上がって見えた。

「知香、解放って何だ？　ノビルはそのへんにいるはずだぞ」

「違う、そういう意味じゃない。あなたたちはノビルを壊そうとしてるでしょう？」

知香の反応からは被洗濯者《ウオッシュド》特有の興奮が感じ取れなかった。洗濯《ウオッシュ》されて狭められた直線的な感情はなく、むしろ豊かに揺れている。解体屋はトレーナーで鼻血をふきとりながら、さらに言葉をかけた。

「壊すかどうかはノビル次第だ。俺たちはあいつの手下に襲われ続けて、やっとここまできたんだぜ。むしろ、解放されたいのはこっちの方だね。しかも、君らは錠前屋《プロテクター》を監禁してるじゃないか」

解体屋は管理人を手招きで呼び、バルコニーに向かわせようとした。知香は誰かに脅されているかも知れないのだ。あるいは、隙を見せながら洗濯《ウォッシュ》の機会を待つ作戦……。

「錠前屋《プロテクター》さんならここにいるわよ」

知香は冷静な口調でそう言った。

「だから、その変態を近づけないで。全員、そこにいてちょうだい。おかしなことをしたら、この人を刺すわよ」

知香は右手をかざした。きらりと光る。ナイフを持っていた。知香はそのまま左手で何かをつかみ、引き上げるようにした。ロウソクの炎の向こうに錠前屋《プロテクター》が現れた。さるぐつわをかまされた老人の髪と髭は、炎に照らされてオレンジ色に染まっていた。

「マスター……」

解体屋は懐かしむようにつぶやき、安否を気づかって体を振りながら、バルコニーを透かし見た。深いしわが刻まれた錠前屋《プロテクター》の顔は、決してやつれているようには見えなかった。むしろ、よく眠ったあとのふくよかなむくみさえ感じられる。

管理人は身を低くしてバルコニーに向かっていた。解体屋はあわてて走り寄ると、その背中を叩き、腕を取って元の位置まで引っ張った。知香の要求に従ったことを示したのだ。

「チカ、僕を裏切ったの？」

ソラチャイが我慢しきれなかったように、それだけを言った。知香はすぐに答えた。

「裏切ったわけじゃないの、ソラ。あなたもノビルが好きでしょう？　あたしもそうなの」

解体屋は何か言おうとするソラチャイをさえぎった。相手のペースにのみこまれそうだったからだ。かわって、知香に呼びかける。

「そのノビルはＰＷの中心人物なんだぞ。しかも、ＰＷはリアル・ライフと合体して、世界最強の洗濯屋集団《ウオッシャーズ》を作ろうとしてる。いや、ひょっとしたら最強の宗教洗脳集団をだ。それでも、君はノビル側につくのか?」

知香は激しく首を振った。炎がかすかに揺れた。

「だから、違うのよ。ノビルはなんにも知らない。この子は何も知らないまま、デビッド・ジョーンズたちを解体《デプログラム》してしまった。その力をＰＷに利用されただけなのよ。でも、この子は悪い子じゃないの。この子は……」

知香は言葉を詰まらせた。解体屋は脅《おび》えを隠して、一度大きく息を吸った。この世界で知らない者のいない洗濯屋《ウオッシャー》、あのデビッド・ジョーンズをノビルが解体《デプログラム》したというのだ。

「この子は誰にも渡さない」

知香は泣き叫ぶように言った。

「……この子? ノビルはそこにいるのか?」

「言わない。あたしは何も言わない。みんながノビルを探して利用しようとする。あたしは命がけで日本に連れ戻したのよ。病院に隠して、工場に隠して……教会に……。それなのに、洗濯屋《ウオッシャー》が次々に接触してくる。あなたなら……あなたなら助けてくれると思ったのに。結局、ノビルの敵になった」

知香は目の前のロウソクを払い、バルコニーに顔を伏せた。錠前屋《プロテクター》がゆっくりと首を振るのがわかった。もうやめろと言っているのだろうか。それとも、信じるなと命令しているのだろうか。

解体屋は判断を留保して、そのまま待った。

不意にバルコニーの右側からもバラバラとロウソクが落ちた。素早くその上に立つ者がいた。解体屋は思わず身構えた。ノビルだった。ノビルが全身をあらわしている。

「ノビル、僕だよ。ソラチャイだよ」

ソラチャイは手を振って示したが、ノビルの目は解体屋をとらえて動かなかった。ノビルは無表情なままで、唇の形を変えた。うっすらと頬をなでる風を、解体屋は感じた。

錠前屋《プロテクター》の眉が苦しげに歪み始めているのがわかった。何が起ころうとしているのだろう。解体屋は目をあちこちに移しながら、いつでも分裂自己《スプリット・セルフ》に変化出来るような体勢を整えた。

ようやく、ノビルの調べが感知出来た。それはノビルのいる方向からではなく、背後から聴こえてくるように思われた。気がつくと、解体屋の視界がせばまっていた。外側からしぼり込むように暗くなっていく。何だ、これは？　解体屋は体が硬直するのを感じた。心臓の奥に触れるものがある。本能的な恐怖を刺激されているのだ、と思った。

「やめなさい、ノビル！」

顔を上げて、知香が絶叫した。ノビルは驚いたような表情になって、口をつぐんだ。音はすうっとやんだ。まるで風に舞ったほこりが床に降り積むようだった。解体屋は内臓がゆるむ感覚をおぼえた。本能そのものが安堵したような不思議な安心感だ。知香は優しい口調になって続けていた。

「あたしは大丈夫。泣いてないから大丈夫よ。ね、ノビル、だから、歌わないでね」

解体屋は目の下をひきつらせた。何も言えない。知香は頭を振りたてて、こちらを見降ろした。

「わかったでしょ、解体屋さん。この子を怒らせたらどんなことになるか。……だから、放っておいて。あたしたちを放っておいて」

無理やりに唾をのんで、解体屋は答えた。

「だけど、君がＰＷに手を貸さないとも限らないじゃないか。そもそも、君の英語には南アフリカのなまりがあるという者もいる。そんな化物みたいなガキを操られたら、どんな解体屋もかなわない……かも知れない。放っておけという方が無理だ」

「なまり？　冗談じゃないわ。PWの連中にわかりやすくしゃべろうとすれば、誰でもそうなるだけよ。それより、どうして、どうしてみんなそうやって戦おうとするの？」

知香は糾弾するように叫んだ。

「解体屋《ウオツシヤー》だの、洗濯屋《ウオツシヤー》だのって。それがなんなのよ？　あなたたちは人間の頭を支配して、それで自己満足を感じてるだけじゃないの。どっちも悪魔だわ、狂った言語操作者《マインド・コントローラー》よ。一度でも本当に相手を愛したことがある？　一人の人間を愛して解体《デプログラム》したり、愛して洗濯《ウオツシユ》したりするなら、あたしも何も文句は言わない。それが自殺志願者だらけの新興宗教《カルト》だろうと、一年も二年も人を監禁する解体《デプログラム》だろうと何も言えないよ。だけど、あなたたちは違う。絶対に違う」

その叫びは解体屋を落ち着かせた。何度となく、飽きるほど聞かされたことのある言葉だったからだ。解体屋は答えた。

「そういう愛のお話なら、正面にぶら下がったイエス様とやってくれ。誰かを愛した人間がいても、そいつ一人じゃ解体《デプログラム》なんか出来ないってのがこの下界だぜ。狂った洗濯屋《ウオツシヤー》がいる限り、俺は解体屋をやめられないんだ。なにしろ、この俺自身が洗濯《ウオツシユ》されたことのある人間だからな。洗濯《ウオツシユ》されて、頭に錠前《プロテクト》をかけられて、誰にも逆らえないような動物にされた」

「でも、もう外したんでしょう？　その洗濯《ウオツシユ》を外して、錠前《プロテクト》を外して……それでいいじゃないの。あなたはもう自由なのよ」

知香は弱々しく、そう言った。

「いいや、俺の頭はまた新しく洗濯《ウオツシユ》された。たぶん、そこにぼんやり立ってるガキに負けたからだ。お前だって知ってるだろう？　誰のおかげか知らないが、その後で自分の言葉を奪われて、まだ完全には復帰していない」

「仕方なかったのよ。あなたはＰＷに狙われた。日本進出に邪魔だと判断されて、ノビルを送り込まれた。あなたが誰かを解体《デプログラム》してる部屋にね。そして、何も思い出せないように洗濯《ウオッシュ》された。だけど、もう終わったわ。あなたを洗濯《ウオッシュ》した人も、もうこの国にはいない。とりあえず、ＰＷは進出をあきらめたはずよ。突然、あんなにひどく抵抗されて……おそろしい解体屋集団《デプログラマーズ》がいると判断したでしょうから」

「……なるほど、そういうことだったのか。だが、それなら俺はなおさら解体屋をやめられないね。いつまたやられるかわからない」

そう言うと、知香はため息をついた。

「わかった。じゃあ、お続けになって下さい。ただ、もうノビルには手を出さないで、あたしが絶対に洗濯屋《ウオッシャー》には渡さないから」

解体屋はノビルの方を見やって、答えをのみこんだ。俺の脳《システム》を壊したやつを目の前にして、復讐をあきらめるのか。いや、もうこれで終わりにした方がいいかも知れない。相手はデビッド・ジョーンズまで壊した少年だ。

「ああ、危ない」

突然、管理人が叫んだ。同時に走り出す。バルコニーから落ちたロウソクの炎が、長椅子の上で眠り込んだ院長の髪を焼こうとしていたのだ。管理人は素手で炎をつかみ、院長をかついですぐに戻ってくる。

解体屋は意を決して、知香に言った。

「知香、わかったから錠前屋《プロテクター》をこっちに渡してくれ。もう何もしない。俺たちは帰る。といっても、俺には帰る家がないけどな。なんなら、また君のところに泊めてもらおうか」

　しかし、知香は笑わなかった。院長を見つめて、小さな顎を震わせている。

「……パパ。パパに何をしたの？」

　知香はそうつぶやいた。

「パパ？　お前、父親はオーガスティン病院とは関係ないって言ってたじゃないか。ソラチャイ、お前まで嘘ついてたのか？」

　ソラチャイが唇をとがらせた。

「知らなかったよ、この人が知香のパパだったなんて。苗字も違うし、知香だって院長って呼んでたし」

「知香、どういうことなんだ？　やっぱり、お前は洗濯屋《ウオツシヤー》の仲間なのか？」

　知香は気丈な顔つきに戻って言った。

「あたしは母の苗字を名乗ってましたから。それにその人とは何の関係も持ちたく……」

　しゃべるうちに、知香は動揺し始めた。

「その人がノビルをそこら中に連れていったのよ。すごい子供だって言って、ＰＷのボスに会わせて。そして、力を試すためにデビッド・ジョーンズの前に連れ出して。学会で注目を浴びようとして、そんなことをした。あたしは逆らえなかった。確かにノビルの歌を聞いて、錯乱から立ち直る人もいたから。一度言うことを聞いたら、パパ……その人は世界中の洗濯屋《ウオツシヤー》に接触し始めた。私は何度も何度もノビルを連れ戻した。でも、すぐにまた奪われた。彼は決して洗濯屋《ウオツシヤー》じゃないのよ、ただノビルに出会って欲にかられた汚い実業……パパに何をしたの？　解体《デプログラム》したの？」

知香は泣き出していた。言い終わると、崩れるようにバルコニーの向こう側に沈む。知香のナイフから逃れた錠前屋《プロテクター》が、何もなかったかのように歩き出した。後ろ手に縛られているらしいのだが、あまりに落ち着いているので、まるで散歩でもしているように見えた。

階段の手前で錠前屋《プロテクター》はふと顔を上げ、振り返るようにノビルを見た。バルコニーの上に立つノビルは、首をかしげて知香を見降ろしている様子だった。錠前屋《プロテクター》の足が少しだけ早く動いた。その丸い背中が階段の奥に消えるのを確認して、解体屋はソラチャイに言った。

「我らがマスターをお迎えしてくれ」

ソラチャイは複雑な表情でうなずき、早足でホールに向かった。管理人が言った。

「英語が多くて、よくわかりませんでしたが、知香さんは色々とお苦しみのようですなあ」

いつの間にか、耳栓を外していたらしい。管理人はいまや知香の父親とわかった院長の体を丁《てい》寧《ねい》に抱き直し、確かな足取りでソラチャイのあとを追った。解体屋も歩き出す。

だが、その大団円のような穏《おだ》やかなムードを、ノビルの歌が破った。はっと見上げると、ノビルはバルコニーの上にいなかった。どこかから強烈な音量で難解な旋律を吐き出している。

解体屋は管理人を追い越して、扉を肩で押し開け、ホールに飛び出した。左手にソラチャイがいた。奥の暗い階段で錠前屋《プロテクター》のさるぐつわを外している。解体屋は急いで走り寄った。ゆったりとしたサテン地の青い上下に身を包んだ錠前屋《プロテクター》は、息を切らせている解体屋に話しかけた。低く粘つき、時折乾く、いつもの錠前屋《プロテクター》の声だ。

「くるとは思っていたよ。だが、だ。もう帰る時間だな。長居は無用というやつさ」

解体屋はとまどいながら、錠前屋《プロテクター》を抱くようにした。柔らかく弾力的な錠前屋《プロテクター》の体が、解体屋を安心させた。

「マスター、ご無事で何よりです」

しかし、錠前屋《プロテクター》は解体屋の手をほどき、ソラチャイの目を覗き込んだ。

「君が目覚めの鳥だね？　声紋でわかったよ。こんなじいさんと同じ声紋を持ってると言ったら、おかしな気がするだろうね。さあ、早く外に出よう。君の声も、あの子のこの歌にはかなわない」

錠前屋《プロテクター》はソラチャイを促して、すたすたと階段を降りていってしまう。解体屋はその背中に呼びかけた。

「マスター、あのガキを放っておくんですか？　俺とあなたなら、あいつを解体《デプログラム》出来るでしょう。そして、強力な錠前《プロテクト》をかける。そうでもしなけりゃ、大変なことになりますよ。あの歌を歌えないようにしとかないと、ＰＷの思うようになっちまう」

錠前屋《プロテクター》はホールに出てきた管理人をも外に導こうとしていた。解体屋は階段の途中から、怒鳴るように続けた。

「あいつを壊しましょう。このままで帰るわけにはいかない」

錠前屋《プロテクター》はくるりと振り向いて言った。

「誰もあの子を壊せないよ。壊すものがないんだからな」

「壊すものが……ない？」

解体屋がそう問い直すと、錠前屋《プロテクター》はまぶしそうに目を細めて言った。

「壊すものどころか、何もない。それはお前も知ってるはずだ。今もあの子はそれを歌っている。これは何もないという悲しみの歌だ。まあ、悲しみなんてものもないんだろうが」

錠前屋《プロテクター》は笑っているように見えた。

「だとしても、お前はあきらめる人間じゃないな。それがお前の最大の弱点だ。もちろん強みになる時もあるだろうが、今は違う。解体屋、あきらめろ。あの子も今度は手加減しないぞ。声紋《ボイス・》鍵《キー》も何も残らないとしたら、お前にはもう死という選択しかない」

解体屋は息がつまるような感覚をおぼえた。錠前屋《プロテクター》の言葉がそうさせたというよりは、ノビルの歌が喉をしめつけていると感じる。だが、と解体屋は拳を握った。こいつから逃げ出したら、俺は解体屋としてやっていけないだろう。手も出せずに負けたという記憶は、何よりも強い暗示になるからだ。

「死ぬことはないでしょう。もし、また脳《システム》を真っ白に洗濯《ウォッシュ》されたとしても、ここにはあなたがいる。俺はリスクとセーフティの計算が出来なくなるほどガキじゃないですよ」

するとソラチャイが階段の下まで駆けてきて言った。

「ノビルを殺さないでね。もちろん、あんたが死ぬのもいやだよ」

解体屋はうなずいて答えた。

「今のはいい暗示だったぜ、ソラチャイ。俺は勝つだろう。ノビルを殺さない程度に」

錠前屋《プロテクター》はあきれた様子で首を振った。

「お前に百万ドル賭けたのは失敗だったかな。ここでお前がやられたら、PWの思うつぼだ」

「もしPWがその気なら、いつかノビルとは勝負しなくちゃならない。知香が隠しきれるとは思いませんからね。どうせやるなら、邪魔が一人もいない今が最高のチャンスだ」

上から這いずるように降りてくる歌声に顔を向けて、解体屋は言い終えた。すると、錠前屋《プロテクター》は急に早口になって言った。

「それなら、ひとつだけ教えてやる。さっき、動けなくなるぞと言われただろう。あれは暗示だ。ノビルの声には暗示を増幅させる力がある。直前に暗示がなければ、自分がやってはいけないと思ったことが暗示言語《トップ・コマンド》になる。あの子はこちらにとって一番心地よい音を見つけて歌っているだけなんだ。欲望を解放する歌というわけだ」

解体屋は納得して管理人の姿を探した。森の中での無言の襲撃が、自分を蹴り殺したいという欲望の発露だとわかったからだ。管理人は何も理解していない様子で、ぽかんと口を開けて錠前屋《プロテクター》の背中を見つめていた。錠前屋《プロテクター》の話は続いた。

「だから、お前は自由に動くことが出来る。いいか、解体屋。お前の体は自由だ。ただ……」

錠前屋《プロテクター》が言葉を切った。解体屋は黙って続きを待った。錠前屋《プロテクター》は悲しげに微笑んで、再び話し始めた。

「ただ、その心地よい音の底に何があるかは、俺も知らない。デビッド・ジョーンズたちを壊したものがある、ということだけはわかるがね。だから、もしジャック・インしたら、戦闘者《ハッカー》を使って我々にすべてを教えなさい。この目覚めの鳥と一緒に援護の歌を歌ってやる。それが聞き取れなくなったら……解体屋、その時はさよならだ」

ようやく解体屋にも、老賢人の微笑みの意味がわかった。錠前屋《プロテクター》は別れを告げていたのだった。

「さようなら、マスター」

解体屋は手を振って答えた。

「だけど、俺はすぐに帰ってきますよ」

滑りやすい石の階段を登りきると、左手のバルコニーの上でノビルが口を軽く開けているのが見えた。それでも、教会の中には震動さえともなうほどの旋律が流れている。解体屋は一歩踏み出して、右に目をやった。バルコニーの内側に背をつけて座り込んだ知香は、両手で顔を覆ったまま微動だにしない。

解体屋の前を機敏な動きですり抜けた錠前屋《プロテクター》が、ソラチャイを呼んだ。知香を階下に連れていこうというのだ。ソラチャイはすぐに錠前屋《プロテクター》のそばに走り寄り、おそるおそる知香の腕に触れた。知香はうつむいたままで叫んだ。

「ノビルを連れていかないで。あたしのせいであの子は……あの子はみんなに利用される」

錠前屋《プロテクター》の広い袖口がゆらめいた。知香の首ががっくりと前に折れた。どこにどう当て身をくらわせたのかは、解体屋にさえわからなかった。驚くソラチャイを促して、錠前屋《プロテクター》は知香の体を持ち上げた。そのまま素早く階段まで運び、近づきあぐねていた管理人の腕の中に手渡す。振り向いて解体屋を見つめる錠前屋《プロテクター》の目は、それまでとは違って異様な緊張感に満ちていた。

「何をぼやぼやしてるんだ、早くやれ。急がないと、誰が敵になるかわからんぞ。敵意を解放されて、殺しあうことになったらそれこそ犬死にじゃないか。我々は後ろにつく。さあ、早くあの子の注意を引いてジャック・インするんだ」

解体屋は強く短く息を吸って、ノビルに顔を向けた。ともかく、相互感情《コミュニケーション》のとば口を開かなければならない。

「ノビル、お前の大好きな知香はもらった。今、下で丸裸にしているところだ。俺たち全員で楽しませてもらう。お前もやりたいか？」

ノビルの目がこちらを見た。旋律が低くなり、それが次第に響きを増す。無表情だが、何か感情に変化が起きたことは確かだ。解体屋はそう判断した。すかさず、現実世界《ドグマ》を操作者《マニピュレータ》に任せ、脳に解体網膜《デプログラミング・スクリーン》を投射する。だが、その映像の中に戦闘者《ハッカー》を現出させようとした瞬間、ノビルが耳をふさぎたくなるような不協和音を発した。解体網膜《デプログラミング・スクリーン》はまるで妨害電波に乱された放送映像のように揺らいだ。

「目覚めの鳥、歌うんだ。大声で歌え」

錠前屋《プロテクター》が叫ぶのが聞こえた。ソラチャイの声が背中に響くのを待って、解体屋は再びノビルに呼びかけた。

「そんなに知香の裸が見たいのか、ノビル。今頃、白い肌をむき出しにされて犯されてるところだ。お前にも触らせてやるよ。ただし、俺たちがたっぷり楽しんだあとの死体をだ」

ノビルの旋律は低く潜行するはずだった。しかし、今度はまったく変化がない。ソラチャイの歌に耳を澄まし、デュエットに戯れているかにさえ聞こえた。ただ、ロウソクの炎を映す瞳が、ガラス玉のように生気を失い始めていることだけは確かだった。解体屋は突進する気配を見せてノビルの注意を引き、もう一度知香を辱《はずかし》める言葉を吐き出そうとした。

その瞬間、解体屋は言葉を失った。自分のペニスが勃起していることに気づいたからだ。相手を操作する言葉に、自分が反応してしまっている。欲望の解放……だ。ノビルの声から逃れたいという猛烈な思いが、解体屋の声帯を縛りつけた。同時に、もっと淫《みだ》らなことを口にしながら射精したいと願う自分がいた。解体屋は混乱し、ありったけの力を振りしぼって首を振った。途端に、ノビルがそうさせたのではないかという疑念にとらわれた。

この疑念もまた自分のものではないのだとしたら。解体屋はふとそう考えて、背筋を凍らせた。俺という言語は、全部ノビルに作られたものかも知れない。俺は他者のテクストの寄せ集めに戻ってしまったのだろうか。おれは、このおれは何処に居るのだ……。

「ノビル、音痴だよ。僕の歌はそんなんじゃないよ。ちゃんと歌ってよ」

ソラチャイがそう叫ぶのが聞こえた。ノビルの声がふっと弱まるのが感じられた。ノビルは素直にソラチャイの防御旋律《ディフェンス・メロディ》をなぞり始めた。解体屋はその隙をついて自己を分裂させ、精神《サイ・》映像《ビデオ》の中心に戦闘者《ハッカー》を送り込んだ。操作者《マニピュレータ》はソラチャイの言葉を借りて、ノビルを責める。オンチ、オマエハオンチダ……。

マザーコンピュータが用意したのは、無数の縦軸と横軸が交差する機械的な空間だった。三次元の線のネットワーク。解体網膜《デプログラミング・スクリーン》に映し出すものとしては最も基礎的なものだ。マザーコンピュータは最強の敵を前にして、堅実な手段を選んだのだった。

戦闘者《ハッカー》はその空間を懐かしみながら、瞬時にして皮膚で全体構造を確認した。Ｗ００８・Ｎ００３・Ｂ０６７の交差心象には対抗転移ヒステリー、Ｗ０１５・Ｎ３０９・Ａ０５３には去勢恐怖障害、Ｗ２４３・Ｎ０９６・Ｂ０７４には自己愛性倒錯の感知ポイント……。戦闘者《ハッカー》にとって、その世界は身体そのものとさえいえた。どの格子《グリッド》からもマザーコンピュータの指令が直接伝わってくる安全性に加えて、操作者《マニピュレータ》が摘出した有徴項《ハック・ポイント》の関係をより空間的に把握出来るメリットがある。

戦闘者《ハッカー》はその交差する格子《グリッド》の中に浮かびながら、どこに敵がひっかかってくるかを待った。蜘蛛の巣のように張りめぐらされた細い線のどこかに、必ずノビルは触れるはずなのだ。その瞬間に備えて、戦闘者《ハッカー》は瞑想に近い精神状態を維持した。マザーコンピュータが右耳に設定したデバイスは、操作者《マニピュレータ》の様子を伝えてくる。ノビルの旋律のいちいちを罵倒し、同時に体の反応を逃さず指摘する。ナゼ、シタヲムクンダ？　ハズカシイノカ？　ユビヲマゲルナ、イキガミダレテルゼ……。

だが、蜘蛛の巣には何の変化もなかった。風が糸を揺らす気配ひとつない。マザーコンピュータは操作者《マニピュレータ》に別指令を出した。強度の催眠態勢に入り、ノビルの表層錠前《サイコ・シエル》を崩そうとしたのだ。戦闘者《ハッカー》は目を閉じた。かすかな揺れ、あるいは熱や光、そして匂いまでも感じ取らなければならない。

時間の観念が消えていた。デバイスからはソラチャイの奏でるオリエンタルな旋律が聴こえている。ノビルがその微妙な音程のぶれまで反復記憶《サンプリング》しているのがわかった。次第にソラチャイの声が溶け出し、ノビルの歌う防御旋律《デイフエンス・メロデイ》が戦闘者《ハッカー》を酔わせていた。俺を目覚めさせたあの子守歌。あの優しい旋律が世界を覆っている。

気がつくと、錠前屋《プロテクター》のうなり声が混ざり始めていた。それは戦闘者《ハッカー》の瞑想を深めるかのように、ノビルの美しい旋律から半音ずつずれた同じ線をたどっていた。それは不思議なハーモニーだった。戦闘者《ハッカー》はぞっとするほどの感動を覚え、自分もハーモニーに加わろうと唇を開いた。

だが、その時、もうひとつの声が戦闘者《ハッカー》の瞑想を破った。錠前屋《プロテクター》のしわがれた声だ。ハーモニーに逆らって、その粘つく声は主旋律から遠く離れた音を出していた。戦闘者《ハッカー》は自分の耳を疑った。錠前屋《プロテクター》が……二人いる？

マザーコンピュータが落雷のような激しい電流を送り込んできた。戦闘者《ハッカー》は全身を震わせた。マザーコンピュータが格子《グリッド》を通して、緊急伝達を行う。目覚めよ、目覚めよと錠前屋《プロテクター》が歌いかけているのがわかった。最初に聴こえたのは、ノビルが反復記憶《サンプリング》した錠前屋《プロテクター》の疑似音声《ギミック・シャウト》だったのだ。戦闘者《ハッカー》はあわてて目を開き、大きく息をのんだ。

三次元の格子《グリッド》が消えかかっていた。遠く伸びた線の端が、白いもやのようなものの中に吸い込まれていく。戦闘者《ハッカー》はくるりと体を回転させた。逆方向からも巨大な白いもやは近づいてくる。上下の観念を外して、戦闘者《ハッカー》は体を全方向に向けて回転させた。同じ現象が起きていた。戦闘者《ハッカー》を囲む空間は、いまや小さな球体のように縮まり、その向こうに真っ白な闇が広がるばかりだ。

戦闘者《ハツカー》は状況をマザーコンピュータに伝えた。だが、その伝達が成功した感覚がなかった。戦《ハ》闘者《ツカー》は顔を歪め、上下の観念を取り戻そうとした。外した観念を再構成してくれるはずのマザーコンピュータは、何ひとつ反応をしない。反射的に右耳をつかんでいた。デバイスに神経を集中する。何も聴こえなかった。戦闘者《ハツカー》は声を上げた。くそったれ！

その声が骨の振動を通してしか自己確認出来ないことが、戦闘者《ハツカー》をパニック状態に陥れた。その間にも、真っ白な闇は空間を握り潰すように迫ってくる。まさか……と思うと、あの声が響き渡った。

何もないよ、ここには何もないよ。それはありとあらゆる方向から、戦闘者《ハツカー》の体に向けて発信されていた。白い闇はとうとう眼前まで近づき、壁のように立ちふさがっている。戦闘者《ハツカー》は身を縮めて、何とか闇を逃れようとした。しかし、それは柔らかな触手を伸ばし、戦闘者《ハツカー》を包み込んでしまった。何も見えなかった。すべては白い闇だ。

進むしかない。戦闘者《ハツカー》はそう思った。どっちが前だろうが、俺は進む。必ずこの闇の向こうにノビルの謎がある。しかし、肌に触れる闇の粒子ひとつひとつが、戦闘者《ハツカー》の内部に呼びかけていた。何もないよ、ここには何もないよ、と。それでも、戦闘者《ハツカー》は闇を突っきって飛び始めた。方向感覚は完全に失われていた。だが、戦闘者《ハツカー》は速度をゆるめることなく、ひたすらに宙を飛んだ。

どこまでいっても、真っ白な闇は途切れることがなかった。戦闘者《ハツカー》は意識を失わないようにと、マザーコンピュータに状況説明をし続けていた。もしも、伝達が断絶していなければ、いつか指令が出されるはずだ。戦闘者《ハツカー》はそれを信じて呼びかける。白い闇だ。まだ続いている。真っ白な闇。他に何もない。ただ白いだけの空間が俺を包んでやがる。まだだ。まだ外に出られない。白い。白い闇だ。

次第に、自己身体の表面感覚がなくなってきた。戦闘者《ハッカー》は自分の体のあちこちに触れ、何度となく確認をする。だが、触れる自分と触れられる自分の区別がつかなくなるのに気づいて、戦闘者《ハッカー》はすぐにそれを言語化した。マザーコンピュータに報告。自分が見えない。俺が白い闇なのか、白い闇が俺なのか。頭がどうかしてる。肩に触っても、腹を殴っても、誰が触ってる方で誰が殴られてる方なのかがわからなくなるんだ。マザーコンピュータに報告。この真っ白な闇は俺なのか。俺自身の精神映像《サイ・ビデオ》の中を俺は飛び回っているのか。

マザーコンピュータは何も答えなかった。戦闘者《ハッカー》はその場で移動を停止し、頭を抱えた。すると、あの声がひときわ大きく響く。何もないよ、ここには何もないよ……。その声が自分の内臓から湧き上がってきたような気がした。今、何もないと言ったのは俺なのか？　何もない、ここには何もないよ。再びメッセージが伝わる。確かにそれは、他人から発せられて自己が受け取るような言葉ではなかった。だが、自己から自己への内的な発話とも思えない。

ここには自他の区別がない……。戦闘者《ハッカー》は残る理性を動員して、そう思った。途端に混乱する。俺は誰に向かって思ったんだ？　自他の区別がないんなら、もう言葉を組み立てる必要なんかないじゃないか。戦闘者《ハッカー》は白い闇の一部を振って、再び思い直す。いや、違う。錠前屋《プロテクター》だ。どこかにいる錠前屋《プロテクター》に向かって……俺は……俺は……何処にいるのだ。

無だ。

突然にそう思った。いや、思ったのではない。体のすべてが崩れるような感覚として理解したのだ。戦闘者《ハッカー》はかろうじて言葉を組み立てた。俺は無の中にいる。いや、俺そのものが無だという真実の中に溶け込んでいる。ここには、何の錠前《プロテクト》もない。ここは何の暗示もかかっていない真っ白な闇だ。

ノビル……という名前をようやく思い出して、戦闘者《ハツカー》は思った。ノビルはなんの洗濯機《ウオッシュ・マシン》も持っていない。あいつは解体《デプログラム》そのもの、無そのものだ。あの声に引き込まれれば、誰でも自己の内部でこの白い闇に出会う。そして、何もないという真実を知って解体《デプログラム》され、言語のしみひとつさえなくなるまで自己崩壊する。戦闘者《ハツカー》の呼吸機能が停止していた。頭の中にまで白いもやがかかる。

人間にとって、と戦闘者《ハツカー》は息を切らせて報告した。人間にとって最大最強の錠前《プロテクト》は、たぶん、この無にかけられた頑丈な錠前《プロテクト》だ。この真っ白な闇に錠前《プロテクト》をかけて、人はようやく生きていくことが出来る。その錠前《プロテクト》の正体がわかるか？　戦闘者《ハツカー》は苦しげにつぶやいた。

聴こえるか、マザー。錠前屋《プロテクター》……ソラチャイ。その錠前《プロテクト》は、世界は無ではない、というたった一つの暗示だよ。それが世界暗示《オリジナル・ランゲージ》だ。絶対に外してはならない世界暗示《オリジナル・ランゲージ》だったんだ。世界は無ではない。そんな単純な暗示にかかって、俺は今まで生きていた……。

そこまで言って、戦闘者《ハツカー》は口をつぐんだ。強烈な波動を感じたからだった。それが何かは、すぐに感じ取れた。

この白い闇の奥にある唯一の錠前《プロテクト》。それが今、外れようとしていた。戦闘者《ハツカー》は激しい恐怖を感じた。何も感じないということに対する恐怖だった。そうか……。とだえていく言葉を戦闘者《ハツカー》は継いだ。撃墜された戦闘機のパイロットがボイス・レコーダーに呼びかけるように、戦闘者《ハツカー》は最後の報告をした。

白い闇は……無の……一歩手前にあった……今……最後の錠前《プロテクト》が……外れる……世界が裂けるみたいだ……とうとう俺の世界暗示《オリジナル・ランゲージ》が外れる……世界は無ではないという暗示が……外れ

る……地が裂ける……何も感じない……何も聴こえない……何も見えない……何もない……何も……ない……ここには何もないよ……無……

だが、ベールのようにうっすらとした意識がなかなか消えなかった。それは何もない世界にたった一枚残った、小さな布きれだった。それが存在を消したはずの戦闘者《ハツカー》の顔を覆う。デバイスから遠い声が伝わってきた。ブンブンと耳元で蜂が舞うような、くすぐったい感覚がした。懐かしい声紋が鼓膜をくすぐり、やがてそれは言葉となって聞こえ始める。

ム・ガアルゾ、ム・ガアル、ソコニハ・ム・ガアル、ム・ガアルジャナイカ、アルゾ、アル、ム・ガアル、アル、アル、アル、ソコニハ・タシカニ・ム・ガアル、アル、無があるじゃないか、あるぞ、ある、無がある、ある、ある、ある、ある、そこには無が確かにある、無があるんだ、ある、ある、無があるよ…………

蜂は舞い続け、無そのものになったはずの戦闘者《ハツカー》に向けて、細い命綱のような意味をいつまでも投げかける。

「無があるよ」

「無があるじゃないか、解体屋」

「世界には無がある。そこには、はっきりとした無がある」

「あるんだよ、無が」

それらの言葉が消滅寸前の戦闘者《ハツカー》の体をかろうじてつなぎとめていた。戦闘者《ハツカー》はないはずの息を吐き、ないはずの声で毒づいた。無が……ある？　何もないことを無っていうんだよ、馬鹿どもが。

その言葉はないはずの自分の耳に届き、ないはずの思考を始めさせる。いや、待てよ。確かに無があったから、俺もそれに呑み込まれたんだ。無がなけりゃ、それこそ何も起こらなかったはずだから。

　いや、これは言葉遊びだ、と戦闘者《ハツカー》は思い直した。俺は最後の錠前《プロテクト》を外された。生まれた時にかけられた世界暗示《オリジナル・ランゲージ》を、俺は確かに外されて無になったんだ。

「それなら、お前は無に出会った。ないものと出会えるわけがない。だから、無はある！」錠前屋《プロテクター》の声が届いた。すぐにソラチャイとともに声を合わせて呼びかけてくる。

　無があるぞ、無がある、ある、無がある、そこには無がある……

　もはや分裂自己《スプリット・セルフ》と統一自己《ユナイテッド・セルフ》の区別はなかった。呼びかけられる者は抵抗しがたい眠りに吸い込まれた。だが、夢の中で彼は、無という空間を自在に飛び回り続けた。

　再びまぶたを上げると、ステンド・グラスが色とりどりの柔らかな光線を投げかけていた。あわてて身を起こし、左右を見る。錠前屋《プロテクター》とソラチャイが両側から、自分の体を支えていた。

「俺は、俺はいるのか？」

　声を出すと、頭の芯が痛んだ。

「いるから、質問をしてるんじゃないのか」

錠前屋《プロテクター》はそう言って笑った。

「ノビルは？」

「あのガラスを割って、外に逃げたよ」

錠前屋《プロテクター》が答えた。指の先を追うと、正面のステンド・グラスが割れているのがわかった。

「木の梢を伝って、黙って去っていった」

錠前屋《プロテクター》は静かに言った。

「解体屋、お前は負けなかった。あの子も驚いただろう。あれほど長くジャック・インされたことがないはずだからな。きっと、お前が暴れ回った記憶が、あの高貴《ノーブル》な子供のプログラムに残ったと思うよ。それがあの子の抱えた無の中に変化を起こしてくれるといいんだが……」

解体屋はこめかみを押さえて、起き上がった。

「ノーブルな子供？　それであいつのあだ名がノビルになったっていうわけですか。馬鹿馬鹿しい。ＰＷのボスはあいつを神と仰いで、それで世界進出する気だったんだろうけど、俺はその神を壊すのに失敗した」

錠前屋《プロテクター》は小さく笑って答えた。

「だから、言ったじゃないか。壊すものがない人間を、どうやって壊すというんだ？」

解体屋は悔しそうに顔を歪めた。

「解体《デプログラム》出来ない脳《システム》はない。マスター、俺はＰＷのボスをつかまえて、ボロボロに解体《デプログラム》してやりますよ。そして、もう一度あのガキにジャック・インしてやる」

「ＰＷのボスなんていないよ」

錠前屋《プロテクター》はさえぎるようにそう言った。

「あの子の歌を聞いても何も感じないような、鈍いやつがいるだけさ。そいつがあの子を引っ張り回して、デビッド・ジョーンズ親子まで解体《デプログラム》させたんだ。その後の洗濯《ウォッシュ》がいかに簡単かは、お前が一番よく知っているだろう。解体構築屋《ディコンストラクショニスト》なんて素人でもつとまる。どうして、お前はそう敵味方を作りたがるのかね。お前の脳《システム》の奥底にある錠前《プロテクト》は何か。それをお前は見てきたはずじゃないか」

「無ですよ、とんでもない真っ白い闇ですよ。それがどう関係あるんです？　ねえ、マスター。

俺は世界暗示《オリジナル・ランゲージ》を見つけましたよ。それがぶっ壊れる瞬間の恐ろしさも知った。だけど、その俺だからこそ、どんな洗濯屋《ウオッシャー》とだって戦えるんじゃないですか。それなのに、なんでこれで終わりみたいなことを言うんです？　ノビルは洗濯屋《ウオッシャー》どもの手先になって……」

まくしたてる解体屋の尻をソラチャイが叩いた。振り向くと、ソラチャイは言った。

「だからね、この人はこう言いたいんじゃないかなあ。あんたは世界暗示《オリジナル・ランゲージ》が何かを知ったってうめいてた。世界は無じゃないって暗示なんだって、何度も何度も。それで狂いそうになってるのを、この人は無があるっていう暗示で止め始めた」

「だからなんだって言うんだよ、くそガキ」

解体屋が繰り出した拳を握り、ソラチャイは眉を寄せて続けた。

「だから、あるとかないとか、敵か味方かとか、そういう対立でしかあんたを救えなかったんだよ。でもね、そういう対立そのものが世界暗示《オリジナル・ランゲージ》なんじゃないの？　世界はないっていうんじゃなくて、世界はあるかないかだっていう暗示。もしも、あんたが最強の解体屋なら」

そこで一度言葉を切ってから、ソラチャイは腕を組んで続けた。

「そんな世界暗示《オリジナル・ランゲージ》なんか笑い飛ばしてくれなきゃ。だって、神様からの言葉だって、あんたは操作しろって言ってたよ。それならね、解体屋。世界暗示《オリジナル・ランゲージ》の外に出ろ、そうじゃなきゃ、あんたに未来はない」

解体屋は唇を突き出し、ソラチャイの頰を張ろうとしながら怒鳴った。

「お前は俺の横で、あるあるだのなんだの言ってただけのくせしやがって、この野郎、なんだよ、その偉そうな口ぶりは！」

ソラチャイは謝るように身をすくめて、解体屋を見上げた。ところが、ソラチャイを狙った解体屋の手の平は、すっと差し出された錠前屋《プロテクター》の滑らかな腕に当たった。

「解体屋……」

錠前屋《プロテクター》は乾いた声で言った。

「今日から、この方をマスターと呼ぼう」

意味がわからず、解体屋は顔をしかめて錠前屋《プロテクター》を見た。だが、錠前屋《プロテクター》はソラチャイを見つめて微笑むばかりだ。解体屋は舌打ちをした。

「そういう冗談はこのガキをつけあがらせるだけですよ。あんまりいい冗談とは言えないし、第一……その……」

口ごもる解体屋を無視して、錠前屋《プロテクター》はソラチャイに向かって優しく頭を下げた。ソラチャイは自慢げにちらりと解体屋を見ると、階段を走り降りていく。その後ろをゆったりとした動作で追っていく錠前屋《プロテクター》の姿は、まるで王子につき従う老侍従のようだった。

あっけにとられたままバルコニーから下を見ると、眠り続ける壮年の男の横に知香がいた。父親の頭を膝の上に乗せて、知香は目覚めを待っている様子だった。管理人はキリスト像の下で直立不動のまま、その知香を見守っていた。

やがて、ソラチャイが通路に現れ、知香の肩に手を置いた。知香は恥ずかしそうに振り向き、ソラチャイの手を握った。錠前屋《プロテクター》はその二人の邪魔になるのを恐れたのか、音ひとつ立てずに長椅子に腰をおろした。

春の朝日はステンド・グラスを通して、彼らを温かい色で包み込んでいた。解体屋は一人バルコニーの上にいて、全員にまんべんなく唾を吐きかけたい衝動にとらわれていた。

「何だよ、おい。今までの俺の活躍は何だったたっていうんだよ。よくあるぞ、こういう……なんかこういう終わり方。俺は認めないね」

そうつぶやきながら、解体屋はこれまでの数日の体験が、すべて他者のテクストからの引用に過ぎなかったような気になった。だが、それがどのデータから引き出されたかを確かめる力は残っていなかった。

解体屋は腰を落とし、そのままバルコニーの床に背をつけて仰向けになった。ノビルが割ったというステンド・グラスの向こうに、聖オーガスティン病院が見える。

あそこから始まった話が、ここで終わった。まあ、要約すれば、ただそれだけのことさ。

そう思って、解体屋はゆっくりと目を閉じた。

エッセイ　『解体屋外伝』が解体したもの

どうも言葉がつながらない。恐怖というか、苦痛というか、ともかく言葉の体系が壊れてしまったようで、こうして文章を書いていても、微熱のようなものが体を覆い、心拍数が上がってくる。頭がぼんやりとしてきて、一行一行の意味がわからなくなり、しばらくじっと書いた文字を見ていることになる。

次に何を書くべきかは、当然浮かんでこない。ようやく書いた何行かの文さえ把握しにくいのだから、先のことなどさらにわからないのだ。なんだか断崖に立っているような気分である。『解体屋外伝』という長編を急いで書き下ろしてから、そんな症状が続いている。もともと第四章までは、「WOMBAT」という雑誌に連載していたもので、その後の十二章分、四百五十枚ほどを二ヵ月で書いたのだった。

〝解体屋〟というのは、小説の中でデプログラマーの通称として使われる言葉だ。洗脳された者の言語システムを解体し、言ってみれば脳というフロッピーを初期化する専門家のあだ名である。

この解体屋と、洗脳集団である洗濯屋《ウォッシャー》との心理的な戦いが小説の筋書きとなっているのだが、両者の武器が言葉であるために（つまり、言葉で互いの脳を破壊しようとするために）、私はいったん〝意味〟を最大限に信じざるを得なかった。

主人公は敵の心理を読み、相手の脳をコンピュータとみなしてハッキングしていく。投げかけた言葉に対する反応で攻撃の種類を変える。あるいは、後催眠をかけて暗示を埋め込む。すなわち、言葉の効用を全肯定する立場に立って、私は小説を進めたのである。

娯楽的な小説を目指したこともあって、筋書きにも無意味な部分を入れずにいた。脱線は多々あるが、結局は自分の作る全体的な意味性を突き崩すものではない。いわば、私は意味の楽園のような場所に身を置いて、ぐんぐんと書いたのだ。その楽園の名は「物語」とも呼ばれるものだろう。

だが、今その反動がすさまじい勢いで、私の言葉から〝意味の全能感〟を奪っている。無邪気に意味という母に抱かれていた私は、当り前のことながら一人立ちしなければならなくなったわけである。それで幼児がよろよろと歩くようにして、この〝意味があるはず〟の文章を書きつないでいるのだ。

どうも、多少なりとも長いものを書くと、その意味性が自分を責めてくる傾向が、私にはある。たとえ、無意味や非意味をゴールに設定していても、事は同じだろうと思う。つまり、〝文章がつながる〟ということ自体に、私は食傷してしまうらしいのである。

その食傷の中でさらに書いて、言葉それ自体がガラクタのようになってしまうことを夢見たりもするのだが、一度それを意識してしまえば結局は嘘になる気がする。ガラクタといえども光ってくれなければ困るわけで、嘘で作った廃物のような言葉などくすんで光らないはずなのだ。

弱ったものである。文章をつなげて意味を作り出すことと、意味を突き抜けて言葉を解体すること。書くことはそんな二律背反の中で足踏みするようなものなのかもしれない、とも思う。だが、もちろん、二律背反が安定して成立するような場所などない。

だからこそ、私は二極間の振りを大きくして、どっぷりと意味の世界に身をひたしてみたはずなのだが、作品がその果てを破って無意味な言葉の連なりになる前に、自己という言語がバラバラになってしまったらしい。

とはいえ、これは書いた者のたわごとに過ぎない。それがどんなに意味に満ちていようが、テクストは文字の塊でしかないのだし、逆に読む人はそこから別の意味体系を見つけ出すからである。ひょっとすると、私は近く出版されて他者の目に触れる機会のある小説を、単に名残惜しく見ているだけなのかもしれないとも思ってみる。つまり、自分のコントロールした作品が手元を離れていく前の、ある種のおそれである可能性も大きいのだ。

だが、そんな憶測もすべて無駄だ。現実は自己の憶測の範囲内でなど決して動かない。そして、書く者はその現実を知りつつ、馬鹿みたいに〝憶測の範囲外〟、すなわち書店に向けて言葉をさらしてしまう。

おっと、こんな風に文章をかろうじてつなげるうちに、妙に重々しい小説でも書いたような印象を与えてしまうことになってきた。『解体屋外伝』はともかく面白い小説である。次から次へと読み進んでいただけるようになっているはずだ。なにしろ、書いた当の本人がその意味の速度に影響されているくらいなのだ。面白くないわけがない……と思う。

だが、だからこそ次は面白くないものが書きたいと思い込む私を、編集者の皆さんは敬遠した方がいいかもしれない。しかし、それも読者という他者には関係のない話である。

文章がつながるという内的な奇跡より、たまたま誰かが本を買って読んでくれるという〝現実的な奇跡〟の方に、私はより大きな驚きを感じるべきなのだ。

となれば、どうせなら、ものすごくたくさんの人をびっくりさせて欲しい、と思う。

それは驚異的な印税を期待することと、全く同じ意味を指している。

いとうせいこう

（初出＝「本」九三年八月）

あとがき　思い出すこと

　この『レトロスペクティブ』シリーズの担当編集者が、一九九三年の「本」に私が書いた短いエッセイ（本書に併載してある）を送ってくれた。そこで久しぶりに本書が「ＷＯＭＢＡＴ」という雑誌に載っていたことを思い出したのである。当時は『解体新書』というタイトルだった。私は確かに杉田玄白たちの翻訳をめぐる闘いに興味を持ち、尊敬もしていたし、同じことを自分がやるならどうなるだろうと思ってもいたが、それと本書の関係はわからない。

　単行本タイトルは『解体屋外伝』になった。その経緯を私はすっかり忘れてしまっている。そもそも「第四章まで」雑誌掲載したというのだが、その意図を覚えていない。見てみると、特に切りのいいところで終わっているわけではないのだ。それどころか、次の章への惹きつけ方としてはどうしたってまだまだ続ける気満々な感じで、一体自分はなぜ連載をそこまでとしたのか、あるいは編集部との最初の約束がそうだったのか、そこらあたりの事情が不明である。私には記憶のかけらもない。誰かに「洗濯《ウオッシュ》」されているのだろうか。

　その上、「その後の十二章分、四百五十枚ほどを二ヵ月で書いた」とある。ちょっとした単行本を二冊作れる量で、これはすさまじい速度だ。私は何をそこまで急いでいたのか。ほとんど取り憑《つ》かれるように書いていたとしか考えられない。

最初の作品『ノーライフキング』を、私は〝物語をおろす〟ように書いた。その次の『ワールズ・エンド・ガーデン』ではその方法が通用せず、無理やり自分を小説に従わせた。そして意外にもこの、『ワールズ・エンド・ガーデン』の登場人物「解体屋」からスピンオフした娯楽小説が、今から振り返れば物語に憑依《ひょうい》されたような状態で作られたことになる。まったくそう考えていなかったので、私は実際今、驚いている。

この小説を「サイキック・パンク」とジャンル付けていたことは覚えている。章タイトルが浮かび、英語のルビを付けるのも楽しかった。自分が本書を誇るとすれば、ほとんどそこしかないといっていいほどだ。ことに「高速洗濯」に「コイン・ランドリー」とルビを振った自分を、私は数年に一度思い出して満足した。たぶん、この小説の推進力はそうした言い換え、現実の多重化で、たったそれだけの道具で長いものを書くことに私ははまりこんだのではないか。

といって、書いて出版するまでの作業以外で、私はこの作品を読み返したことがない。ただ、「暗示の外に出ろ」「俺たちには未来がある」というフレーズだけはその後も何度も何度も使った。まず、ＤＪ　ＢＡＫＵのトラックの上で初めて〝演説〟を意識してポエトリーリーディングをした『DHARMA』という曲で、私はそれをリフレインした。

「善のネーション」という架空の組織に向かって、私は危険な昂揚感をあおり、そして「暗示の外に出ろ」「俺たちには未来がある」と繰り返す。それはつまり、自分の中にある「洗濯屋」の力をあえて使う行為で、日本語ラップを祝詞や祭文や浄瑠璃、大正デモクラシーでの演歌、学生や政治家による演説という日本語の長い歴史の中に並べて考えたとき、当然試されるべき〝声〟の魔力でもあった。

『DHARMA』をナイトクラブの中でやる時、野外ライブで政治的主張をしつつ同時に客を踊らせる時、ダブのみで詩を朗読する時、私はこのフレーズを必ずといってよい確率で混ぜ込んだ。そして客全員を「洗濯《ウオッシュ》」することを願った。

私はこの本を書くことで、人間の持つ認識のほとんどは暗示で出来ていると了解した。したがって、「暗示の外に出ろ」「俺たちには未来がある」というリフレインはやはり「解体屋」の決め言葉、パンチラインだ。ただ、「解体屋」は単に脱構築《デイコンストラクション》をするポストモダン的な天使ではない。しょせん「洗濯《ウオッシュ》」に「洗濯《ウオッシュ》」をし返すことしか出来ない不自由で頑固な存在だ。つまりきわめて現実的、政治的な人間だろうと思う。

むろん、本書を猛然と書いている時、私はそんなことまで考えていなかった。引用だらけのこの本から自己引用をし、それを人前で読み続ける中で、私は言葉から教えられたのである。結果、それが私の「外伝」になった。そして言葉は常にそういう「外伝」だろう。しかし、その考えもやがては「洗濯《ウオッシュ》」しなければならない。

二〇一三年七月二九日

いとうせいこう

解説　暗示の外に出ろ。俺たちには未来がある。

大森望

いとうせいこうは予言者である。ただし、予言者の常として、同時代の人間にはなかなか理解されないことがある。

たとえば、小説デビュー作の『ノーライフキング』。家庭用コンピュータゲーム（任天堂ファミリーコンピュータ）がもたらした〝新しいリアル〟と、ゲームに対する没入《ジャック・イン》感覚を驚くべき鮮やかさで描き出したこの作品は、一九八八年八月に新潮社から出版された。バーチャル・リアリティという言葉が日本で使われはじめるのは一九九〇年だから、まだだれも仮想現実とかVRとか言ってない時代のこと。当時、新潮社の文庫編集部にいた僕は、〈ドラゴンクエスト〉シリーズに大ハマりしていたこともあって、すぐさまこの小説に飛びつき（ちなみに本書『解体屋外伝』にもドラクエの一節がさりげなく登場します）、担当編集者のT氏に絶賛の言葉をまくしたてた記憶がある。そのときT氏に聞いて驚いたのだが、『ノーライフキング』の原稿は前年の春に完成していたのに、最初に持ち込んだ某出版社ではなかなか企画が通らず、ずっと塩漬けになっている——という話を聞いて、急遽、新潮社で出すことになったのだという。当時の某社上層部には、この作品の持つ価値が理解されなかったわけだ。

ようやく刊行された『ノーライフキング』はたちまち評判を呼び、やがては三島由紀夫賞候補となり、市川準監督によって映画化もされたが（劇中のゲーム画面は原田大三郎が担当、X68000が使われた）、それでも正当な評価を得たとは言いがたい。世が世なら、〈新潮〉に一挙掲載されて芥川賞を受賞し、単行本化されてたちまちミリオンセラー――みたいなルートをたどっていたはずだ。『ノーライフキング』は、たぶん十年か二十年、書かれるのが早すぎた。

じっさい、うちの小学生の息子が、ニンテンドーDSの「うごメモシアター」で見かけたという「スーパーマリオ3Dランド」の裏技に関するいいかげんなうわさ話を真に受けて、「すごいんだよ」と熱心にしゃべるのを聞きながら、まるで『ノーライフキング』だなと思ったのは、つい二、三年前のこと。出版から四半世紀を経たいまも、同書が予見した〝新しいリアル〟は有効性を失っていない。

そして一九九一年一月、幻想のムスリム・トーキョーを舞台に〝予言者〟の登場を描く第二長編『ワールズ・エンド・ガーデン』が出版されると、ほぼ同時に湾岸戦争が勃発し、その予見性にあらためてスポットライトがあたる（詳細は、同書〈いとうせいこうレトロスペクティブ〉版の巻末解説、陣野俊史「文学は動いていた」参照）。

この長編には、主な脇役のひとりとして、脱洗脳を職業とする〝解体屋〟ことデプログラマーの立原勇三が登場する。そこからスピンオフして、新たな解体屋を主役に据えたのが、本書『解体屋外伝』。その意味では『ワールズ・エンド・ガーデン』の姉妹編だが、アクションの比重がぐっと高くなり、解体屋と洗濯屋《ウオッシャー》の戦いをハイスピードで描きながらノンストップで突っ走る。

本書の冒頭部分（最初の四章分）は、講談社が一九九二年に創刊した奇妙な雑誌〈WOMBAT〉（季刊ウォンバット）に、「解体新書《ターヘル*サイコピア》」のタイトルで四回連載されたもの。同誌が四号で休刊したため（一九九三年冬号が最後だった）、残り十二章を書き下ろしで追加し、一九九三年七月に講談社から単行本として出版された。松本サリン事件は翌九四年、地下鉄サリン事件は九五年だから、オウム真理教とともに、洗脳やマインドコントロールがホットなテーマとしてメディアに浮上してくるのは、まだかなり先のことだ。

個人的な体験で言えば、オウム真理教信者だった警視庁巡査長が警察庁長官の狙撃を〝自白〟した記録ビデオのTV放映をめぐる大騒動（一九九七年二月）のさなか、『解体屋外伝』のことを思い出して、まるで現実がフィクションを模倣したような〝変な感じ〟がしたのをよく覚えている。

著者は、柄谷行人から、『ノーライフキング』について「書くことが予言になる人間がたまに出る。この作品がそうだ」と言われたそうだが、まさに予言どおりの運命をたどったわけだ。もっとも、いとうせいこうにとって、予言の成就はむしろ呪いだったらしい。星野智幸との対談で、著者は『ワールズ・エンド・ガーデン』と『解体屋外伝』の二作について、「ちゃんと丹念に書かなかったから、不用意に現実との照合が起こってしまったような、変な話だけど、何か自分に隙があったような、そういう変な感じがありましたね」と語っている（〈文藝〉二〇一三年春季号掲載「想像すれば絶対に聴こえる」より）。

しかし、なによりも本書の先見性を証明するのは、『解体屋外伝』刊行から十三年も経った二〇〇六年に、浅田寅ヲによる漫画化『ウルトラバロック・デプログラマー』の連載が〈ヤングガンガン〉誌上ではじまったことだろう。この漫画版は、主人公の過去のエピソード（解体屋の先輩として、前述の立原勇三が登場する）を追加したり、敵側のキャラを増強したりして話をふくらませ、全五巻の単行本となり、東日本大震災の直前、二〇一一年二月に完結した。一九九〇年代に書かれた小説が、二〇一〇年代になっても〝物語〟として通用した――というよりも、原作刊行から十数年経って、ようやく物語として広く受け入れられる時代が来たのかもしれない。そう考えると、〈いとうせいこうレトロスペクティブ〉の一環として、いまこうして原作が再刊されるのは、ぴったりのタイミングかもしれない。

その『ウルトラバロック・デプログラマー』1巻が出たとき、カバー裏に〝いとうせいこうの傑作サイバーパンク小説である『解体屋外伝』が10数年の時を経て、鬼才・浅田寅ヲにより漫画化‼〟と書いてあって、ちょっと驚いた。え？『解体屋外伝』ってサイバーパンクだったの⁉だって、コンピュータもネットワークもほとんど登場しないのに……。

それでも、本書がサイバーパンクと呼ばれる理由はちゃんとある。補助線は、ウィリアム・ギブスンが一九八四年に発表したサイバーパンクの聖典『ニューロマンサー』（邦訳一九八六年、ハヤカワ文庫ＳＦ）。主人公のケイスは腕利きのコンソール・カウボーイ（ハッカー）だったが、仕事でしくじって、電脳空間《サイバースペース》にジャックインするための神経を傷つけられ、チバ・シティにくすぶっている――と書けばわかるとおり、本書の解体屋（二代目・高沢秀人）のプロフィールは、たぶんケイスが下敷き。〝洗濯《ウオッシュ》〟〝解体屋《デプログラマー》〟など、漢語にカタカナのルビを振るスタイルは、黒丸尚が発明したギブスン翻訳文体にインスパイアされたものだろうし、なにより、洗濯屋や解体屋が他人の精神に潜るイメージが、電脳空間へのジャックインを下敷きにしている。著者みずから命名するとおり、cyberpunk（サイバーパンク）ならぬ psychicpunk（サイキックパンク）というわけだ。

ＳＦ史的に言うと、他人の精神の中に潜るというモチーフは、小松左京「ゴルディアスの結び目」から、夢枕獏《サイコダイバー》シリーズ、平山夢明『シンカー　沈むもの』を経て、筒井康隆『パプリカ』、乾緑郎『完全なる首長竜の日』、あるいは映画『ザ・セル』や『インセプション』などなどに至る系譜に位置づけられるが、本書はあえてそれを別系統のサイバーパンクに接続している。頭の中のプログラムを書き換えるという解体屋《デプログラマー》の行為自体、コンピュータ言語を操るハッカーの仕事とそのまま重なることを考えれば、なるほど当然か。

すべてが言葉《コード》で書かれたコンピュータの世界では、優秀な呪文の使い手（〝ウィザード〟と呼ばれる）が相手を支配する。ファンタジーの世界では、魔法使い同士がたがいに呪文をぶつけあって戦うが、言葉によって相手の現実を左右するのは祈禱師や占い師も同じ。呪い＝洗脳と考えれば、『姑獲鳥の夏』（一九九四年）に始まる京極夏彦《百鬼夜行》シリーズの主役、京極堂こと中禅寺秋彦は、まさに解体屋の後継とも言える。言葉だけで人を殺人に追いやる男・間宮邦彦が登場する黒沢清監督の映画「ＣＵＲＥ」（一九九七年）や、それにインスパイアされた伊藤計劃『虐殺器官』、飛浩隆「自生の夢」も、『解体屋外伝』の遠い子孫といっていいかもしれない。

ＳＦの文脈では、それこそフレドリック・ブラウン「ミミズ天使」の昔から、〝言語による現実操作〟という主題が好んで書かれてきた。日本で言えば、かんべむさし「言語破壊官」、神林長平「言葉使い師」『言壺』、川又千秋『幻詩狩り』、牧野修『ＭＯＵＳＥ』『傀儡后』を経て、前述の伊藤計劃『虐殺器官』『ハーモニー』へと至る言語ＳＦの流れの中に、『解体屋外伝』を置くこともできる。

最初に書いたとおり、いとうせいこうは、仮想現実という概念が一般化するより早く、『ノーライフキング』で〝もうひとつの現実〟を描いた。このような、現実の裏側にある別の現実を描きつづけた作家が、本書の冒頭に引用される（というか、解体屋が引用する）『アンドロイドは電気羊の夢を見るか？』の著者、フィリップ・Ｋ・ディックだった。この現実がつくりものではないか（自分の記憶や認識がにせものではないか）というディック流のオブセッションは、ディックの短編をポール・ヴァーホーヴェンが映画化した「トータル・リコール」の大ヒット以降、ハリウッドでも一般化し、今世紀に入ってからは毎年のようにディック映画がつくられているが、『解体屋外伝』は、そうしたSFアクション映画群の先取りでもある。

たとえば、ディック的な現実認識をリアルに映像化した、ウォシャウスキー兄弟の大ヒット映画「マトリックス」（一九九九年）を見てみよう。ローレンス・フィッシュバーン演じるモーフィアスは、キアヌ・リーブス演じるネオに向かって、「マトリックスはわれわれのまわりに遍在する。それは、きみの目を真実からそらすために用意された世界だ。（中略）きみは、味わうことも見ることも触れることもできない檻に、生まれながらにして閉じ込められている。きみの心のための檻に」といい、「心を解き放て（Free your mind）」と助言する。

この言葉は、『解体屋外伝』の中でくりかえされる名台詞「暗示の外に出ろ。俺たちには未来がある」にそのまま重なる。あるいは、『ノーライフキング』の問いかけ、「ソトニデテ／ミテクダサイ／リアル／デスカ？」を思い出してもいい。

いとうせいこうは、「外に出ろ」と呪文のように唱えつづけることで、心の檻からの脱出を促す。『解体屋外伝』の初刊から十八年後に起きた東日本大震災は、わたしたちが閉じ込められているこの現実に、さまざまな心の檻があることを浮き彫りにした。もちろん、人間は裸の現実には向き合えない。暗示の外に出たとしても、それはまたべつの暗示の中かもしれない。しかしそれでも、自分が〝心の檻〟にいること、〝暗示の外〟があることを自覚できたとすれば、そこにはなにがしかの意味があるはずだ。

『解体屋外伝』の二十年後、いとうせいこうの十六年ぶりの長編『想像ラジオ』が刊行された。そこでくりかえされる力強いメッセージ、「想像すれば、聴こえる」と響き合い、「暗示の外に出ろ。俺たちには未来がある」というフレーズは、また新たな輝きを放つ。二十年前の予言は、現実という〝心の檻〟と闘うための武器となって復活したのである。いまこそわたしたちは、いとうせいこうを読み、外に出なければならない。あなたの現実はリアルですか？

（翻訳家・書評家）

いとうせいこう

1961年東京都生まれ。作家、クリエイター。

早稲田大学法学部卒業後、出版社の編集を経て、
音楽や舞台、テレビなどの分野でも活躍。

1988年『ノーライフキング』で作家デビュー。

同作は第2回三島由紀夫賞候補作に。

また第二長編となった『ワールズ・エンド・ガーデン』が第4回の同賞候補作になる。

1999年『ボタニカル・ライフ』で第15回講談社エッセイ賞受賞。

2013年、1997年に刊行された『去勢訓練』以来、16年ぶりの小説となる『想像ラジオ』を刊行。

同作は第26回三島由紀夫賞、第149回芥川龍之介賞の候補作になった。

他の著書に『からっぽ男の休暇』、『ゴドーは待たれながら』(戯曲)、

『文芸漫談』(奥泉光との共著、後に文庫化にあたり『小説の聖典《バイブル》』と改題)、

『Back 2 Back』(佐々木中との共著)などがある。

本書は1993年7月に講談社より単行本として、
1996年7月に講談社文庫として刊行された。

いとうせいこうレトロスペクティブ

解　体　屋　外　伝

2013年9月20日　初版印刷
2013年9月30日　初版発行

著者
いとうせいこう

発行者
小野寺優

発行所
株式会社河出書房新社
〒151-0051
東京都渋谷区千駄ヶ谷2-32-2
電話　03-3404-1201（営業）
　　　03-3404-8611（編集）
http://www.kawade.co.jp/

印刷
株式会社暁印刷

製本
小泉製本株式会社

ISBN978-4-309-02219-2　Printed in Japan